CÃES DO REI

MARTIN JENSEN

CÃES DO REI

Tradução de
Paulo Cezar Castanheira

1ª edição

CIP-BRASIL. CATALOGAÇÃO NA FONTE
SINDICATO NACIONAL DOS EDITORES DE LIVROS, RJ

Jensen, Martin, 1946-
J53c   Cães do rei / Martin Jensen; tradução Paulo Cezar Castanheira. –
1ª ed. – Rio de Janeiro: Record, 2015.

Tradução de: The king's hounds

ISBN 978-85-01-09734-7

1. Ficção dinamarquesa. I. Castanheira, Paulo Cezar. II. Título.

15-19640

CDD: 839.813
CDU: 821.113.4

Título original em inglês:
The King's Hounds

Copyright © 2010 by Martin Jensen e Forlaget Klim

Texto revisado segundo o novo Acordo Ortográfico da Língua Portuguesa.

Todos os direitos reservados. Proibida a reprodução, no todo ou em parte, através de quaisquer meios. Os direitos morais do autor foram assegurados.

Direitos exclusivos de publicação em língua portuguesa somente para o Brasil adquiridos pela
EDITORA RECORD LTDA.
Rua Argentina, 171 – Rio de Janeiro, RJ – 20921-380 – Tel.: 2585-2000, que se reserva a propriedade literária desta tradução.

Impresso no Brasil

ISBN 978-85-01-09734-7

Seja um leitor preferencial Record.
Cadastre-se e receba informações sobre nossos lançamentos e nossas promoções.

Atendimento e venda direta ao leitor:
mdireto@record.com.br ou (21) 2585-2002.

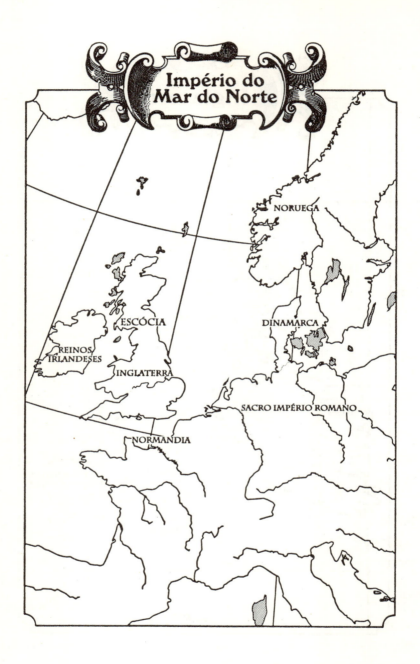

Prólogo

O prior dera a Winston permissão para trabalhar como lhe aprouvesse.

A mesa de trabalho estava encostada na parede e a luz da janela, que vinha da esquerda, incidia sobre ela, como ele gostava.

O irmão Theobald, com sua tonsura branca, andou aborrecido por vários dias, mas finalmente cedeu e instruiu os outros escribas a obedecer a Winston, apesar de desconfiar que o outro lhe havia roubado a cadeira que deveria ser sua por direito. Afinal era o escriba mais antigo, o irmão responsável pelo *scriptorium* desde tempos imemoriais.

Para Winston nada disso tinha importância. Eles o tinham contratado para criar um livro que, por insistência do abade e do prior, deveria possuir uma qualidade sem precedentes — destacando-se mesmo entre os manuscritos únicos rotineiramente produzidos pelo mosteiro — e, portanto, Winston estava em posição de exigir as melhores condições de trabalho, o que incluía que a luz incidisse corretamente sobre sua mesa de trabalho.

Embora a ideia original do livro fosse do abade, fora o prior Peter quem enviara o mensageiro até Winston. O prior de cabelos escuros e rosto de feições bem marcadas conduzira todas as negociações do contrato, e Winston tinha visto o abade apenas uma vez, no dia da chegada.

Winston deslizou o contrato para o abade e o prior Peter do outro lado da mesa. Tinha rascunhado o documento algumas noites antes sobre um barril de cerveja numa taverna bem próxima a Medeshamstede, numa aldeia tão pequena que era espantoso que possuísse uma taverna. Os dois leram cuidadosamente o documento e então, ao sinal afirmativo de seu superior, o prior simplesmente o assinou. Deram a Winston tudo que ele tinha pedido.

Os irmãos valorizavam trabalhos de alta qualidade e estavam dispostos a pagar o que fosse necessário. Sabiam também que teriam de atender aos termos de Winston se quisessem que ele produzisse um trabalho que considerassem satisfatório.

Assim, além dos salários, eles também concordaram em pagar o caro lápis-lazúli, o chumbo vermelho da melhor qualidade e as folhas de ouro do mais alto quilate.

E quando Winston recusou as primeiras provas que lhe mostraram — a qualidade não chegava nem perto dos seus padrões —, os irmãos também concordaram em deixá-lo marcar ele próprio as linhas no velo. Embora Winston considerasse que leigos como o abade e o prior pudessem avaliar as linhas como aceitáveis, para um olho treinado elas eram simplesmente tortas. Ainda pior, o texto estava desfigurado por manchas onde um escriba tinha obviamente tentado corrigir seus erros.

E, como apontou Winston ao irmão Theobald e ao prior — o primeiro ouvindo com uma expressão de desagrado —, aquele deveria ser o livro mais belo que o rei jamais veria. Assim, Winston excluiu um trecho do contrato e acrescentou uma cláusula que lhe dava o direito de aprovar cada página individualmente, mesmo quando o irmão Theobald exigiu através de dentes cerrados que aquele direito deveria ser dele, sendo o escriba mais antigo do mosteiro.

Enquanto os escribas se sentavam curvados, movendo metodicamente seus estiletes de ponta de metal sobre as páginas dos manuscritos, acrescentando letra a letra, palavra a palavra, e linha a linha, Winston esboçava os rascunhos de suas ilustrações em velos de qualidade tão baixa que até Theobald os teria jogado fora sem esperar que o outro tomasse tal decisão. Winston também gastou algum tempo intimidando os três escribas que o irmão Theobald considerava suficientemente talentosos para serem responsáveis por colorir as letras iniciais.

Um deles era bastante hábil para delinear as iniciais usando um lápis de grafite e, depois, apresentá-las a Winston para serem aprovadas. O escriba então as cobriria de tinta e as passaria aos outros dois irmãos para aplicarem a cor — novamente sob a rigorosa supervisão dos olhos vigilantes de Winston.

O abade ficou profundamente chocado ao ouvir a notícia de que Edmund havia morrido e que Cnut Sweynsson agora ocupava o trono como único rei de uma Inglaterra unificada.

Apesar de o mosteiro de Ely ter sido fundado vários séculos antes, seus cofres eram limitados. Porém, tal como sua fundadora, o atual abade sonhava em transformar Ely num dos maiores e mais ricos mosteiros do país.

E foi assim que ele havia pensado em encomendar um precioso livro de iluminuras que contaria a história da fundadora, santa Eteldreda, em palavras e figuras, a começar de seu nascimento como princesa da Ânglia Oriental mais de trezentos anos antes. O livro deveria representar de forma proeminente seus dois maridos, pois foi apenas graças à consideração de ambos que santa Eteldreda conseguiu permanecer virgem ao longo dos casamentos. Em vez de forçá-la a governar como rainha de Nortúmbria, seu segundo marido lhe deu permissão para entrar num convento administrado por sua tia, a abadessa de Coldingham. O livro não deveria fazer menção ao fato de ele ter se arrependido quase imediatamente da decisão — e como essa mudança de atitude por parte dele levara Eteldreda a fugir rumo ao sul, para a Ilha de Ely, território que havia recebido como dote de seu primeiro marido.

A abadia que ela fundou em Ely cresceu sob sua liderança e a de suas sucessoras até se tornar um convento rico e influente, condição que se manteve até cento e cinquenta anos antes, quando então foi arrasado pelos dinamarqueses num incêndio.

Agora reconstruído, Ely era novamente a sede de uma comunidade religiosa, um mosteiro de monges beneditinos cujo abade encomendava este livro. Planejara oferecê-lo ao rei Edmund Ironside como presente e um lembrete de que a Ilha de Ely tinha sido doada à Igreja para fins religiosos e de que deveria continuar sendo perpetuamente utilizada para esse fim.

Mas então um rei dinamarquês derrotou Edmund em batalha. E Edmund morreu.

E agora os irmãos não sabiam o que fazer.

Os vikings já tinham destruído o mosteiro uma vez. E o herói inglês Byrhtnoth estava enterrado ali. É bem verdade que ele não era santo, mas muitos ingleses peregrinavam até seu túmulo para honrar o leal conselheiro, cuja famosa derrota culminou com o exército viking cruzando a elevada passagem sobre o pântano em Maldon, conquistando uma posição firme para derrotar os ingleses. Byrhtnoth perdera a cabeça por isso.

Havia boatos de que o abade chegara até mesmo a considerar a exumação do herói da Batalha de Maldon para apaziguar o novo rei viking do país, mas que tinha reconsiderado depois de um sonho em que Byrhtnoth e Cnut apareciam piamente ajoelhados diante de Eteldreda, que os conciliava segurando a mão de cada um.

Sim, esse livro seria a forma perfeita de ligar o passado do mosteiro com seu futuro, e Winston era o homem certo para criar as iluminuras. Tinha a reputação de ser o melhor pintor e iluminador do país.

E que sonho mais oportuno, pensara Winston durante os longos meses de inverno enquanto trabalhava sob a janela do *scriptorium*. Se as mãos de ingleses e vikings podiam ser unidas, o trabalho já realizado no livro, apesar de originalmente destinado a Edmund, não seria desperdiçado; poderiam oferecê-lo a Cnut.

Winston crescera num mosteiro. Fora um noviço devoto até que um dia lhe ocorreu que seu abade distorcia a Palavra de Deus para que se adequasse a seus próprios fins. De início Winston guardou essa descoberta para si, e rezou para que Deus lhe permitisse aceitar que, obviamente, Ele falaria antes com um abade do que com um noviço. E Winston agradeceu ao Senhor por cercá-lo de exemplos da piedade e do orgulho que os outros monges tinham do seu trabalho.

Mas a gota d'água veio pouco antes do final do noviciado de Winston. Um dia, na presença de testemunhas, um fazendeiro livre disse que sua única irmã deveria herdar sua terra. Mas depois da morte do homem o abade mentiu, afirmando que o fazendeiro tinha mudado de ideia e dito no dia seguinte que a terra devia ir para o mosteiro. O abade ganhou a herança ao lembrar à irmã do homem as palavras do Senhor — que era mais fácil um camelo passar pelo fundo de uma agulha que um rico entrar no reino dos céus —, o que significava que seria para o bem dela o tribunal decidir a favor do mosteiro.

Uma intensa discussão se seguiu entre o noviço e o abade, que resultou em Winston subitamente vendo-se fora dos muros do mosteiro, sem nada além do hábito sobre os ombros.

Rezou a Deus pedindo para que Ele lançasse contra o abade um raio vingador, mas não teve sucesso. Deus se manteve em silêncio.

Winston resolveu naquele mesmo dia dar as costas ao Deus que tinha enviado o próprio filho para defender as viúvas e os órfãos, mas permitia que sua Igreja sagrada pisoteasse os direitos daquelas mesmas pessoas.

Desde então, Winston não tinha rezado, nem entrado em igreja ou capela, nem comungado, e evitava a oração monástica comunitária onde quer que trabalhasse. Sem se curvar e de coração aberto, toda manhã assegurava a Deus que no dia em que Ele derramasse sua ira sobre aquele abade, voltaria a se dedicar ao Seu serviço.

Nem o abade nem o Senhor Deus seriam capazes de lhe tomar as coisas que tinha aprendido nos muitos anos de noviciado. Era um iluminador e pintor, o melhor daquelas terras — e não somente aos próprios olhos, mas também aos dos mosteiros, da nobreza e dos bispos que o procuravam.

Evidentemente, seus serviços eram caros. Muito caros. Quem quisesse o melhor, teria de pagar. E o dinheiro era todo dele. Mais uma vantagem de ter sido expulso do mosteiro.

O abade tentou criar problemas para ele, é claro. Espalhou que Winston era um monge relapso e que ninguém deveria trabalhar com ele, mas a maioria das pessoas não se importou. Um iluminador magnífico era mais importante que a quebra de um voto monástico. Especialmente porque Winston dizia a todos que aquilo era uma mentira e que ele tinha sido expulso antes de fazer os votos.

Agora, passados muitos anos, o abade havia morrido. Winston voltou ao mosteiro para descobrir como tinha acontecido e ficou desapontado ao saber que o padre nada devoto havia morrido tranquilamente, na cama. Nada de raios de ira, nada de furúnculos supurados, nada de feridas dolorosas e pustulentas. O abade não chegara sequer a cuspir sangue.

Winston continuou a pintar, cobrindo velos e mais velos com figuras inspiradoras e iluminuras deslumbrantes. E toda manhã ele repetia a sua promessa a Deus: se o Todo-Poderoso destruísse o túmulo do monge ou fizesse o seu cadáver sair da tumba, negro e coberto de pústulas supuradas, Winston voltaria a se dedicar ao Seu serviço.

Mas, até onde sabia, os irmãos no antigo mosteiro continuavam a zelar por um túmulo tranquilo e bem-cuidado.

Escurecia lá fora, onde o ar cheirava a primavera, mas Winston ainda conseguia enxergar o suficiente para continuar pintando.

Havia tempos que ele tinha começado a colorir sua obra-prima. A imagem do rei Cnut e do herói de Maldon ajoelhados diante de santa Eteldreda preenchia mais da metade da página.

O texto era extraordinariamente atraente, cruzando a página acima da sua iluminura. Nenhuma letra errada, cada linha tão reta quanto a própria régua, as letras iniciais, adornadas com cabeças de cervos, brilhavam em azul e vermelho. Sob sua mão, a pintura no meio crescia a cada dia em cores novas e radiantes.

Aquela era a última. Todas as outras páginas estavam prontas. Quando terminasse, os encadernadores assumiriam o trabalho. Ele estaria lá fora, no ar primaveril, a caminho do próximo serviço. Ainda não sabia o que seria, mas a experiência lhe tinha ensinado que novas oportunidades sempre se apresentavam.

Dentro de no máximo uma semana Winston buscaria seu burro no estábulo, onde vinha se empanturrando da boa aveia do mosteiro. Juntos, percorreriam o campo assolado pela guerra, buscando abrigo ao primeiro sinal de perigo. Winston preferia se manter em estradas secundárias e trilhas dentro da floresta, longe da rota castigada por onde passavam os soldados, sempre correndo para chegar a seus destinos. Depois de ter permanecido tantos meses nesse mosteiro úmido, ele sonhava com o tempo à toa no ar da primavera.

Sentiu uma lufada de vento da janela quando a porta no lado oposto do *scriptorium* se abriu. Mas nem o vento nem o som de passos pesados no assoalho — passos que não eram dos pés de um monge calçando sandálias — desconcentraram Winston.

Ele só ergueu a cabeça quando o prior Peter pigarreou.

Um guerreiro saxão ruivo, bem-vestido, com adornos de prata, pele limpa e tranças recém-lavadas, esperava ao lado do prior.

— Winston, este é Alric. Ele trouxe uma mensagem para você.

O iluminador pegou um trapo no canto da mesa e limpou cuidadosamente o pincel de pelo de marta antes de voltar a atenção para o guerreiro.

— Para mim?

O guerreiro fez que sim com a cabeça.

— Lady Ælfgifu solicita os seus serviços.

— Ælfgifu? A dama de Northampton?

Outro gesto de sim com a cabeça.

Ælfgifu era a consorte do rei Cnut. Esse poderia ser um trabalho importante.

Capítulo 1

*P*or sorte eles não tinham cachorros.

De bruços sobre o galho, eu os via avançar pela floresta, em fila: homens de aparência cruel armados com lanças, espadas cingidas ao lado do corpo, os olhos varrendo os jacintos que cobriam o chão.

Porém nenhum deles olhou para cima, nem uma só vez.

Meu irmão, o sempre sorridente Harding, tinha me ensinado aquele truque: homens raramente erguem a vista quando estão caçando. Em meus tempos de menino, eu o seguia com toda lealdade, como um cão segue seu dono. Quando ele e meu pai partiram para lutar pelo rei, Harding prometeu conquistar uma propriedade para me dar de presente.

Agora seu corpo alimentava os vermes na Ânglia Oriental, e nunca ganhei a tal propriedade. Pelo contrário, perdi a que era de meu pai. Contudo ainda me lembrava do que Harding tinha me ensinado.

As copas das árvores ainda não estavam tão densas quanto estariam dentro de algumas semanas, mas era uma árvore velha, com galhos grossos e muitos ramos. Se eu mantivesse meus olhos ocultos, me sentia em segurança.

Outra coisa que Harding tinha me ensinado: se esconder o brilho dos olhos, você fica invisível.

O galho que eu havia escolhido era tão largo que ninguém abaixo de mim veria meu corpo. Por isso, no momento em que descobri a aproximação do grupo, me virei e olhei para as folhas de carvalho acima de mim.

Eu devia ter parado no pão. Nem mesmo um nobre dinamarquês obstinado como meu perseguidor mal-humorado lá embaixo teria se preocupado em perseguir um ladrão de pão. Mas já completava o segundo dia consecutivo que o sujeito e seus homens estavam à minha procura.

Ah, mas era uma moça tão linda com suas tranças louras, a boca larga e convidativa, e aquelas curvas sob o vestido... curvas que de tão bom grado ela me deixara acariciar.

Sim, *de bom grado*. Nunca tive de tomar uma mulher pela força, e aquela moça certamente não fora exceção.

Eu tinha atravessado sem problemas a paliçada que cercava o lugar.

A mansão era grande e próspera, deixando claro que um dos vencedores dinamarqueses vivia ali. Alguém que não temia seus vizinhos e que podia permitir a entrada de qualquer um — mercadores, artesãos ambulantes, peregrinos, homens sem terra em busca de um lugar que pudessem chamar de seu, ou até mesmo de um teto sobre suas cabeças em troca de algum trabalho extenuante para o senhor da mansão.

Havia guerreiros no pátio. É claro. O aristocrata era confiante, não burro. Os guerreiros me observavam e eu já estava chegando ao saguão quando três deles me abordaram.

Perguntei se havia algum trabalho disponível e recebi a mesma resposta de sempre: uma negação com a cabeça. Os vencedores estavam ansiosos para expandir suas terras cultivadas, mas um homem sozinho não tinha serventia para eles.

Um homem que chegou trazendo consigo uma mulher com um bebê ao peito e várias crianças agarradas a sua saia receberia uma cabana de madeira em troca de trabalho escravo para o novo senhor. Um homem com uma família pode ser controlado. Mas ninguém tem controle sobre um homem só.

Um dos guerreiros — musculoso, de peito nu e tranças de um louro acinzentado até a cintura — apontou silenciosamente o portão. Eu me virei e dei alguns passos, então parei e voltei.

Dessa vez repeti a pergunta na língua deles, em vez de em inglês.

Entreolharam-se. E então me agarraram, me viraram para que eu novamente ficasse de frente para o portão, e me empurraram.

Idiotas. Com certeza perceberam pelo sotaque do meu dinamarquês perfeito que eu não era inglês. Eu não havia aprendido laboriosamente o idioma dos vencedores só para agradá-los. Minha mãe era dinamarquesa, e por isso o dinamarquês era literalmente a minha língua materna, e meu pai era saxão, portanto eu falava fluentemente as duas línguas.

Cheguei ao portão no momento em que um carro de boi entrava. Um olhar sobre o ombro e notei que os guerreiros já tinham desviado a atenção para outra coisa, então me escondi atrás do carro e entrei, curvando-me quando ele passou pelo saguão e parou entre duas construções anexas.

Ninguém me viu, nem mesmo o cocheiro, e eu não perdi tempo. Pulei para dentro do edifício ao lado da fornalha externa, coberta de turfa, e a sorte estava do meu lado. Várias fileiras de pão esfriavam sobre longas prateleiras de madeira montadas na parede interna.

Sem hesitar, agarrei dois pães — era fácil encontrar centeio ou cevada. Era a minha chance de afundar os dentes na comida saborosa dos nobres. Enfiei-os no meu casaco rasgado, me encolhendo ao sentir aquele alimento ainda quente contra a minha barriga. Quando me virei para sair pela porta, entraram três mulheres.

As duas da frente empurravam um carrinho de mão cheio de pães. A de trás tinha tranças louras e lábios macios e voluptuosos. Suas roupas denunciavam o status social mais alto... bem como a audácia com que ela me olhou nos olhos.

— O que você está fazendo aqui? — perguntou num dinamarquês claro e direto, a cabeça erguida.

— Disseram que Asmund estava aqui — respondi sem hesitação.

— Asmund?

Concordei. Tinha de haver pelo menos um Asmund em qualquer mansão dinamarquesa.

— Você está falando de Asmund, o pastor? — perguntou uma das criadas, que estava muito atraente em seu vestido de trabalho.

— E quem mais? Eu não conheço nenhum outro Asmund. — É preciso sempre dar a impressão de que se sabe do que se está falando.

— E o que um pastor estaria fazendo na padaria? — A jovem aristocrata não era boba.

Dei de ombros.

— Como eu vou saber? Disseram que ele estava na cabana. Eu nem sabia que essa aqui era a padaria antes de entrar.

— Bem, ele não está aqui.

Sorri para ela.

— Isso eu estou vendo.

Ajustando os pães com a mão dentro do casaco para não deixá-los cair, andei até a porta. Tinha acabado de chegar à soleira quando a voz dela me fez parar.

— Bem, você não quer saber onde ele está?

— Não tem problema. Tenho certeza de que vou encontrá-lo. Mas não seria tão fácil.

— Espere! — chamou ela.

Olhei o pátio. Os três guerreiros ainda não tinham me notado, mas me veriam no momento em que eu me aproximasse do portão de saída. Por isso esperei enquanto as três moças cochichavam.

— Hoje ele está pastoreando os animais no Campo do Cuco — disse ela, aproximando-se. Cheirava a limpeza.

–- Bem, então vou lá encontrá-lo. — Os guerreiros ergueram os olhos para o sol, que se aproximava do zênite do meio-dia.

— Então, você sabe onde é o Campo do Cuco? — Havia um quê de provocação em sua voz.

Movi a mão vagamente na direção da floresta além da paliçada. Os guerreiros observavam três de seus colegas que se aproximavam vindos pelo outro lado do pátio.

E quando enfim todos se reuniram, meus amigos foram direto para o saguão, para a refeição que os esperava.

Depois de uma saudação com a cabeça para a moça, atravessei o pátio como se fosse o dono do lugar, acenando corajosamente para os novos guardas. Cheguei ao portão sem problemas. Os homens que entravam eram parados, mas quem estivesse saindo não era considerado uma ameaça.

Os campos cultivados em torno da mansão tinham como perímetro o alcance de um tiro de flecha. Com isso, ninguém poderia se aproximar sem que eu visse.

Quando parti na direção da floresta, seguindo os sulcos poeirentos deixados ao longo dos anos por carros e cavaleiros, praticamente esperava que sua voz orgulhosa me fizesse parar outra vez, mas era óbvio que a moça tinha acreditado em mim. Ninguém me impediu de entrar na floresta.

Durante algum tempo segui os sulcos no chão. Finalmente parei e, escondido atrás de uma árvore, olhei o caminho que tinha percorrido. Andei pela mata o equivalente a mais alguns tiros de flecha, por um caminho estreito sobre o tapete de jacintos azuis que levava a uma clareira perfumada atravessada por um regato.

Sentado no chão, encostado num tronco de faia, devorei o doce pão de trigo, sentindo a gratidão de meu estômago depois de vários dias sem comida. Então fui até o regato e bebi de sua água. Preferia cerveja, mas depois do encontro com as moças, procurar a cervejaria teria sido abusar da sorte.

Meu estômago estava cheio, o dia estava quente e minhas pernas cansadas depois de vários dias de caminhada.

Acordei sentindo que alguém me chutava. Sem a força do chute de um guerreiro, mas também não foi suave.

Continuei deitado sem abrir os olhos, mas não os fechei com mais força. Tentei manter minha respiração regular. Sei como é importante controlar o próprio corpo e assim dar a impressão de continuar dormindo.

Outro chute. Fiz uma cara de sono, rolei de bruços para que meu braço direito ficasse bem perto do pé que me chutava, e mantive minha respiração profunda e tranquila.

Quando o chute seguinte me atingiu, bati com força; a dor percorreu o meu braço quando acertei a canela de quem me chutava. Levantei-me num salto, empunhando a faca antes que o agressor atingisse o chão.

Joguei-me em cima do inimigo caído, montando em seu tronco com um joelho de cada lado e minha faca em seu queixo.

Felizmente reconheci a pessoa antes de lhe enfiar a faca.

Seus olhos estavam sombrios de raiva e a voz era aguda, mas nada no rosto da moça sugeria medo.

— O que você pensa que está fazendo?

Sorri para ela, o segundo sorriso desde que a tinha conhecido.

— Agora? Nada. Há um minuto eu estava me defendendo de um agressor desconhecido.

— Agressor? — zombou ela. — Saia de cima de mim.

— Ah, não se preocupe, estou confortável aqui. — Meus olhos percorreram o corpo dela e depois lancei um olhar para o caminho que havíamos andado até ali.

— Você mentiu — acusou ela.

Fiz que sim com a cabeça.

— Não foi a primeira vez.

— Você poderia simplesmente ter pedido o pão.

— E um nobre cujos guerreiros já tivessem me expulsado teria me dado pão?

Ela não disse nada.

— Eu teria dado... se você tivesse pedido.

Talvez ela estivesse dizendo a verdade. Ou, quem sabe — considerando que eu ainda estava montado nela com a faca em sua garganta —, talvez achasse que uma mentirinha não faria mal.

— Quem é você? — Ela não parecia ter qualquer pressa de me fazer levantar.

Não vi razão para não dizer a verdade.

— Halfdan.

— Halfdan. Então o seu pai...?

— Era Asulf de Oakthorpe. Minha mãe, sua segunda esposa, era dinamarquesa.

— Era? — Ela já não parecia estar com raiva, e ainda não tinha medo algum.

— Minha mãe morreu quando eu era criança. Meu pai foi derrotado em Assandun.

— Ah. — Ela ainda não dava sinal de querer que eu me levantasse. — Muitos homens bons morreram naquele dia.

— Outros sobreviveram. *O seu* pai, sem dúvida. Assim como outra pessoa que deveria ter sido derrotada, mas, felizmente, *ele* recebeu o que merecia. — Minha voz escorria ódio.

— Você quer dizer...? — Ela pareceu em dúvida durante um momento e então assentiu como se tivesse resolvido uma charada. — Eadric Streona. — Como dinamarquesa, ela teve dificuldade com o nome saxão.

— Sim. Na sua língua, ele é chamado de Eadric, o Apanhador. — Cuspi no chão. Ela não precisava saber mais do que isso. — E você, quem é? — perguntei.

— Tova, filha de Ømund.

— Ømund?

— Que lutou ao lado de Cnut em Assandun.

Em outras palavras, um nobre. Um guerreiro comum não teria lutado *ao lado do* rei dinamarquês, teria lutado *por* ele.

— E agora ele é o dono daquela mansão? — adivinhei. Nada como montar sobre a filha de um guerreiro dinamarquês que certamente havia tirado a vida de muitos ingleses.

— Meu pai é lorde do rei Cnut e possui muitas terras — disse ela, a voz cheia de orgulho.

— Por enquanto — respondi.

Ela compreendeu o que eu disse.

— Por enquanto? Então você acha que os anglo-saxões vão reunir alguma espécie de exército eficaz?

— Não. — Balancei a cabeça. Ela estava certa, agora os dinamarqueses governavam essa terra. Bem, os dinamarqueses e todos os saxões que fizeram acordos de paz com o rei Cnut. Eadric, aquele traidor, pagou com a própria cabeça quando Cnut descobriu que ele mentira e passara para o outro lado. Outros homens bons que sobreviveram à Batalha de Assandun agora eram homens de Cnut, uma vez que Edmund Ironside estava morto. Em vida, o rei Cnut e o rei Edmund tinham dividido o país entre si. Cnut controlava tudo ao norte do Tâmisa, e Edmund toda a região ao sul. Mas aquele que vivesse mais herdaria toda a Inglaterra.

Por isso, quando Ironside morreu, Cnut ficou com tudo.

Olhei para a moça.

— Por que você me seguiu?

— Para ver se você estava mentindo.

— Hmm — corri o dedo pela bochecha dela —, por que será que eu não acredito em você?

Os olhos dela novamente ficaram sombrios, mas não a deixei responder e coloquei o dedo em seus lábios, me inclinando sobre ela. Com a boca encostada em seu ouvido, sussurrei:

— Onde estão os guerreiros?

— Não... não existem guerreiros. — Ela não podia ignorar o meu peso sobre seu corpo.

— A filha de um nobre não vai sozinha para a floresta para verificar se alguém está mentindo.

— Eu... eu...

Deixei minha mão cair sobre o seu seio, senti o mamilo sob a roupa. Ele não ficou imune à minha carícia.

— Você queria ver que tipo de homem eu era.

Ela negou com a cabeça e tentou se libertar.

Quando levei minha boca à sua, ela manteve os lábios fechados. No começo. Mas eu sei como acariciar uma mulher, e sua boca findou se abrindo para a minha.

Não foi um estupro. Embora, para evitar problemas, ela talvez preferisse dizer ao pai que fora isso que acontecera.

Com certeza ela não era virgem. Disso eu tive certeza desde o momento em que ela falou comigo pela primeira vez. Sua franqueza não era consequência apenas do berço nobre. Nenhuma virgem teria falado com um estranho de maneira tão insolente.

Ela era uma jovem que sabia como desfrutar de um ato de amor, e que me levou ao clímax com a boca depois de me deixar acariciá-la até suspirar de prazer.

Ela era esperta e experiente demais para permitir que eu a penetrasse, mas o homem que vinha assoviando pela trilha não tinha como saber disso quando nos viu deitados, relaxados e nus, com a exata aparência de um casal de amantes pós-coito.

A pausa fugidia entre o sorriso dele ao ver nossos corpos entrelaçados e o tremor ao reconhecer a moça foi o que me salvou. Saltei para a frente, desferi um soco em sua têmpora e o vi cair como um touro sob o machado do açougueiro.

— Quem é ele?

Tova olhou para ele sem expressão.

— Um dos arrendatários do meu pai. — Então ela se voltou para mim e comentou: — Punho forte esse seu.

— E também sei correr depressa — respondi, agarrando minhas roupas. Dei-lhe um último beijo e disparei pela clareira. Não parei para me vestir até me ver em segurança cercado de árvores. A tarde primaveril ainda estava no começo e eu planejava estar longe ao anoitecer.

Não sei o que Tova contou ao pai, mas certamente não amenizou a fúria dele contra um estranho que abusou de sua filha.

Naquela noite, enquanto repousava sob uma árvore, fui acordado pelo barulho de guerreiros que se aproximavam. Tinham se passado dois dias, e desde então eu vinha fugindo.

Pensei em descer da árvore e correr na direção oposta à dos guerreiros, mas decidi que não valia a pena.

Em vez disso, esperei, meu estômago se queixando cada vez mais alto. Depois de anoitecer, fui presenteado com a visão dos guerreiros voltando desanimados. Com as lanças nos ombros e as espadas nas bainhas, eles conversavam despreocupadamente, dando a mínima atenção aos arredores. Também dessa vez eles não se lembraram de olhar para cima, e logo desapareceram na trilha.

Decidi que seria bobagem correr riscos, e continuei no mesmo galho até o dia seguinte, dormindo e acordando durante a noite de primavera cheia de pios de cucos, acordando assustado cada vez que caía em sono profundo, e esperando ansiosamente a aurora enquanto murmurava xingamentos contra os roncos de meu estômago.

Quando o sol começou a aquecer o ar, avaliei minhas opções. Tinha de descer, mas calculei que seria melhor ficar afastado de todas as mansões e aldeias até estar longe das terras de Ømund. Tova tinha mencionado que ele possuía muitas terras e, como lorde de Cnut, era um homem muito poderoso.

Eu poderia encontrar outro viajante como eu, algum que estivesse disposto a dividir sua comida. Ou, mais provavelmente, como reconheci dando de ombros, eu poderia encontrar um viajante ao qual eu pudesse forçar a dividir o que ele tivesse.

E bem naquele instante tal viajante apareceu.

Capítulo 2

O viajante estava sozinho, o que era o mais importante. Vinha levemente curvado e se apoiava numa vara. Tinha roupas gastas, mas limpas, dos sapatos de couro até o feltro que usava puxado sobre os olhos, provavelmente para se proteger do sol.

Trotando atrás dele vinha o burro mais velho que eu já tinha visto. Seu pelo era ralo e grisalho, bem como a pelagem esparsa dos flancos, visível entre grandes manchas despeladas. Uma cangalha se equilibrava torta sobre o lombo do animal, como se o homem não a tivesse examinado depois de tê-lo selado naquela manhã.

Nem cabresto nem freio pendiam da cabeça baixa do animal, mas ele seguia seu dono bem de perto. O homem parou debaixo da minha árvore, esfregou as costas perto da base da coluna e endireitou a postura. Enquanto aliviava os músculos das costas, olhou o caminho à sua frente, cuspiu e começou a revirar os vários pacotes na sela. Retirou uma bexiga de porco meio cheia, levou-a aos lábios e bebeu, e então cuspiu novamente.

— Sim, sim, meu velho amigo Príncipe. Estamos quase chegando.

Falava num dialeto saxão ocidental. Tinha a voz suave.

Apertei meu corpo contra o galho, tentando ver além na trilha e identificar com quem ele falava. Não havia ninguém à vista, e enquanto eu olhava para a frente e para trás, ele guardou a bexiga de água e deu um leve tapinha no pescoço do burro.

— Bem, Príncipe. Vamos embora.

Quando desapareceram na floresta, eu ri de mim mesmo por não ter percebido que ele falava com o burro. Depois que desapareceram, continuei deitado de costas durante algum tempo, pensando.

Não tinha visto nenhuma arma com o homem e ele não parecia ser um guerreiro — embora eu soubesse que ele devia levar uma faca consigo em algum lugar, escondida.

Não que isso me preocupasse. Se eu conseguisse me aproximar o bastante, minha própria faca com certeza iria motivá-lo a compartilhar seja lá o que tivesse.

Mas havia a vara...

Ela chegava até a altura dos ombros curvos do sujeito e tinha a grossura do meu punho. Nas mãos certas sem dúvida seria uma arma letal.

Se as mãos dele eram as mãos certas, eu não sabia, mas não tinha a intenção de deixar que a vara respondesse à pergunta. Considerando o comprimento, se ele tivesse qualquer habilidade para manejá-la, minha faca seria absolutamente inútil.

Depois de me certificar de que ele já estava suficientemente distante para não me ouvir, desci da minha árvore e o segui em silêncio pela floresta, examinando o terreno em volta enquanto caminhava.

Pássaros cantavam ao meu redor. Os pios dos cucos se misturavam com os trinados dos pintassilgos, os gorjeios das cambaxirras, e os *dee-dee, dee-dee* uniformes dos canários-da-terra. O sol agora estava mais forte, e o suor escorria por meu pescoço apesar da sombra das folhas. Estava com sede depois de todo aquele tempo em cima da árvore e fiquei atento à procura de um regato.

Pouco depois, notei um riacho num campo à minha esquerda. A água parecia ser fria e refrescante. Agachei-me e bebi das mãos em concha para que pudesse manter os olhos fixos no entorno o tempo todo. Mas tirando uma corça que apareceu de repente entre as árvores e parou para pastar, não notei nenhum sinal de vida.

Vi um bosque abaixo e fui naquela direção. Estudei os troncos finos de carvalho e os troncos flexíveis de freixo pelos quais passei e escolhi um carvalho reto — que não devia ser muito velho, pois o tronco não era mais grosso que meu antebraço. Ainda assim, gastei muito tempo para cortá-lo com minha faca e o mesmo tempo para limpar os galhos e arrancar a casca. Contudo, quando terminei, tinha nas mãos uma vara forte e flexível.

Parti novamente atrás do homem, esperando que ele me oferecesse alimento para aquele dia. Tive o cuidado de não fazer muito barulho, e estava pronto para me esconder ao menor som.

O homem e seu burro mantinham uma boa dianteira, mas obviamente iam sem pressa, e pouco depois eu o ouvi adiante, jogando conversa fora em inglês.

Quando cheguei perto o suficiente para ver o traseiro do burro, comecei a prestar atenção na conversa do dono, e decidi que ele falava apenas para ouvir o som da própria voz. Aparentemente não tinha nada de interessante para discutir com seu velho burro.

O sol já tinha passado do meio-dia quando a voz tomou um tom mais firme que me fez parar.

— Agora, Príncipe, nobre amigo. — Eu ouvia claramente suas palavras e revirei os olhos diante do trocadilho com o nome do animal. Era muito engraçado, o título de príncipe para um reles burro. — Eis um pouco de capim para você, com uma sombra para mim. Nem parece haver formigas. Vamos almoçar aqui, meu nobre amigo.

Esperei até achar que ele tivera tempo de se sentar. Então me esgueirei mais para perto. Parei, oculto por uma moita e observei, protegendo os olhos com a mão.

Ele estava bem à minha frente, no ponto onde a trilha fazia uma curva em torno de um pequeno outeiro. O sujeito estava deitado na sombra das árvores, mordendo pedaços de carne que cortara de uma perna de cordeiro com sua faca, um instrumento curto no chão ao seu lado. Meus olhos imediatamente procuraram seu cajado, que estava apoiado na cangalha no chão, bem além de seu alcance.

O burro pastava ruidosamente ao sol do outro lado da trilha, atormentado por moscas, a julgar pela forma como agitava a cabeça.

Não poderia ter esperado uma situação mais propícia. Eu me jogaria sobre ele antes que o homem sequer percebesse o que estava acontecendo, e conseguiria facilmente golpeá-lo na lateral da cabeça com minha vara. Enquanto ele cambaleasse ou, melhor ainda, enquanto estivesse desacordado, eu teria tempo de sobra para revirar suas coisas. Se ele acordasse, um segundo golpe o nocautearia e me daria tempo para fugir.

Sorri para mim mesmo enquanto verificava se minha faca estava solta na bainha. Estava me levantando e agarrando minha vara quando notei alguma coisa que se movia entre a vegetação na colina acima do homem.

A princípio pensei que fosse um animal, talvez uma raposa, acordada de seu sono e só agora percebendo que havia um ser humano próximo. Mas então o sol foi refletido em *dois* pares de olhos.

Ajoelhei-me rapidamente, aliviado por ainda estar na moita. Não importava a quem pertenciam aqueles olhos, era evidente que tinham más intenções para com minha vítima em potencial. Praguejei baixinho, mas decidi esperar para ver como as coisas se desenrolariam. Se fossem só dois homens, como sugeriam os pares de olhos, eu poderia deixar que fizessem o trabalho sujo e tentar surpreendê-los depois.

Esperei, a boca salivando com o cheiro do cordeiro assado que enchia as minhas narinas. Embora ainda se ouvissem os trinados

dos pássaros nas árvores, o zumbido das moscas ao redor do burro era ainda mais alto.

A cabeça de um homem surgiu no meio das samambaias no outeiro. A julgar pelo movimento das plantas, seu companheiro começou a se mover para a esquerda, mas parou e voltou ao ponto de partida. Então a cabeça do companheiro apareceu acima das samambaias e os dois homens começaram a avançar lentamente.

Meu alvo parecia não ter notado nada. Continuou mastigando sua carne e tomando goles da bexiga que, a julgar pela forma como ele estalava os lábios depois de cada gole, não devia conter água, como eu havia pensado.

Os dois homens saltaram sobre ele tão de repente que eu pulei, apesar de estar preparado.

Com cabelos ralos e roupas rasgadas, o par de homens imundos me lembrou o tratador de porcos do meu pai depois da matança da véspera de Natal. Um soco no estômago deixou o homem que comia sem fôlego. O murro seguinte, atrás da cabeça, lançou-o ao chão. O primeiro bandido agarrou a perna de cordeiro e o segundo segurou a bexiga e a levou aos lábios.

Era evidente pela maneira como atacavam a comida, devorando pedaços enormes de carne assada depois que acabaram com o conteúdo da bexiga, que estavam com mais fome que eu.

De repente, pensei: e se aquela fosse toda a comida do saxão? Então minha meticulosa perseguição teria sido uma perda completa de tempo, enquanto aqueles dois filhos da mãe iriam embora de barriga cheia.

A vítima gemeu, mas os bandidos não lhe deram a menor atenção. As pernas do homem estremeceram um pouco e então ele ficou imóvel outra vez.

Avaliei a distância que me separava dos ladrões. Cinco passos seriam suficientes. E minha vara tornaria os dois últimos passos desnecessários.

E eu teria o elemento surpresa a meu favor.

Levantei-me silenciosamente. Com a vara na mão direita, saltei da moita berrando.

Essa era mais uma coisa que Harding me ensinara: grite como o demônio. Seu barulho vai paralisar seus inimigos.

Funcionou. Os queixos caíram e pedaços de cordeiro rolaram das bocas dos dois quando me olharam aterrorizados.

Um, dois, três passos. Girei a vara e bati na cabeça do mais próximo. Ele caiu ruidosamente.

Puxei meu bastão e então percebi o meu erro.

O segundo estava agora na minha frente brandindo uma espada na mão esquerda, e um olhar me disse que ele sabia usá-la. Balançou de um lado para o outro sobre pés firmemente plantados no chão, me encarando.

Eu tinha sido um idiota por não perceber o cinto da espada só porque ele usava a bainha no lado errado.

Ele deu uma finta na minha direção. Eu saltei para trás e tentei usar a vara, mas ele bateu nela e avançou tão depressa que eu não tive tempo sequer de puxá-la.

Senti o fedor do seu hálito, vi o triunfo em seu olhar e amaldiçoei o fato de estar morrendo por causa de um estúpido pedaço de carneiro. Contraí os músculos do abdome esperando o golpe que eu sabia estar vindo.

Ele sorriu, mas então os seus olhos se reviraram e ele fez um som parecido com o do ar que sai da barriga de um porco que está sendo abatido. Dobrou-se para a frente e deixou cair a espada, o que me deu a oportunidade de atingi-lo atrás da cabeça com minha vara.

Quando o homem caiu, vi o saxão sentado no chão com a vara ao seu lado. Aparentemente, ele tinha reunido suas últimas reservas de força para enfiar o bastão nas bolas do bandido.

— Obrigado — falei. Observei os homens caídos. O primeiro estava deitado imóvel com sangue e miolos saindo do crânio rachado. Embora seu companheiro estivesse caído de bruços, o movimento de seu tronco revelou que ele ainda estava entre os vivos.

Eu me curvei e peguei sua espada, notando como era bem equilibrada quando segurei o punho. Em seguida amarrei suas mãos atrás das costas com o cinto da própria espada e me voltei para o saxão, que esfregava a parte de trás da cabeça.

— Eu que deveria agradecer a você — disse ele, tentando se levantar. Caiu sentado e ergueu a mão para mim.

Eu a segurei e puxei-o para cima, perguntando-me se agora seria a hora de atacá-lo.

— Você sem dúvida salvou minha vida patética — disse o saxão, ainda esfregando a cabeça, mas agora de pé. Notei que ele não era tão velho quanto eu tinha pensado; tinha 40 anos, no máximo. — O que é meu é seu.

Em outras palavras, eu tinha encontrado um viajante que compartilharia tudo comigo de bom grado.

Capítulo 3

O cordeiro estava bom, era gordo e tenro, e *havia* mais do que a perna em que os dois bandidos tinham enfiado os dentes.

Do seu amontoado de pertences, o viajante puxou um pão e outra perna de cordeiro, perfeitamente assada, com alecrim esfregado na gordura. Eu não tinha provado um cordeiro como aquele desde que fora expulso das minhas terras.

Puxou também um vasilhame. O hidromel era doce e não muito refrescante, mas bebi sofregamente até perceber o quão forte era e me convenci de que minha vida poderia se beneficiar de menos uma noite bêbado.

O saxão me observava em silêncio enquanto eu devorava a carne e o pão. Seus olhos azuis eram brilhantes e destemidos, seu rosto bronzeado e seus cabelos, sob o chapéu de feltro e na barba ondulada, eram louros como os meus. Tinha mãos finas com dedos longos e uma compleição franzina. Ainda assim parecia um homem capaz de cuidar de si mesmo.

Isso desde que bandidos não se lançassem das árvores contra ele.

Depois de comer o bastante, limpei a gordura de cordeiro e o bigode viscoso de hidromel dos cantos da boca. Depois cutuquei o nosso prisioneiro, que não se movera nem produzira som algum desde que eu o tinha imobilizado.

— Ele está acordado — disse o saxão, sem dar qualquer sinal de que recolheria a comida que tinha oferecido. — Mas ele é bom em se fingir de morto.

— Não tanto quanto o companheiro dele. — Olhei as moscas que tinham abandonado o burro pelo sangue na cabeça do homem.

— Sou Winston — anunciou o saxão.

A cortesia exigia que eu também anunciasse o meu nome.

— Sou Halfdan.

Eu tinha derrubado os homens que o atacaram, comido a sua comida, bebido o seu hidromel e agora sabíamos o nome um do outro. Desisti do plano de atacá-lo.

— Estou a caminho de Oxford. E você?

Dei de ombros.

— Aonde quer que me leve o vento.

Ele ergueu as sobrancelhas.

— Você fala como um nobre, mas nunca encontrei um nobre que não soubesse para onde ia.

Dei de ombros novamente, e me curvei sobre o homem amarrado.

— Deus do céu! — exclamei. — Esse aí fede como um curtume.

As sobrancelhas de Winston ainda estavam erguidas quando o olhei novamente.

— Um nobre que não gosta de perguntas — disse ele.

Ah, que se dane.

— Perdi as terras do meu pai para um dinamarquês.

— Está dizendo que perdeu as terras *do seu pai*? Quer dizer que nem eram suas?

Inspirei profundamente. Por que tentar manter o segredo se eu já contara metade dele?

— Meu pai e meu irmão morreram lutando contra os dinamarqueses na Batalha de Assandun. Tive permissão de manter as terras enquanto Ironside vivesse.

— O rei Cnut afirma que vai reconhecer títulos de propriedade de terra existentes dos ingleses — disse Winston.

Cuspi no chão.

— Os reis afirmam muitas coisas quando lhes é conveniente. Quando Ironside morreu, os proprietários ingleses de repente se viram abandonados, sem um defensor. Todos os meus homens me abandonaram na primeira semana, e uma horda de vikings recaiu sobre mim na semana seguinte.

— E ainda assim você está vivo? — perguntou Winston, as sobrancelhas ainda erguidas.

— Eu era um homem sozinho. Bem, fora os meus servos. Pelo menos eu conhecia bem as trilhas nas minhas terras.

— Você fugiu — supôs Winston.

Eu o encarei.

— Eu era um homem sozinho. Contra uma horda de vikings.

De repente Winston sorriu e disse:

— Não estou julgando você. Muitos saxões estão apodrecendo em suas terras porque preferiram morrer pela honra a viver pela vingança. É isso o que você quer? Vingança?

— Vingança? — respondi. — Contra quem? Cnut e os dinamarqueses, os vencedores que colheram seu butim pelo caminho? Lutaram bravamente e conquistaram esta terra por merecimento. Ou quem sabe vingança contra um certo traidor? Se alguém devia carregar a culpa pela derrota inglesa em Assandun, deveria ser ele, você não acha?

— Ah — disse Winston, arregalando os olhos. — Você é um daqueles.

— Daqueles?

— Daqueles que se alegram com a morte de Eadric, o Apanhador.

Cuspi outra vez.

— É difícil pensar num homem que merecesse mais a morte! Que ele queime no inferno e lhe seja negada a salvação.

Winston me lançou um olhar perspicaz e disse:

— Então você não tem rixa alguma com o rei Cnut, mesmo tendo ele mandado assassinar Eadric, um de seus nobres e um dos mais fiéis conselheiros?

— Não dou a mínima para Cnut, nem para qualquer outro rei. É direito deles conquistar. Mas a traição de Eadric, primeiro se aliar a Edmund, depois a Cnut, depois a Edmund outra vez, e a Cnut outra vez, foi o motivo pelo qual Cnut venceu a Batalha de Assandun. Trair os seus é a coisa mais baixa que existe. — Parei. Não falava tanto com ninguém desde que tinha fugido.

Winston continuou.

— Já se passaram dois anos desde a morte do rei Edmund e que você fugiu dos dinamarqueses nas suas terras. Do que diabos você tem vivido desde então?

Não respondi. Não era da conta dele eu ter roubado, assaltado e trapaceado para conseguir comida.

— Você é nobre, mas não tem espada? — perguntou Winston.

Será que as perguntas dele não teriam fim?

Olhei-o irritado.

— Pode-se perder uma espada.

Ele se calou e me olhou em dúvida. Será que ele era capaz de saber que eu a tinha vendido, certo dia, depois de passar uma semana sem comer? E que o preço tinha sido pão seco e meia posta de um toucinho tão salgado que passei a noite inteira sedento, pois estava com fome demais para lavar o sal antes de devorar a comida?

Vi em seus olhos que ele era capaz de saber ainda mais.

— E você? Quem é você? — perguntei, tentando tomar a iniciativa.

Ele riu.

— Eu? Não sou nobre nem filho de nobre. Sou um pacífico iluminador.

Minha expressão deve ter demonstrado minha ignorância, pois ele explicou:

— Faço desenhos e pinturas.

Ele tinha de estar brincando. Ninguém poderia viver daquilo, mas ele parecia sincero ao me perguntar:

— Você sabe ler e escrever?

Por que diabos eu saberia fazê-lo?

— Não — disse Winston, balançando a cabeça. — Suponho que não. Mas outros homens que não sabem ler ainda assim consideram importante a escrita. Reis, bispos e nobres anseiam ter seus feitos relatados para que sua grandeza, ou seja lá quais forem seus atos para glorificar Deus, seja conhecida na posteridade.

Agora eu estava entendendo do que ele falava. O nobre local uma vez visitou nossas terras a caminho do Witenagemot, o conselho da alta nobreza e dos bispos que o rei periodicamente convocava a fim de ser aconselhado. O nobre tinha mostrado ao meu pai o presente que ofereceria ao rei, Ethelred, na época. Era uma pele de animal com algo que se parecia com pequenas aranhas negras espalhadas sobre si. Um *livro*, o nobre o tinha chamado, uma história descrevendo os feitos do pai de Ethelred, Edgar. E me lembrei da figura pintada na parte de fora da pele: o rosto do rei Edgar em cores vívidas, uma pintura tão real que eu quase pensei que falaria comigo.

— Ah, então você escreve livros — comentei. Queria que ele soubesse que eu entendia.

— Não — disse Winston. — Deixo a escrita para outros. Já escrevi, é claro, mas agora valorizo o texto que outros homens escrevem com minhas iluminuras. Muitas pessoas sabem escrever, mas muito poucos entendem a arte da iluminura.

O homem amarrado não conseguiu continuar imóvel. Gemeu e tentou erguer a cabeça.

— Se você se mexer, eu o esfaqueio — disse Winston, casualmente, como se estivesse oferecendo ao salteador um gole de cerveja.

O ladrão permaneceu imóvel.

— Eles me pegaram distraído — continuou meu novo conhecido. — Caso contrário eu teria me defendido.

Acreditei nele. Um homem capaz de falar tão casualmente sobre esfaquear pessoas em geral era capaz de fazê-lo.

— Por que está indo para Oxford?

— Ah — disse ele, começando a guardar a comida. — Fui chamado por uma dama que gostaria que eu pintasse um retrato de seu marido num livro.

Uma dama? Bem, suponho que ele não fosse assim tão velho, e com o corpo vigoroso e a barba bem-cortada, as mulheres poderiam de fato achá-lo desejável. Mas ele tinha dito "dama", não "mulher". Estaria querendo se referir a uma mulher da nobreza? Lancei-lhe um olhar interrogativo.

Winston deu um breve sorriso.

— A mais fina dama desta terra atualmente, dizem alguns. Evidentemente, outros dizem que ela foi ofuscada pela que a substituiu.

Acho que ele percebeu no meu rosto que eu não tinha a menor ideia do que ele estava falando, por isso esclareceu:

— Ælfgifu, a primeira esposa do rei, está em Oxford. Ou, pelo menos, a caminho de lá.

Ah, entendi. A substituta que a ofusca deveria ser a *segunda* esposa de Cnut, a rainha Emma. Eu sabia que o rei Cnut tinha se casado com sua primeira esposa, Ælfgifu de Northampton, alguns anos antes, quando o pai dele conquistara a Inglaterra. Ela já lhe dera dois filhos. Como Ælfgifu era uma eminente proprietária de terras, era um casamento prudente, que dava a Cnut um ar de respeitabilidade. Como ele poderia ser um bárbaro saqueador viking se tinha mulher e filhos ingleses?

Eu também sabia que Cnut recentemente casara-se com a viúva de Ethelred, Emma da Normandia. Mas para mim era novidade

Cnut não ter se divorciado da primeira esposa. Então aparentemente o rei agora estava casado com as duas, apesar do ultraje de certos membros do clero. Relutantemente o admirei, por ser rei bastante para não dar a mínima ao ultraje de outros, nem mesmo os da Igreja.

— E o que a rainha quer com você? — perguntei.

Winston semicerrou os olhos.

— Interessante você ter mencionado a *rainha*. Ouvi dizer que as pessoas chamam Ælfgifu de consorte do rei Cnut, em vez de rainha. Mas em todo caso, eu já respondi à sua pergunta. Vou pintar o rei Cnut para ela.

— Para que ele seja lembrado pela posteridade.

Winston sorriu novamente.

— Para que o rei se lembre de que foi Ælfgifu quem prestou homenagem aos seus grandes feitos. Você nunca viu duas mulheres competindo por um homem?

Ele estava zombando de mim? É claro que já tive minha cota de mulheres, portanto assenti.

— E agora — continuou Winston, enquanto recolocava seus pertences no burro, que se aproximara dele como se fosse capaz de ler a sua mente —, é hora de partir.

— Você deu ao seu animal o nome de Príncipe, mas ele não é filho de um rei inglês, certo?

Ele sorriu.

— É verdade, o título de príncipe como o nome de um burro. Quando os dinamarqueses ouvem, eles dão gargalhadas e começam uma conversa amigável comigo.

— E os saxões? — Não que eu me ofendesse pessoalmente em nome de um rei morto.

— Os saxões que se lembram do rei Ethelred pensam que ele foi um rei tão ruim merece que um burro tenha o nome de seus filhos, tendo assim uma atitude favorável em relação a mim por expressar o que eles sentem. — Winston terminou de amarrar as coisas. — Vamos?

Olhei confuso para ele.

— Nós.

— Bem, pensei que o vento parecesse nos levar na mesma direção. Ou você prefere continuar vivendo das coisas que conseguir roubar pelo caminho?

Eu estava certo. Ele sabia muito mais do que dava a entender.

— E ele? — perguntei, chutando o homem amarrado.

Winston deu de ombros.

— Se você está disposto a arrastá-lo até Oxford onde ele possa ser adequadamente enforcado, vá em frente.

Não, obrigado. Eu não teria um minuto de tranquilidade. Mas deixá-lo ali? Fui até o prisioneiro. Seus olhos imploraram e ele balbuciou coisas sem sentido quando lhe enfiei sua própria espada. Eu não tinha uma corda, certo?

Capítulo 4

Vivi melhor durante os três dias que levamos para chegar a Oxford do que em muito tempo.

Os pacotes no burro de Winston pareciam uma despensa inesgotável de onde ele tirava carne, pão, queijo e, sim, até manteiga, para não falar de doces, cerveja maltada e vários vasilhames de hidromel. Comi de tudo a que tinha direito várias vezes por dia.

Passamos duas noites dormindo sob árvores tão grandes que nos protegiam do orvalho da manhã. Como o tempo estava quente e seco, acordávamos ao som dos pássaros e sob a dança élfica da luz do sol que tremulava através das árvores.

Winston era boa companhia. Não falava demais, nunca era rabugento ou melancólico, nem mesmo no início da manhã ou ao anoitecer, quando arrastávamos nossos pés cansados pela grama.

Não perguntou mais nada sobre a minha vida pregressa, o que para mim era ótimo. Eu estava ansioso para encobrir quaisquer tópicos que pudessem alimentar suas suspeitas de que eu pudesse assaltá-lo.

Ele, entretanto, estava muito disposto a falar, e durante os primeiros dois dias da nossa viagem ele me contou toda a sua história de vida. Seus relatos vívidos e animados faziam o tempo passar mais depressa à medida que caminhávamos durante os dias quentes da primavera.

Eu estava certo quanto ao sotaque dele. Tinha nascido em Wessex mais de quarenta anos antes, filho de um guerreiro que servira na milícia do rei Edgar e recebera uma fazenda e terras como sinal de agradecimento por ter trazido o corpo de um nobre para um enterro cristão depois de uma batalha. Mais tarde seu pai se casou com uma namorada de infância, a mãe de Winston. Embora o pai dela estivesse ansioso para que se casasse com um proprietário de terras, ela recusou várias boas ofertas de casamento. Mas sua lealdade valeu a pena. Quando se casou com o pai de Winston, tornou-se a senhora de uma das mais lindas fazendas da aldeia e mãe de três filhos robustos. Winston era o caçula.

O mais velho dos três teve de fugir para o norte do Humber depois de participar do assassinato do rei Edward, o Mártir. Antes mesmo de ficar decidido que Ethelred seria seu sucessor, a família de Winston recebera a notícia de que o primogênito estava morto. Assim, o do meio assumiu a fazenda. Estava disposto a dividi-la com Winston, mas ele não quis passar a vida arrastando um arado ou encurvando-se de tanto usar uma foice sob o sol ardente de outono.

Em vez disso, seu irmão pagou ao mosteiro próximo para receber o caçula como noviço. Os olhos de Winston se iluminaram ao falar sobre os anos passados com os monges, transmitiram muita animação quando ele descreveu os belos livros e pergaminhos que tivera nas mãos. Chegou a me presentear com uma seleção das histórias que continham.

— Você não foi monge, foi? — perguntei.

Foi a única vez em que ele se calou. A resposta murmurada foi tão ininteligível que ainda não entendo por que ele nunca fez seus votos.

Tentei arrancar mais detalhes, é claro. Primeiro supus que ele, como tantos outros jovens monges, tinha sido tentado por desejos carnais, sujeitando-se à ira de algum abade conservador, mas ele negou com veemência.

Não negou sua suscetibilidade às tentações femininas, mas disse que só muito tempo depois de seus dias no mosteiro experimentara as alegrias de deitar-se sobre o seio de uma mulher.

Então sugeri que talvez ele tivesse sido tentado pelos cofres da comunidade monástica, que ele talvez estivesse, por assim dizer, enchendo o capuz do seu hábito, mas essa insinuação o irritou muito, e ele disse que eu devia me calar sobre coisas que desconhecia.

— Adoraria fazê-lo, mas só depois de me dizer por que fugiu do mosteiro.

Ele voltou a agir de maneira evasiva, e o mais próximo que chegou de uma explicação é que era muito difícil explicar a fé, mas isso não me ajudou em nada. Afinal, a fé é muito simples. Nós vivemos, depois morremos, e se vivermos como mandam os padres, acordaremos no Paraíso.

Foi o que eu disse, mas ele descartou, dizendo:

— É evidente que você nunca pensou tais questões em profundidade.

Bem, quanto a isso ele tinha razão. Quem pensa demais se esquece de agir, e quem não age é derrubado pelo adversário.

Está bem, pensei. *Todo mundo tem direito aos seus segredos.* Não perguntei mais nada. Pelo contrário, ouvi-o explicar como beneficiara-se de tudo que aprendera no mosteiro.

Enquanto ainda estava entre os muros do claustro, tornou-se claro que ele era um artista de talento. Sempre que olhavam seus desenhos as pessoas não sabiam se viam a realidade, ou apenas um reflexo dela.

Então, embora sem sombra de dúvidas Winston pudesse ter levado uma vida confortável como escriba copiando textos, ganhara muito mais com suas pinturas, tanto que nunca chegou a conhecer privações.

Bispos e abades, condes e reis estavam sempre dispostos a encher os bolsos dele de prata para que ele iluminasse os manuscritos que exaltavam e honravam seus nomes, decoravam algum altar, ou enriqueciam a biblioteca de um mosteiro.

Ele preferia a palavra *iluminar*. Aparentemente, "desenhar" não era elegante o bastante, embora eu não conseguisse entender porque um elegante termo latino vindo do outro lado do mar era melhor do que uma palavra inglesa ou dinamarquesa.

De qualquer forma, ele vivia bem havia muitos anos, e agora, como já me explicara, estava a caminho de Oxford a pedido de Lady Ælfgifu.

Continuamos a conversar enquanto caminhávamos, com o burro a nos seguir. Como já disse, o tempo estava bom, dias claros e noites quentes. Apesar de termos encontrado um número razoável de viajantes, não esbarramos em mais problemas. Bem, eu tive mais um problema, mas não "esbarrei" nele. Pelo contrário, ele nos seguia: Príncipe não me suportava.

Naquela primeira noite, quando tentei ajudar Winston a descarregar os pacotes do animal, ele fez cara feia e me olhou com expressão suspeita. Quando tentei correr a mão pelo flanco do bicho para acalmá-lo, ele abriu a boca e mordeu meu braço.

Os dentes podiam estar um pouco gastos, mas a mordida foi firme e dolorosa. Fiquei com marcas profundas no braço até o maldito animal me soltar. Xinguei e bati na testa de Príncipe, que respondeu dando um passo para o lado em cima do meu pé, fazendo-o sangrar.

Winston, que estendia nossos cobertores na grama, ergueu os olhos para ver a minha explosão. Um sorriso divertido se espalhou por seus lábios, mas depois de ver o meu rosto, ele ordenou severamente ao animal que se comportasse.

Zombei dele e observei que estava falando com um animal estúpido, mas Príncipe deu um passo para trás, deu as costas para mim e começou a mastigar capim de maneira altiva.

A partir daquele momento a fera usou todas as oportunidades possíveis para me irritar.

Aprendi rapidamente a ficar longe daqueles dentes, embora sem grande sucesso. O animal não era pequeno nem ágil, mas, quando queria, tinha um incrível talento para ataques de surpresa. Sempre que eu virava as costas, acabava levando um coice na bunda.

Quando a trilha ficou tão estreita a ponto de precisarmos avançar em fila única, andei na frente de Winston, porque de outra forma o burro se aproximaria pelas minhas costas e afundaria os dentes no meu ombro. Príncipe sacudiria o meu ombro e me soltaria da mordida antes que meus berros chamassem a atenção de seu dono. Juro por são Wystan que quando Winston se voltava para olhar, o animal já tinha se afastado. Winston apenas balançava a cabeça com tristeza toda vez que eu afirmava que seu animal me tinha atacado.

Ao fim do segundo dia, já tinha aprendido a ficar de olho no animal e a manter uma distância segura entre nós.

Pouco depois o céu azul se cobriu de nuvens, e as andorinhas — cujos trinados nos tinham acompanhado por todo o dia vindos de trás das nuvens — começaram a voar muito baixo, perto do chão. Reconhecendo o sinal, Winston sugeriu que talvez fosse bom que encontrássemos um abrigo para aquela noite. Quando as primeiras gotas de chuva nos atingiram, vimos fumaça subindo de uma clareira à distância de alguns tiros de flecha à nossa frente. Quando começamos a correr até ela, Príncipe começou a zurrar em protesto contra a pressa.

Chovia forte e Príncipe estava muito atrás de nós quando entramos correndo na paliçada que contornava a aldeia, formada por três fazendas pequenas e algumas outras construções. Enquanto corríamos ofegantes até a grande casa da fazenda, aldeões armados saíram de suas casas e nos examinaram com olhos cautelosos.

Winston parou, tentando recuperar o fôlego, e ergueu as mãos para o homem que ele imaginava ser o líder da aldeia. Explicou que éramos viajantes pacíficos em busca de abrigo para aquela noite.

O fazendeiro, um homem baixo e corpulento, mãos grandes e mandíbulas carnudas, olhou-o desconfiado.

— Seu companheiro está armado.

Antes que Winston pudesse responder, ouviu-se o estrépito de zurrada, e barulhos de cascos surgiram atrás de nós. Os homens avançaram, os olhares raivosos e as lanças erguidas, mas romperam em sorrisos quando todo aquele barulho revelou ser apenas Príncipe finalmente encontrando-nos em sua cômica aproximação de um galope.

Quando os camponeses começaram a rir, Winston se voltou para mim. Eu trazia o cinto e a espada do assaltante morto. Era uma boa espada, que devia ter servido bem ao bandido antes de seus dias de crime, e eu a tomara como pagamento merecido por ter livrado o mundo de dois malfeitores.

— Tire a espada! — ordenou Winston.

Olhei-o irritado. Eu finalmente tinha uma espada que indicava minha posição como filho de um nobre, e Winston exigia que eu a tirasse para tranquilizar um bando de camponeses?

Minha raiva evidente não deteve Winston.

— Dê a eles a espada, ou passe a noite aqui fora na chuva.

Tratava-se de uma tempestade naquele momento, e a julgar pelo aspecto do céu, era visível que a chuva não ia ceder antes da meia-noite. Olhei para o líder da aldeia, que observava em silêncio enquanto eu aceitava as ordens de Winston, um homem que obviamente não era meu igual, mas que mesmo assim não deu sinal de que recuaria.

Ótimo! Dias antes eu não tinha espada, portanto supus que poderia passar uma noite sem aquela. Fechei a cara para deixar claro a todos que tinha decidido me desarmar *por vontade própria* como um sinal de respeito aos anfitriões, e estava a ponto de soltar o cinto quando ouvimos vozes que nos chamavam de fora da paliçada.

Todos se enrijeceram ante a visão de cinco guerreiros vikings marchando sob a chuva em nossa direção. Os três primeiros estavam equipados para batalha com cotas de malha, seus escudos jogados sobre as costas. Os dois últimos vestiam somente coletes de couro acolchoados, repletos de buracos. Quatro estavam armados com espadas, um com um machado de cabo longo que brandia ameaçadoramente diante de si. Cinco guerreiros enlameados à procura de uma pilhagem fácil.

O do machado aproximou-se de mim, parecendo nem ter me notado. A única razão para ter nos percebido foi o fato de o líder da aldeia se postar defensivamente como uma árvore na beira do rio.

O viking parou diante dele, surpreso por encontrar resistência.

— Mexa-se!

Falava como um dinamarquês vindo do norte do Humber.

Eu não estava interessado em ceder o abrigo daquela noite a um bando de guerreiros enlameados, nenhum dos quais parecia ter conquistado qualquer coisa mais importante do que camponeses desarmados. Por isso bati no ombro do viking e dei um passo à sua frente.

— Um momento.

O viking e seus companheiros não foram os únicos cujos olhos se arregalaram ao me ouvirem falar dinamarquês. Winston também ficou espantado. Abriu a boca para falar, mas um olhar que lancei em sua direção fez com que se calasse.

— Está falando comigo, animalzinho? — perguntou o viking, evidentemente superando sua surpresa.

— Aqui estou eu, Halfdan de Oakthorpe, no meio de uma das minhas aldeias e, sim, estou falando com você. E você, quem é? — Tentei não soar nada menos do que o filho de nobre que eu havia sido até dois anos antes.

Nervoso, o canto da boca dele tremeu: eu estava certo. Eram cinco guerreiros desgarrados em busca de uma pilhagem fácil, mas, como todos os subalternos, eles tornavam-se inseguros diante de um superior.

— Sou Toste, senhor.

Muito bem. Ele sabia como se dirigir a mim.

— E para onde vocês vão? — Forcei-o a desviar o olhar. Atrás dele vi que um de seus companheiros se mexia. Agora era tudo ou nada.

— Hã, estamos indo para Londres, senhor. — Obviamente uma mentira. Ele brincou com o martelo de chumbo que usava numa tira de couro em volta do pescoço.

— Então vocês estão um pouco fora da rota. Pegaram o caminho errado depois de Derby?

— Hmm, Derby, senhor? — Ótimo, eu conseguira confundi-lo.

Outra lição de Harding: se deseja que um homem respeite a sua autoridade, deve fazer o máximo para confundi-lo, falando sobre qualquer coisa menos o assunto sobre o qual ele espera ou deseja que você fale.

— Sim, Derby. Vocês estão vindo do norte. Depois de Derby deviam ter virado a sudeste, para a estrada pavimentada, Watling Street.

— Hmm, bem, não. — Ele olhou os companheiros atrás de mim.

— Olhe para mim!

Harding também estava certo quanto a isso. Segundo ele, "se você espera respeito, tem de agir como quem merece respeito". Os olhos de Toste voltaram-se para mim.

— Como assim *"não"*?

— Hmm, na verdade... Só queríamos saber se podíamos nos abrigar aqui.

— Em minha aldeia? Depois de ter me empurrado? E de ter me chamado de animalzinho?

— Eu não o empurrei, senhor. — Agora estávamos no caminho certo. Eu o tinha feito inventar desculpas por seu comportamento.

— E suponho que também não tenha me chamado de animalzinho?

— Hmm, bem... chamei, senhor. — Ele parecia quase sentir remorso.

— Então vocês são um bando de soldados do norte que pensam que podem forçar um nobre de Kent a deixá-los comer, beber e fornicar em uma de suas aldeias? Quem é o seu comandante?

— Lutamos sob o comando de Thorkell, o Alto, senhor. Respondi com firmeza.

— Thorkell é o jarl da Ânglia Oriental. Por acaso estamos na Ânglia Oriental? — Winston se aproximou, mas congelou quando lhe lancei um olhar sério.

— Não, senhor. Mas Thorkell está a caminho de Oxford.

— E vocês, por que não estão com ele?

— Nós... nós, hmm...

— Pensaram em fazer uma pequena pilhagem, não é? Bem, vocês vieram ao lugar errado. Esta é a minha aldeia. Eu a conquistei em Assandun. Vocês estiveram lá?

Ele negou com a cabeça.

— Sabe qual é a minha sugestão? — Seguindo outra indicação de Harding, falei num tom conciliador, agora que já era o dono da situação.

Novamente, ele negou com a cabeça.

— Sugiro que saiam daqui. E se não encontrar vocês novamente antes de chegar a Oxford, para onde também estou indo, prometo não mencionar este incidente ao jarl Thorkell. Que tal?

Ele começou a se virar para os companheiros, mas parou quando eu pigarreei. Vi sobre o seu ombro que os outros não tinham muita coisa a dizer. Ele era o porta-voz e líder, e eu o tinha dominado.

— Hmm, sim, parece ótimo, senhor.

— Ótimo. — Baixei a voz novamente. — Estão com fome?

Ele concordou com a cabeça.

— Que ninguém diga que eu expulsei homens famintos na noite. — Voltei-me para o líder da aldeia, que tinha acompanhado toda a cena em silêncio. — Dê-lhes um pouco de pão.

Como eu esperava, ele me entendeu. Virou-se e gritou para uma casa próxima. Uma serva apareceu imediatamente com cinco pães, que entregou aos vikings. Os homens já tinham se virado para partir quando minha voz os fez parar:

— Toste!

— Sim, senhor? — Ele estava obviamente lutando para não enfiar os dentes no pão.

— Se eu vir o jarl Thorkell, direi a ele que você é um homem sensato.

Seu rosto se abriu num sorriso.

— Obrigado, senhor!

Mais uma vez, Harding estava certo. Depois que homens humildes reconhecem sua autoridade, é fácil satisfazê-los. Talvez Toste até pensasse que eu tinha acreditado em sua história.

Ficamos ali na chuva até eles desaparecerem. Então o líder da aldeia deu uma ordem silenciosa, e três camponeses saíram pelo portão para ter certeza de que os vikings haviam realmente partido.

Winston se aproximou.

— Halfdan de Oakthorpe, em Kent?

— O feudo do meu pai. É tão longe que achei que eles não saberiam que agora pertence a um dinamarquês.

— Você é dinamarquês? Pensei que fosse saxão. Você fala perfeitamente o saxão.

Sorri para ele. Agora que tudo tinha passado, eu só queria me sentar.

— Sou os dois, o que, como você acabou de ver, pode ser bastante útil.

Capítulo 5

O líder da aldeia nos ofereceu abrigo, comida e cerveja, e os camponeses já não queriam que eu entregasse a minha espada. Apesar de estarmos com muita fome, tanto eles quanto nós sabíamos que se os bandidos vikings conseguissem o que queriam, a aldeia teria perdido muito mais que um pouco de carne, pão e cerveja.

A chuva cessou durante a noite e de manhã o sol brilhava na praça de terra, que a chuva não tinha transformado em lama. Winston anunciou que planejávamos pegar a estrada antes que o dia ficasse muito quente, e ninguém tentou nos convencer a ficar.

A gratidão, evidentemente, tem limites.

Caminhávamos depressa, Winston na frente. Enquanto eu corria ao seu lado, mantinha um olho em Príncipe, que só me mordeu uma vez, quando Winston parou de súbito porque uma lebre saltou à sua frente.

Quando parei para não atropelá-lo, senti o burro afundar os dentes através da minha camisa. Puxei a espada e bati com o cabo na testa do estúpido animal antes que ele tivesse tempo de reagir.

Depois disso Príncipe se manteve fora do alcance de uma mordida.

Após andar pela floresta durante algum tempo, chegamos à estrada principal que levava a Oxford. Havia espaço para caminharmos todos lado a lado, e o fluxo de pessoas era maior do que tínhamos visto em qualquer ponto nos três últimos dias.

Mercadores ambulantes esforçavam-se pelo caminho sob suas cargas pesadas; camponesas a caminho da cidade levavam nos braços cestas de ovos e verduras, e frangos com as pernas amarrados pendurados nos ombros; rapazes sardentos pastoreavam cordeiros ao mercado; um negociante barrigudo, solitário e insolente, montado num cavalo velho de cabeça caída, gritava ordens para as pessoas abrirem caminho; e vez por outra ouvíamos os gritos de soldados em marcha, que rapidamente abriam a estrada à sua frente.

Havia um número surpreendente de soldados na estrada. Imponentes, bem-armados, pelotões curtidos de batalha, compostos da guarda pessoal e do exército do rei Cnut, todos marchando em uníssono em meio à poeira. Nobres vestidos em prata cavalgavam à frente, cada um seguido por sua própria comitiva. E uma vez todos tiveram de correr para as margens da estrada a fim de dar passagem a um saxão esplendidamente vestido, sem dúvida um representante do rei, e seu enorme séquito.

Não vimos sinal dos nossos cinco amigos vikings da noite anterior, o que para mim era ótimo, pois poderiam ter tido tempo para pensar e começar a se perguntar o que um homem que dizia ser um nobre dinamarquês fazia numa aldeia aparentemente inglesa sem o apoio de soldados dinamarqueses. Eu só podia esperar que ainda acreditassem em mim e que tivessem se afastado de Oxford para evitar que eu os denunciasse ao jarl Thorkell.

O sol aquecia o ar. A poeira e o suor formavam uma massa sobre as nossas faces e revestiam nossas narinas, mas continuávamos a caminhar alegremente, encorajados pela aproximação de Oxford e satisfeitos por saber que Winston era esperado lá.

Durante o mingau daquela manhã, tomado numa estalagem, ele perguntou quais eram meus planos. Parecia um pouco suspeito, como se estivesse se perguntando se eu planejava atacá-lo. Depois de estudá-lo por um momento, decidi que havia feito uma pergunta inocente, e respondi que agora que o vento me levara a Oxford, eu teria de esperar e ver para onde me conduziria em seguida.

Winston avistou um inseto em seu mingau e fez uma careta. Chamou a moça designada a nos atender e lhe pediu para derramar mel em cima dele.

— Você pode ficar comigo — disse ele, soando impulsivo.

Encarei-o, mas ele estava examinando o seu mingau.

— Com você?

Ele concordou com um aceno da cabeça.

— Não é exatamente seguro viajar sozinho nesses últimos tempos. Quero dizer, você mesmo viu outro dia. Talvez você não seja o melhor dos soldados, seja entre os dinamarqueses ou os ingleses, mas naquele dia e ontem à noite você demonstrou sua coragem. Vou trabalhar em Oxford durante um ou dois meses, e depois disso seguirei viagem. Preciso de um homem de coragem. Desde o reinado do abençoado pai do rei Ethelred não existe mais lei, ordem nem segurança nesta terra. E agora, com um exército de conquistadores vikings percorrendo o país, as condições não devem melhorar no futuro próximo.

Ponderei sobre o que ele disse. Como homem sem posses e sem terras, admiti que tinha poucas opções além de continuar vivendo como ladrão. Embora fosse um hábil espadachim, havia milhares de outros iguais, todos se oferecendo para servir no exército do rei. E mesmo que eu pudesse ser aceito em suas fileiras, a perspectiva não me entusiasmava muito.

Apesar da morte conveniente de Edmund pouco depois de a Batalha de Assandun ter feito de Cnut o governante de todos os bretões, não havia como esconder o fato de que ele ainda era um garoto, vitorioso talvez, mas, analisando a situação de maneira objetiva, ele ainda não havia sido testado tanto na guerra quanto no trono.

Entretanto, era verdade que demonstrara uma impetuosidade majestosa no ano anterior, quando dispôs não apenas daquele palhaço, Eadric, o Apanhador, mas também de outros membros da nobreza saxã — mesmo os de ascendência real — que poderiam constituir-lhe uma ameaça. E o casamento com Emma da Normandia tinha aumentado a sua segurança.

Ao tomar uma princesa mércia, Ælfgifu, como sua consorte, Cnut associara a nobreza mércia à sua causa. E casando-se com Emma, a viúva de Ethelred, o Imprudente, Cnut ganhara um poderoso aliado no irmão dela, Richard, duque da Normandia.

Ainda assim, a paz atual de forma alguma era estável, e não me agradava a ideia de lutar e morrer por Cnut, fundamentalmente o culpado pelas mortes de meu pai e de meu irmão.

A oferta de Winston com certeza merecia consideração.

— Você vai me pagar?

Ele usou o dedo para limpar o que restava de mingau no prato e ergueu os olhos para mim.

— Eu lhe ofereço comida.

— Não como o suficiente para essa proposta fazer sentido. Minha comida mais quatro moedas por mês.

Winston cuspiu uma mosca no chão.

— E você paga suas roupas e armas.

Pensei por um momento e concordei.

— Combinado. — Ele se levantou, cuspiu na palma da mão e a estendeu.

Quando selamos o acordo, perguntei-me se não tinha concordado depressa demais.

Pela primeira vez desde a morte da minha família, eu não teria de viver com apenas o necessário para subsistir. Poderia ansiar por comer o quanto quisesse todos os dias, dormir sob um teto e, ao fim de cada mês, pôr algumas moedas de prata no mealheiro, a primeira coisa que eu planejava comprar quando recebesse o pagamento.

À medida que nos aproximávamos da cidade, vimos plumas de fumaça subindo na distância à nossa frente. Pouco depois cruzamos a parte mais rasa do rio que dá a Oxford o seu nome.

A área mais rasa, na verdade, era muito larga, mas tantos viajantes cruzavam-na ao mesmo tempo que a situação tornava-se caótica. Alguns começavam e paravam à procura do ponto de cruzamento que os mantivesse mais secos, enquanto outros tinham cavalos, mulas e burros que se recusavam a entrar na água. Outros ainda procuravam pedras antigas ao longo das margens com as quais pudessem dizer uma oração ou fazer uma oferenda ao deus do rio, uma vez que ele era sagrado para quem mantinha as antigas crenças. E um último grupo procurava pela barraca de cerveja que algumas empreendedoras mulheres da cidade inevitavelmente haviam montado.

A travessia ficava mais complicada com as tropas e mais tropas de soldados e nobres exigindo prioridade na travessia e indo na frente de todos.

Então tivemos de esperar algum tempo, que passei lançando olhares ameaçadores a Príncipe e dando tapinhas no cabo da minha espada, o que fazia o animal zurrar desafiadoramente em resposta. Finalmente abriu-se um espaço e conseguimos cruzar.

Quando entramos na cidade, vi que Oxford havia se recuperado do incêndio que a destruíra dez anos antes. Os edifícios e as fazendas pareciam bem-cuidados. As cercas em torno dos pátios e das hortas estavam bastante conservadas, não se viam buracos nos tetos de palha, e não me deparei com portas nem janelas caídas;

a condição geral das ruas e das construções sugeria uma cidade rica. Essa impressão era reforçada pela nova igreja, que, como a anterior, era dedicada a santa Frideswide.

Além da igreja, vimos um galho verde sobre uma porta aberta, a marca de uma estalagem. Winston amarrou Príncipe a um poste na rua e entramos numa taverna escura com três mesas compridas guarnecidas de bancos baixos.

Seis soldados estavam sentados a uma mesa. Bem armados e corpulentos, os homens vestiam cotas de malha, portavam espadas com cabos de ouro e faixas metálicas em torno dos bíceps. Tinham tirado seus elmos uma vez que estavam em ambiente fechado, mas os deixaram numa mesa ao lado da cerveja. Guerreiros como aqueles estavam sempre alertas, mesmo quando bebiam.

Winston olhou-os, murmurou uma saudação, e se voltou para mim. Fiz um sinal para mostrar que sabia que tipo de homens eram aqueles. A guarda pessoal do rei Cnut só aceitava os melhores guerreiros, e somente os que possuíssem espadas cujo cabo fosse incrustado de ouro.

Diante de uma abertura na parede do fundo havia dois cavaletes com uma tábua de madeira por cima. Uma mulher se levantou de um banco atrás da tábua e perguntou o que desejávamos.

Não era feia. Um pouco velha para o meu gosto, provavelmente por volta dos 30 anos, mas bem-conservada e bem-vestida, com uma blusa de linho (que não conseguia ocultar os seios grandes) e uma saia de lã cinza com listras verdes. Os cabelos de um tom escuro de louro, quase ruivos, chegavam abaixo dos ombros.

Não consegui evitar lançar-lhe um olhar de apreciação, apesar de sua idade, olhar esse ao qual ela respondeu com um sorriso sarcástico. Depois, a mulher voltou toda sua atenção a Winston, que perguntou se havia um quarto disponível.

Ela o estudou durante um bom tempo, e depois me avaliou da cabeça aos pés. Lancei-lhe o meu melhor sorriso.

— Por quanto tempo? — perguntou.

— Um mês, penso eu. No mínimo. — Winston cofiou a barba.

— Pagamento adiantado. Sem refeições.

O quarto ficava atrás da taverna, seguindo um pequeno corredor. Havia quatro portas ao longo desse corredor, que levava ao quarto do casal de proprietários, ao nosso quarto, e a outro quarto que provavelmente também alugavam. A última porta levava a uma viela atrás do prédio, explicou nossa estalajadeira.

Nosso quarto mal tinha espaço para nos virarmos depois que trouxemos nossas coisas, mas a cama era suficientemente grande para que não dormíssemos um sobre o outro, e havia uma janela para a viela, de forma que o quarto não ficaria muito abafado à noite.

Levou algum tempo para arrastar as coisas de Winston através da taverna. Além de tudo que eu já tinha visto, inclusive inúmeras coisas de comer, ele também tinha pequenos pacotes dentre suas posses. Eram potinhos de barro, caixas de papelão, sacolas triangulares feitas de pergaminho gasto, sacos de tecido e de couro muito bem-amarrados, latas feitas de metal fino e vários rolos de pergaminho, além de duas bolsas de lona e alguns rolos de tecido fino embrulhados em lona.

Enquanto eu carregava cada volume para dentro, Winston empilhava tudo cuidadosamente no quarto. Depois de terminarmos, Winston levou Príncipe a um estábulo que nossa estalajadeira recomendara.

Enquanto ele esteve fora, sentei-me na taverna, que agora estava vazia, não fosse a mulher. No momento, ela lavava as tigelas e canecas num balde que ficava sobre um suporte no canto.

Ela me olhou, mas continuou a lavar. Colocou as peças lavadas numa prateleira que pendia do teto e jogou fora a água. Só veio até a mesa onde eu estava sentado depois de terminar.

— Sim? — Ela me olhou com total indiferença.

— Cerveja, obrigado — pedi.

Ela colocou uma caneca à minha frente e estendeu a mão.

— Hmm... eu... — gaguejei, mas Winston entrou pela porta bem naquele instante. — E uma para o meu amigo.

Quando ela pôs a segunda caneca na mesa, fiz um sinal indicando que ele iria pagar.

Ela aceitou as moedas, e Winston me lançou um olhar irritado, a que eu respondi:

— A comida estava incluída. Foi o combinado.

— Hmm. — Ele franziu o cenho. — Desde que você não esteja pensando em viver de cerveja.

Dei uma risada para tranquilizá-lo, depois sorri para a estalajadeira, que voltou para seu posto atrás do balcão. Meu sorriso não teve nenhum efeito sobre ela.

A cerveja era boa, maltada e suave, e nós dois estávamos com sede. Em pouco tempo Winston encarava com tristeza sua caneca vazia. Então voltou-se para a mulher e pediu mais duas. Quando ela as trouxe, ele estendeu a mão.

— Sou Winston e este é Halfdan.

A mulher fez que sim com a cabeça.

— Sou Alfilda.

— Você é a taberneira?

— Sou. E sou a *proprietária*.

Então ela era solteira. Uma pena que não fosse um pouco mais nova.

Capítulo 6

Winston pediu à estalajadeira para trazer mais duas canecas e mais uma para ela mesma.

Entendi pelo olhar que a mulher lhe dirigiu que Winston não deveria presumir que ela estaria disponível pelo preço de uma cerveja. Embora provavelmente precisasse de uma mulher, achei que ele estava indo um pouco rápido demais. Mesmo as com idade mais avançada gostam de um flerte antes de serem cortejadas a sério.

Mas talvez eu tivesse julgado mal os motivos de Winston. Quando Alfilda voltou à mesa com nossas canecas e uma taça pequena de hidromel para si mesma, Winston não começou a se exibir.

Pelo contrário, ele olhou ao redor do salão vazio da taverna, bebeu um gole de cerveja, limpou a barba com cuidado, e se inclinou sobre a mesa.

— A cidade está cheia de soldados e nobres.

Ela pareceu surpresa.

— É claro.

— Como? — Ele pareceu confuso. — Por que você diz *é claro*?

— O rei convocou uma reunião do tradicional Witenagemot saxão e de todos os seus conselheiros dinamarqueses.

— Aqui em Oxford?

Winston olhou para mim, mas me limitei a balançar a cabeça. Aquilo era novidade para mim também, embora explicasse por que Ælfgifu convocara Winston para vir a Oxford.

— Onde mais? — disse Alfilda, parecendo de repente mais sombria, como se perturbada por uma lembrança ruim. — Todo mundo sabe que Cnut detesta Oxford ainda mais do que Londres. Londres porque a cidade fez oposição a ele. Nós, por causa do dia de são Brício.

Dessa vez assenti para Winston. Eu conhecia a história, embora fosse um garoto de 5 anos quando tudo aconteceu.

O rei Ethelred, o Imprudente, merecera de fato essa reputação por agir com base em maus conselhos. Isso a menos que tivesse ele mesmo inventado todas as suas políticas fracassadas, como alegavam alguns. Mas, francamente, eu simplesmente não podia acreditar que um homem pudesse ser tão tolo. Só posso pensar que alguém o aconselhou a, no dia de são Brício, massacrar todos os dinamarqueses que viviam na Inglaterra.

Meu pai também recebeu aquela ordem, mas se limitou a revirar os olhos e ignorá-la. Quer dizer, o que ele iria fazer? Matar sua própria esposa e filho?

Muita gente pensava como meu pai e simplesmente ignorou a ordem do rei. Mas muitos outros viram na ordem uma ótima oportunidade de liquidar todos os vizinhos de ascendência dinamarquesa cujas terras eles ambicionassem.

Em Oxford, os habitantes executaram um banho de sangue sob as ordens do xerife do condado. Os dinamarqueses do local buscaram refúgio na igreja de santa Frideswide, mas sem sucesso. A multidão inglesa, açoitada por um frenesi sedento de sangue, incendiou a igreja e muitos — mais do que muitos — dinamarqueses morreram nas chamas, entre eles a tia do rei Cnut. Dizem que o pai de Cnut, Sweyn, jurou por Cristo e por seus deuses, mais ancestrais e mais sanguinários, que sua vingança seria terrível.

Anos mais tarde, quando os dois reis vikings, Sweyn e seu filho Cnut, desembarcaram em nossa terra para conquistá-la, atacaram-nos com fogo e espadas, mas em Oxford foram mais cruéis do que em qualquer outro lugar. Incendiaram toda a cidade, e somente depois de a maioria dos habitantes ter morrido o rei Sweyn permitiu que os sobreviventes comprassem a sua clemência.

Sweyn forçou os sobreviventes a entrarem na sua igreja — que os habitantes reconstruíram nos anos anteriores e que fora poupada pelos vikings em seu ataque — e lá, no mesmo local em que sua irmã, a princesa Gunhild, encontrara a morte no massacre, o povo de Oxford foi forçado a se prostrar e implorar a clemência do rei.

Meus olhos se fixaram em Alfilda.

— Cnut convocou todos os representantes, os nobres e o clero saxões para uma reunião do Witenagemot para que os dinamarqueses pudessem matá-los como vingança pelo massacre?

Alfilda negou com um movimento da cabeça.

— Não. Por onde você andava?

— Por aí — murmurei, enquanto Winston informava a ela que estivera trabalhando no interior das paredes solitárias de vários mosteiros e que desde então passara várias semanas vagando por estradas tranquilas. Evidentemente, se alguém me perguntasse a respeito da *tranquilidade* daquelas estradas...

— Então vocês não ouviram nada? — perguntou Alfilda, cética.

— Nada — respondi. Winston fechou a cara para mim, provavelmente para indicar que eu devia deixar que só ele falasse, já que era ele quem me pagava. Respondi fechando a cara também. Afinal, eu não era filho de um nobre?

Alfilda nos olhou. Embora fingisse o contrário, a dona da estalagem não demorava a compreender as coisas. Ignorou nossos cenhos franzidos e imediatamente explicou que o rei Cnut convocara dois congressos simultâneos do Witenagemot e da Assembleia

Dinamarquesa em Oxford para negociar a paz entre os dois povos e unificar o reino.

— Depois da vitória, Cnut impôs a todos os proprietários de terras o *heregeld*, um imposto militar de 72.000 libras de prata, que não incluía as 10.500 libras que cobrou apenas de Londres por causa do ódio sem igual que a cidade nutre por ele. Agora o rei convocou todos a Oxford para o pagamento, pois seus soldados querem ser pagos por terem conquistado a Inglaterra para ele. Portanto nobreza e clero estão inundando Oxford, vindos de todos os cantos do país, com suas mulas e seus cavalos de carga quase tombando graças ao peso da prata que carregam. Uma vez recebido o *heregeld*, Cnut vai libertar os reféns que fez como garantia de que os pagamentos seriam feitos como prometido. Só então o reino será todo dele.

— Incrível — falei, ignorando a expressão de Winston. — Mas por que fazer o congresso em Oxford?

Alfilda mordeu o lábio.

— Cnut é durão, lição que nos custou muito caro aprender. Mas acho que também é um homem inteligente, pois diz que a reunião simultânea de ingleses e dinamarqueses marcará um novo começo. Ele quer plantar as sementes de um único reino unificado, onde todos os seus povos, saxões, germânicos e dinamarqueses, viverão ligados pelas mesmas leis e com os mesmos direitos e obrigações.

— E Oxford é o melhor local para atingir esse objetivo — concluiu Winston, inclinando-se sobre a mesa.

— Sim — disse Alfilda, com um aceno. — Oxford foi o centro do ódio entre ingleses e dinamarqueses. Ao torná-la o local de nascimento de uma nova paz nacional, Cnut demonstra que faz o que diz.

— Hmm — soltou Winston, cofiando a barba. — Isso explica por que Ælfgifu me pediu para vir. Você sabe onde posso encontrar a dama de Northampton?

Alfilda negou.

— O rei esteve aqui por alguns dias, mas não soube nada de Lady Ælfgifu nem da rainha Emma.

— Bem, vai ser fácil encontrá-la. Qualquer soldado dinamarquês deve saber onde ela vive. — Então algo ocorreu a Winston. — A cidade está cheia de gente e ainda assim você conseguiu um quarto para nós.

— É verdade. — Nossa taberneira passou a mão pelo cabelo e o balançou, soltando uma cascata dourada sobre os ombros. Ela era realmente bonita. — O xerife do rei tem uma mansão na cidade que Cnut tomou para si. Determinou que todos os demais acampassem ao norte da cidade. Ordenou que ficassem juntos, as barracas de germânicos, dinamarqueses e saxões lado a lado. Somente a guarda pessoal dele e a nobreza com autorização especial do rei têm permissão para se hospedar na cidade.

Era evidente que ela considerava que aquela era uma atitude inteligente por parte de Cnut e eu estava inclinado a concordar com ela. Primeiro, deixava fora da cidade todos os soldados que não os da guarda pessoal. Segundo, assegurava que não haveria enclaves no acampamento onde grupos étnicos pudessem se reunir e conspirar.

Winston se levantou.

— Então eu sei onde encontrar Lady Ælfgifu.

Eu também me levantei, erguendo a sobrancelha para ele com curiosidade.

— A mansão do xerife do condado, é claro. Venha.

Não foi difícil encontrar.

Acabamos nos deparando com um pelotão da guarda do rei assim que saímos da estalagem. Ao calcular uma chance de cinquenta por cento de que estivessem indo para a mansão do rei ou vindo de lá, decidimos segui-los a uma distância de 10 passos.

As ruas e vielas agora estavam ainda mais cheias, por isso nos aproximamos mais, até estarmos imediatamente atrás dos soldados que seguíamos. Como as multidões abriam caminho para eles, como um cardume de percas faz para um lúcio, conseguimos passar antes que as pessoas fechassem a passagem novamente.

Era possível que o rei tivesse ordenado que somente sua guarda continuasse dentro dos limites da cidade, mas nenhum homem de importância, fosse ele saxão ou dinamarquês, teria sonhado em ir a algum lugar sem o seu séquito, por isso havia um número enorme de soldados seguindo seus senhores, vigilantes. A guarda pessoal de Cnut se alinhava nas margens das principais ruas, cada um a alguns passos de distância do seguinte, vigiando cuidadosamente a multidão. Homens endurecidos pela guerra, nenhum com postura desleixada ou apoiando o corpo sobre as lanças.

Depois de andar um pouco pelas vielas estreitas que se entrelaçavam, margeadas por hortas caseiras e cercas contornando as maiores casas, chegamos a uma grande praça com uma construção de madeira ao centro. A mansão tinha o comprimento de meio tiro de lança e era mais ampla que duas casas comuns. O teto de folhas de palmeira havia sido construído recentemente, e a fumaça que saía da chaminé era branca da queima de madeira seca.

Três soldados estavam parados diante da entrada principal, suficientemente larga para permitir a passagem de quatro homens lado a lado, com mais dois guardas de cada lado. Um pelotão da guarda do rei contornava a praça em frente; os soldados com lanças apoiadas aos pés e pesadas espadas presas aos quadris.

Winston se aproximou da porta sem hesitação e parou educadamente quando três soldados em cotas de malha se colocaram diante dele. Ele os encarou com uma expressão interrogativa.

Fiquei ali com minhas roupas esfarrapadas e a espada do assaltante na cintura. Um dos soldados lançou-me um olhar que transmitiu desprezo, suficiente para me fazer sentir que tinha sido avaliado, e mal.

Um segundo guarda, tendo em torno do braço uma faixa dourada um pouco mais pesada que as dos seus colegas, olhou Winston de cima a baixo. Então, no dinamarquês gutural falado pelos homens de sua terra, o oposto do dinamarquês mais suave falado em Danelaw, na Inglaterra, ele perguntou:

— O que o traz aqui?

— Fui convocado por Ælfgifu, a dama de Northampton. — A voz de Winston era educada e sem medo. *Foi quando descobri que o sujeito era capaz de guardar segredo!* Ele falava dinamarquês melhor que a maioria dos saxões. Encarei-o de olhos arregalados, mas os dele continuaram fixos no guarda.

— Então? — O guarda viking não se mexeu.

— Então você poderia me levar até ela, ou informá-la de que estou aqui — disse ele, com um pouco menos de cortesia. — Sou Winston, o iluminador, e esse é o meu homem, Halfdan.

O homem do norte me olhou sem expressão.

— E você quer falar à dama de Northampton?

— Que me convocou.

— *Convocou* você? — O guarda lançou sobre seus colegas um olhar zombeteiro, ao qual responderam com grunhidos, que, acredito, fosse a versão deles de uma risada.

— Convocou-me, sim. Para executar uma tarefa.

— Então a consorte do nosso rei dinamarquês está *convocando* saxões agora? — O viking cuspiu entre os pés de Winston. — Bem, talvez seja assim que o rei queira as coisas.

— E você vê algum problema nisso, Ragnar?

Nenhum de nós percebera a chegada do homem à porta. Parecia ter mais ou menos a minha idade, mas era mais alto e tinha os ombros mais largos, com um nariz curvo proeminente e uma fina coroa de ouro presa ao cabelo louro. Vestia uma túnica de couro, com um gibão azul sobre ela, e uma calça vermelha enfiada na altura dos tornozelos em botas de couro macio. Uma pesada espada caía do cinto ornado com ouro.

Ao fazer uma reverência, Winston olhou em minha direção, mas ele não precisava ter se preocupado. Eu não era tão idiota a ponto de não fazer uma reverência diante do homem que acabara de conquistar o país.

Mas o rei não prestou atenção às nossas nucas inclinadas. Olhava o guarda com uma expressão que beirava a raiva. O homem em questão fechou a boca e saudou-o, levando a mão ao peito.

— Bem, você tem algum problema, Ragnar? — A voz do rei era tranquila, mas insistente.

O guarda balançou a cabeça.

— E então, Ragnar? — repetiu o rei numa voz incisiva.

— Não, milorde.

— Ótimo. — Cnut lançou um olhar sobre mim e depois sobre Winston. — O senhor veio à procura da dama de Northampton?

— Ela me convocou, milorde.

— Foi o que o senhor disse. Para prestar um serviço?

— Ela deseja que eu faça iluminuras num manuscrito.

— Entendo — disse o rei. A sombra de um sorriso passou por seus olhos azuis. — Com alguma ilustração específica?

— Um retrato do senhor.

— Aha. — O rei agora sorria. — Ah, mulheres. Bem, infelizmente vai ser difícil... — Ele parou no meio da frase e olhou a praça.

Ouvimos os guardas gritarem de algum lugar atrás de nós e nos viramos para ver.

As sentinelas no meio da praça tinham baixado as lanças para conter um homem. Apesar de se vestir como um nobre e ter uma espada, faltava-lhe a comitiva. Parecia um pouco mais velho que Winston e rico, mas suas roupas não eram ostentosas, com exceção de uma capa azul sobre os ombros, ornada com uma pele cara. O rosto abaixo do cabelo grisalho era vermelho, mas eu não sabia dizer se por causa da raiva ou do esforço.

— Agora não, Osfrid — ordenou o rei numa voz áspera.

— Agora não, nem ontem, nem no mês passado, nem amanhã. Quem sabe nunca? — disse o homem. Ele falava a língua dos dinamarqueses, mas seu sotaque saxão era evidente.

— Quando for conveniente para mim. — O rei Cnut fez um sinal para os guardas, que empurraram o nobre para trás com as pontas de suas lanças. Embora o homem tentasse forçar a passagem, os guardas o controlaram rapidamente, fizeram-no dar meia-volta e empurraram suas costas cobertas para fora da praça.

O rei já tinha voltado a atenção para Winston.

— Como eu estava dizendo, será difícil levar o senhor à Lady Ælfgifu. Ela não está aqui.

— Oh... — Winston pareceu intrigado e desapontado. — Ela me fez crer que estaria.

— Eu decidi de outra forma. — Era evidente que o rei não considerava que seus motivos fossem da nossa conta. Virou-se, fez uma pausa e voltou-se para nós. — Vocês viajaram pelo país?

Winston fez um gesto de concordância com a cabeça.

— Passei vários meses trabalhando no mosteiro de Ely. A mensagem da senhora chegou até mim quando estava lá, e desde então caminhei durante várias semanas para chegar até aqui.

— E você?

Olhei o rei nos olhos.

— Estou na estrada há mais tempo.

Ao ouvir meu sotaque, Cnut fez uma cara de desagrado.

— Nobre?

— Já fui. Até meu pai ser morto.

Cnut concluiu corretamente que meu pai havia sido seu adversário, e me encarou de um modo tão desconfortável que foi difícil não desviar o olhar.

— Seu pai lutou contra mim — declarou.

Um rei bastante astuto! Se meu pai tivesse lutado ao lado dele eu *ainda* seria um nobre.

— E pagou o preço. — Mantive a cabeça erguida. Eu podia estar diante do meu rei, mas ainda era um dinamarquês livre, não era? Bem, pelo menos meio dinamarquês.

O rei ficou em silêncio. Então fez que sim com a cabeça.

— *Você* lutou contra mim?

Neguei com um aceno.

— Muito bem — disse ele. — Entregue sua espada e me sigam, vocês dois.

Uma enorme fogueira queimava no centro do piso na sala do trono. Guardas alinhavam-se pela extensão das paredes, e homens estavam sentados em bancos entre eles. A julgar pelas roupas que vestiam, creio que pertenciam aos escalões mais altos da comitiva do rei. Havia vários clérigos cristãos, um dos quais usava uma gola branca de lã de arcebispo. Parecia velho, e supus ser o próprio Wulfstan de York.

Nenhum deles ergueu o olhar nem prestou atenção quando seguimos o rei até uma ampla cadeira entalhada em madeira. Depois de se acomodar, ele fez um gesto convidando-nos a sentar em dois bancos trazidos por dois assistentes.

— Agora — disse o rei uma vez instalado no assento —, diga-me como pretende me pintar.

❖

O rei ouviu enquanto Winston discorria em detalhes sobre as ilustrações que já tinha visto. Às vezes assentia, como se estivesse se lembrando de tê-las visto alguma vez antes. Winston falou também sobre seu próprio trabalho, descrevendo pergaminhos, manuscritos, mosteiros e igrejas das quais eu nunca ouvira falar. O rei observara Winston atentamente durante todo aquele tempo. Concordou com um aceno de cabeça quando ele mencionou uma pintura que fizera num manuscrito encomendado pela rainha Emma, quando ainda era a rainha do falecido Ethelred.

Quando Winston parou de falar, o rei lhe fez várias perguntas. Primeiro sobre a sua obra, depois sobre suas viagens e os vários mosteiros e igrejas. Depois sobre os abades e bispos que conhecera, sobre as cidades em que vivera e os homens que encontrara pelo caminho.

Cada pergunta era cuidadosamente elaborada de forma a ser respondida sem dificuldade, mas deixava espaço para um interlocutor atento inferir muito mais do que era dito. Vi no rosto de Winston que ele percebia claramente as intenções do rei, mas não parecia se importar.

Finalmente o rei perguntou a Winston sobre sua viagem de Ely até Oxford. Winston contou o que lhe acontecera no dia a dia, as estradas que percorrera, as pessoas que encontrara. Relatou como tinha me conhecido, e o rei bufou com desprezo ao ouvir o relato de como os dois assaltantes se depararam com seu fim. Winston então passou a descrever nossa experiência na aldeia na noite anterior, embora eu tivesse tentado conter o falatório dele com um olhar em sua direção.

Quando ele terminou, o rei se virou e me encarou.

— E quanto a você, Halfdan de Oakthorpe, assustador de vikings? — Sua voz era firme, mas notei nela um toque de complacência.

— Tenho pouco a dizer. Meu pai e meu irmão foram derrotados em Assandun e minhas terras foram tomadas de mim.

— E você me culpa por isso? — A expressão de Cnut tornou-se melancólica.

Balancei a cabeça em negativa.

— Não mais do que um cavalo, correndo sem cavaleiro após a batalha, culpa o viking que toma suas rédeas. Soldados lutam e vencem ou são derrotados. Os meus parentes perderam.

— Hmm. — Cnut me estudou durante um longo tempo. — Mas há uma pessoa que você odeia.

Inspirei profundamente.

— O nobre sem honra que traiu seus próprios homens e mudou de lado no meio da batalha para lutar pelo senhor.

— Ele, claro. Ele que agora está apodrecendo com o lixo de Londres — afirmou Cnut.

Concordei.

— E meu ódio por ele continua vivo.

— Ódio por um homem morto é um desperdício. Cresça e aprenda a usar o seu ódio ao invés de desperdiçá-lo com os mortos — declarou o rei, fazendo uma pausa a fim de acenar para um servo, que correu para nos servir uma caneca de cerveja.

A cerveja era melhor do que qualquer outra que eu já tinha bebido. Esvaziei minha caneca, mas Winston tomou apenas um gole.

— Dei-lhe as informações que milorde desejava? — perguntou Winston.

O rei franziu os lábios.

— Confirmou muitas coisas que eu já sabia, e isso é bom. Eu talvez precise de você, e então a sua viagem não terá sido em vão. E de você também — acrescentou o rei, apontando para mim.

Nesse momento irrompeu uma comoção ao lado da porta. Pessoas gritavam em saxão e dinamarquês, e ouvimos o ruído de aço contra aço. Um guarda entrou cambaleando pela porta e foi seguido por uma figura cujos braços giravam como as pás de um moinho.

O rei não teve reação, mas os guardas avançaram de todos os lados com suas lanças abaixadas. A intrusa logo se viu no centro de um círculo de lanças que, entretanto, não tiveram efeito algum sobre seus gritos.

Olhei para Winston, cuja expressão demonstrava a mesma surpresa diante da mulher que irrompia na sala do trono. Entretanto, antes que qualquer um de nós pudesse abrir a boca, a mulher apontou um dedo acusador ao rei, soltando um grito que reverberou por todo o local:

— Maldito seja você que se chama de rei, mas não passa de um reles assassino.

A julgar pela aparência e pelo sotaque saxão, calculei que fosse esposa de um nobre, na faixa dos 30 e poucos anos, mas era difícil dizer, pois só via a sua silhueta, iluminada por trás pela luz que vinha da porta. Contudo, o rei pareceu reconhecê-la.

— Você fala como uma louca, Tonild. Volte para seu marido e peça a ele para lhe ensinar como se comportar.

— Meu marido! Meu marido? — berrou Tonild. — A quem você assassinou e lançou como um cão num beco qualquer?

O rei se levantou tão abruptamente que derrubou a cadeira.

— Que loucura é essa? Acabei de ver Osfrid vivo e com saúde.

— Suponho que esteve aqui sentado entre testemunhas enquanto um dos seus cães dinamarqueses obedecia a sua ordem de matá-lo. — A mulher cuspiu, louca de desespero.

— Godskalk! — O rei deu um passo à frente e gritou novamente o nome. Um guarda vestido com opulência entrou apressado. — Do que esta mulher está falando?

— Não sei, senhor, mas tenho homens esperando lá fora.

— Ótimo. Então vamos.

Ninguém nos impediu de seguir nos calcanhares de Cnut, o que fizemos por curiosidade e porque o rei não tinha terminado de falar conosco. Ele saiu rapidamente pela porta com três guardas à sua frente e Godskalk a seu lado. Lá fora três homens jaziam mortos. Embora os guardas e soldados saxões respirassem ofegantes, todas as suas armas estavam agora baixas, uma vez que se encontravam claramente em menor número e a presença do rei continha os guardas. Três guardas escoltaram a mulher para fora da sala do trono e pararam quando o rei ordenou bruscamente que o levassem até o marido dela.

— Até o corpo dele — corrigiu-se o rei. — Seus homens permanecem aqui.

Cruzamos a praça e seguimos por uma rua estreita, onde as pessoas abriam espaço para passarmos, então viramos num ângulo fechado à direita para uma viela ainda mais estreita. A mulher parou perto de um pequeno grupo reunido diante da porta aberta de um barracão. O rei mandou seus guardas afastarem todos para que ele pudesse entrar. Winston e eu seguimos atrás, desimpedidos, e nós todos olhamos o interior do barracão. O homem que tínhamos visto mais cedo jazia no chão branco e limpo, os olhos cegos fixos no ar e sangue secando na sua barriga. Um leve cheiro de esterco de cavalo emanava do cômodo.

O rei assoviou ao inspirar profundamente, e se voltou para os espectadores boquiabertos atrás de nós.

— Alguém viu alguma coisa?

Todos os presentes recuaram horrorizados, querendo não se envolver naquele problema. As pessoas têm uma curiosidade natural com relação a um assassinato, mas um assassinato que atraíra um rei obviamente irado para a cena do crime era mais que perigoso.

Vi espantado Winston entrar no barracão, cheirando o ar. Em seguida ele se curvou sobre o corpo e inspirou lentamente.

O rei também o observou.

— Em nome dos santos, o que você pensa que está fazendo?

Winston olhou Cnut com toda calma.

— Talvez seja mais fácil encontrar o assassino deste homem do que se imagine.

O rei o encarou sem entender.

— O que você quer dizer?

— Tenho quase certeza de que ele não foi morto aqui. Mataram-no em outro lugar e o arrastaram até o barracão. Um assassino que ataca numa viela deserta pode fazê-lo sem ser visto. Alguém que sai arrastando sua vítima por aí terá mais dificuldade.

Cnut balançou a cabeça.

— Explique-se, homem.

Winston olhou por sobre o ombro do rei para a mulher, que finalmente havia se calado.

— Sinto muito por sua perda, milady. A senhora poderia me dizer se Osfrid tinha o hábito de visitar os estábulos?

— Os estábulos? — Tonild olhou para Winston como se ele fosse completamente louco. — Meu marido era um nobre. Tinha criados para isso.

O rei lançou um olhar irritado para Winston.

— Eu disse para você se explicar.

Winston ignorou Cnut e me olhou.

— Notou a capa de Osfrid mais cedo quando ele saiu da praça?

— Era azul.

— E estava suja?

Balancei a cabeça, porque ela não estava suja. Pelo contrário, parecera bastante luxuosa.

— Ainda assim, este lugar fede a esterco de cavalo. — Winston olhou para o rei. — Se eu estiver correto, milorde, a capa sob o corpo está suja de esterco de cavalo. E se for esse o caso, ele foi morto em outro lugar, não aqui.

A um aceno de cabeça dado por Cnut, Godskalk aproximou-se e segurou o homem morto. Com certa dificuldade, virou o cadáver para baixo e todos observamos sua capa. De fato, estava endurecida com sangue e esterco de cavalo.

O rei inspirou, assoviando novamente, e olhou para Winston.

— Vejo que você sabe pensar. Tenho um trabalho para você. — Cnut olhou para mim. — Para os dois. Sigam-me.

Capítulo 7

As costas do rei estavam rígidas feito uma lança, seus passos eram pesados e tinha a nuca vermelha de raiva quando o seguimos de volta à sala do trono. Guardas atentos marchavam por todos os lados à nossa volta. Godskalk, os olhos vigilantes e a mão no punho da espada, caminhava à esquerda do rei.

Quando chegamos à porta do salão, Cnut atravessou-a, os passos reverberando pelas tábuas do piso. Um guarda avançou para interceptar a mim e Winston, mas um olhar de Godskalk o fez parar e seguimos o rei. Ele sentou-se na cadeira — que parecia fazer as vezes de um trono simples —, as longas pernas esticadas à frente e o rosto voltado para as vigas do teto, escurecidas pela fumaça.

Os homens sentados nos bancos pararam de conversar no momento em que o rei entrou. Depois que Cnut se sentou, dois deles se levantaram e se aproximaram. Um era o que pensei ser o arcebispo Wulfstan de York, o principal conselheiro do rei, e o outro, um viking alto, de queixo bem marcado e cabelos de um grisalho escuro. O viking usava calça cinza, mas, diferente do rei, sua túnica era em grande parte coberta por uma cota de malha finamente trabalhada. Presa a seu grosso cinto coberto de prata, havia uma pesada espada, cujo cabo era adornado por um elaborado padrão de dragões entrelaçados que desciam pela lâmina, claramente a marca de um ferreiro talentoso.

Apesar de Cnut olhar para ambos com irritação, eles o observaram com calma nos olhos. Quando falou, o rei confirmou a identidade do clérigo.

— Você tem razão, Wulfstan — começou Cnut. — Sem leis, minha terra será dilapidada e se afogará em sangue. O próprio Odin está a enviar discórdia onde desejo criar a paz.

O rosto do arcebispo continuou impassível, apesar da referência evidente a um deus pagão. Sem dúvida Wulfstan lembrava-se, tal como nós, de que Cnut havia sido batizado poucos anos antes. O arcebispo certamente compreendia que mesmo verdadeiros aspirantes ao cristianismo ainda tinham o hábito de atribuir poder aos antigos deuses.

— Thorkell, você ordenou a morte de Osfrid? — perguntou o rei, desviando o olhar de Wulfstan para o viking.

Então aquele era Thorkell, o Alto. Estava curioso para ver o homem que talvez tivesse garantido a vitória de Cnut ao decidir lutar a seu lado. Se alguém era responsável pela conquista de meu país, era aquele homem.

— Não — respondeu Thorkell na voz tonitruante de um homem habituado a se fazer ouvir no fragor da batalha e dos ventos do Mar do Norte.

— Você ouviu o jarl Thorkell — disse o rei, encarando Winston. — Como disse antes. Nem eu nem meus homens ordenamos esse assassinato.

Winston não respondeu. Seus olhos tinham assumido uma expressão contemplativa.

— E agora que sabe disso — continuou o rei —, você pode começar a tarefa que estou prestes a lhe designar.

— Sou um iluminador — disse Winston tranquilamente.

Cnut assentiu.

— Que aqui veio a pedido de Lady Ælfgifu — começou. — Mas a senhora não está presente no momento. Você prefere que sua viagem tenha sido em vão, ou assumir a tarefa que estou oferecendo, não somente para merecer a benevolência de seu rei, mas também para ganhar algum dinheiro? Quanto a senhora ia lhe pagar para me pintar?

— Ainda não tínhamos negociado o preço — disse Winston, coçando a coxa distraidamente. Perguntei-me se ele estava mesmo tão acostumado a passar tempo na presença de nobres e reis como sua atitude indiferente sugeria.

Não. Notei uma veia pulsando abaixo do seu olho, o que nunca tinha acontecido desde que o conhecera.

O jarl Thorkell pigarreou. Cnut olhou para ele e assentiu, convidando-o a falar.

— Talvez, milorde, o senhor pudesse informar seus planos ao resto de nós?

O rei resumiu o que tínhamos descoberto no barracão e a teoria de Winston.

Thorkell estudou Winston, que pareceu não notar o exame do outro.

— E a viúva de Osfrid culpa o senhor pelo assassinato? — perguntou Thorkell.

O rei confirmou.

— Bem, suponho que isto era de esperar — disse o arcebispo, falando pela primeira vez. Sua voz fraquejava, como é usual em homens idosos, mas ele parecia seguro e cheio de autoridade. Embora fosse um pouco curvado pela idade, tivesse a cabeça pesada e o pescoço e os punhos esqueléticos, seus olhos sugeriam que ainda era muito lúcido. Cnut o encarou, mas ficou em silêncio por um instante enquanto avaliava a afirmação do arcebispo.

— É verdade, suponho que sim — disse Cnut, e se voltou para Winston.

— Milorde, o senhor tem nobres, representantes e xerifes que lhe prestam esse tipo de serviço frequentemente. Por que o senhor deseja que *eu* investigue esta questão? — Winston parecia genuinamente curioso.

— Não só você — disse Cnut, acenando em minha direção. — *Vocês* dois.

Olhei de Cnut para Winston, chocado. Fora Winston quem se exibira no barracão. Eu apenas havia ficado ao lado dele e respondera às perguntas que me foram feitas.

Cnut percebeu minha surpresa quando ergueu a mão num gesto que Godskalk, ainda parado ao lado da cadeira do rei, aparentemente entendeu, pois gritou uma ordem para todos na sala do trono. Os serviçais vieram correndo com cadeiras que foram colocadas atrás de Winston, do jarl Thorkell, do arcebispo Wulfstan e de mim. O jarl e o arcebispo sentaram-se imediatamente, seguidos por Winston. Percebi que não tinha escolha e me sentei.

O rei endireitou-se na cadeira, inclinou-se para a frente e apoiou as mãos nos joelhos.

— Muitos homens creem que minto ao dizer que desejo que a paz prevaleça em todo o meu reino. Paz entre vocês e nós, entre germânicos, saxões, dinamarqueses que aqui vivem há gerações, além dos vikings recém-chegados. Afirmam que só cuido dos meus interesses e que só mostrarei quem verdadeiramente sou depois de receber os milhares de libras de prata do *heregeld*.

"Bem, *verão* quem sou verdadeiramente — continuou o rei —, porque estão todos errados. A prata é minha, isso não se discute. Foi ganha honestamente em batalha, e em troca desse pagamento, meu exército deixará de lutar, tanto durante o período de cobrança como depois do pagamento. Em alguns dias, depois que a prata tiver sido recebida e devidamente pesada, é minha intenção reunir pacificamente o Witenagemot à Assembleia Dinamarquesa para decidir como este país deverá ser governado à medida que avançamos, de forma que saxões, germânicos, dinamarqueses e vikings desfrutem dos mesmos direitos e das mesmas obrigações e possam viver lado a lado e cultivar suas terras em paz.

"Como devem saber, o arcebispo Wulfstan é especialista em leis. O trabalho dele será assegurar que todos, ingleses ou dinamarqueses, obedeçam às mesmas. Tão logo o *heregeld* seja pago, isso será esclarecido a todos e a cada um. — O rei fez uma pausa. — É fundamental que o Witenagemot e a Assembleia Dinamarquesa se reúnam em paz, em espírito de confiança mútua. Mas agora um homem foi assassinado, um homem que todos sabiam ser meu inimigo. Não foi morto com honra em batalha, mas assassinado em segredo e lançado numa viela secundária como um cachorro velho. Vocês acham que os homens que deverão se reunir e assegurar a paz na Inglaterra poderão confiar uns nos outros enquanto esse assassinato não for solucionado? Quantas pessoas irão pensar que estou por trás dele?

"Juro inocência. Muitos outros vão jurar comigo. Mas, se eu invocar meu direito de compurgação, trazendo 12 testemunhas, e jurar que sou inocente, isso mudaria o que pensam as pessoas? Mesmo que eu apresente o número necessário de testemunhas para atestar o meu caráter, a lei só determina que eu seja absolvido da *culpa*, não da *suspeita*. Por isso eu preciso que o assassino seja descoberto.

"Vocês dizem que tenho xerifes. É verdade, xerifes saxões e xerifes dinamarqueses. Se eu pedir a um saxão que investigue o assassinato, seus companheiros saxões podem dar-se por satisfeitos com as conclusões que venha a tirar, mas e se o xerife concluir que o assassino foi um dinamarquês? Quantos dinamarqueses acreditarão que a investigação não foi tendenciosa? E vice-versa: se um xerife dinamarquês determinar que o culpado é um saxão ou germânico, quantos ingleses acreditariam nele?"

Finalmente o rei parou de falar e olhou Winston e a mim. Poderia jurar que notei um brilho no seu olhar.

— Mas agora vocês dois me são enviados — continuou Cnut. — Um saxão e um dinamarquês. E um de vocês já mostrou que é capaz de pensar. Encontrem o assassino e eu os recompensarei bem — concluiu o rei com um aceno.

Pigarreei e disse:

— Sou apenas *metade* dinamarquês.

Cnut desconsiderou minha observação com um movimento da mão.

— Você é dinamarquês. Fala dinamarquês, age como dinamarquês. Ninguém precisa saber mais que isso.

E sabe do que mais? O rei tinha razão. Não havia uma única alma que não acreditaria se eu dissesse que era dinamarquês. E meu nome não revelava quem da minha família, meu pai ou minha mãe, era o dinamarquês.

Não falei absolutamente nada e olhei para Winston, que mordia o lábio inferior.

— Posso apenas ter dado um palpite de sorte lá no barracão — admitiu Winston.

O rei desconsiderou a preocupação de Winston.

— Talvez. Mas apenas meu anúncio, de que atribuí a um saxão e um dinamarquês a investigação conjunta do assassinato, provocará resultado. Os homens verão que estou atrás da verdade.

Winston desviou os olhos do rei para o arcebispo, que assentiu com sua cabeça pesada. Jarl Thorkell franziu o cenho, mas depois de um momento também concordou.

— Muito bem, senhor. Aceito o trabalho — anunciou Winston.

Senti uma ponta de ultraje e pigarreei. Todos olharam surpresos.

— *Nós* aceitamos o trabalho — disse Winston, corrigindo-se.

— Agora veremos se *você* sabe pensar, Meio-Dinamarquês — disse o jarl, Thorkell, provocando-me e contendo um sorriso.

— Bem. — O rei deu um tapa na própria coxa e se levantou. — Então chegamos a um acordo.

Thorkell e o arcebispo levantaram-se imediatamente. Thorkell ergueu as sobrancelhas para mim com uma expressão severa e obedientemente também me pus de pé. Winston, contudo, permaneceu sentado.

— Você não encontrará o assassino se permanecer aqui sentado — disse Cnut, irritado.

— Sentado aqui, *começarei* a encontrar o assassino — disse Winston calmamente. — Com o senhor, milorde.

Os olhos do rei ficaram sérios.

— Tenho outros assuntos a resolver.

Winston concordou.

— Mas se o senhor quer resolver este assassinato, terá de me dar um pouco do seu tempo.

— Não sei nada que você também não saiba — disse o rei num tom cortante. — Nós fomos juntos ao barracão.

— Mesmo assim, milorde. Preciso saber quem era esse Osfrid. E a razão pela qual o senhor e ele eram inimigos. — Winston observou com calma o rei, que mordeu o lábio, mas se recostou na cadeira apesar de estar claramente aborrecido.

Cnut apertou a coxa por um instante antes de erguer os olhos.

— Osfrid era um nobre saxão do sul, que possuía muitas propriedades na planície entre as terras altas do sul. Lutou com Edmund em Assandun e o acompanhou em sua retirada. Quando Edmund, o Príncipe, e eu dividimos o país em nossa reunião — notei que Cnut não se referia a Edmund como rei, mas como *Príncipe*, ou seja, essencialmente o herdeiro do trono —, Osfrid estava entre os que ofereceram o próprio filho como refém e garantia de que obedeceriam aos termos do acordo.

"Oslaf, filho de Osfrid, tinha dez verões à época, um garoto louro e muito agitado. Veio comigo como ordenei, mas estava sempre se envolvendo em problemas. Queria sempre montar os cavalos mais bravos e se envolvia em brigas com guardas que tinham o dobro de sua idade e pesavam três vezes mais. Se acampávamos na margem de um rio e alguém comunicava a perda de seu barco, sabíamos que Oslaf o pegara *emprestado*, como gostava de dizer, e que o encontraríamos nadando em algum ponto do rio.

"Por fim, Oslaf envolveu-se em um problema sério. Ele selou sem autorização um dos garanhões do jarl Thorkell e o montou. Você sabe como são os garanhões: não aceitam qualquer um no lombo. E esse garanhão estava sendo treinado para a luta a cavalo. Oslaf perdeu o controle no momento em que saiu da baia.

"Num cercado próximo estavam vários reprodutores, inclusive éguas, e tão logo o garanhão sentiu o cheiro delas, ele derrubou o rapaz e disparou para o cercado. Ora, podemos dizer muita coisa sobre Oslaf, mas ele era um rapaz de coragem, e correu atrás do garanhão, agarrou as rédeas e tentou segurá-lo. Porém, como tenho certeza de que você sabe, é tão difícil arrastar um garanhão para longe de éguas no cio quanto segurar a maré.

"Vários homens viram o que estava acontecendo e correram, mas em vão. O rapaz foi pisoteado até a morte antes que alguém pudesse alcançá-lo. Mandei o corpo para o pai dele com meu pedido de desculpas, mas isso não foi suficiente para Osfrid. Aos seus olhos, e ele me disse isso pessoalmente, eu lhe devia a indenização, uma *wergeld* pelo rapaz, pois ele morrera sob minha custódia. Naturalmente recusei, uma vez que o rapaz morreu por tentar dar um passeio no garanhão de outro homem sem permissão."

O rei se levantou.

— Agora você já sabe. Portanto vá e resolva o assassinato.

Aproximei-me do rei, que ergueu as sobrancelhas.

— Minha espada, milorde.

Ele fez uma careta de desagrado.

— Claro.

Recebi o cinto e a espada de um guarda e os vesti.

— Milorde — disse Winston, agora de pé. — Sou um iluminador saxão, desconhecido de todos. Halfdan é um dinamarquês igualmente desconhecido. Que direito temos de interrogar nobres, guerreiros e outras pessoas?

Cnut olhou Godskalk e disse:

— Faça saber que Winston e Halfdan agem em nosso nome.

Godskalk fez uma reverência e atravessou a Sala do Trono até a porta. Pouco depois, nós o ouvimos dar ordens aos guardas na praça em frente.

Cnut, Wulfstan e Thorkell nos tinham deixado antes mesmo de Godskalk chegar à porta. Thorkell sorriu para nós ao sair. Embora talvez tivesse a intenção de nos incentivar, o gesto pareceu condescendente.

Olhei para Winston, perguntando-me no que havíamos nos metido. Ele se limitou a balançar a cabeça, como se não tivesse tido escolha.

— Seria necessário um homem maior do que nós dois para dizer não ao rei Cnut — disse ele baixinho.

— Talvez ele esteja falando sério quando diz que vai nos recompensar. Por onde vamos começar?

Winston mordeu o lábio.

— Pelo corpo. Talvez ele possa nos dizer mais do que percebemos da primeira vez.

Capítulo 8

Alguém removera o corpo, o que foi uma grande surpresa. Tonild, a viúva, não quis seu falecido marido jogado à vista de todos num barracão, então providenciou para que fosse levado de volta ao campo ao norte da cidade, onde agora jazia na tenda do casal, cercado por seus próprios homens.

Alguém, presumivelmente Godskalk, porque eu não tinha visto o rei dar essa ordem, postara um guarda diante do barracão e nos disse que quando Tonild levou os homens de Osfrid para buscar o corpo, ela jurou que o assassinato do marido seria vingado.

— Bem — disse Winston, coçando o queixo e estudando cuidadosamente a entrada —, primeiro o assassino tem de ser descoberto.

Curvou-se para entrar no barracão. Eu o segui e olhei em volta. Não era muito grande. Tinha 5 passos de comprimento por 3 de largura. As tábuas do piso sem acabamento haviam sido esfregadas até ficarem brancas, como eu já notara antes, e uma mancha de sangue indicava onde o corpo tinha sido deixado.

Winston me olhou.

— Devem ter virado o corpo.

Como assim? Mas então entendi.

— A menos que ele tivesse sido perfurado de um lado ao outro.

— Hmm — disse Winston. Foi a vez dele de parar e pensar. — Não me lembro se ele foi... Vamos torcer para que a viúva nos deixe examinar o corpo.

Winston foi até a parede do fundo, feita de tábuas horizontais, mas de aparência mais velha que o chão.

— Quem é o dono deste barracão?

Dei de ombros. Como diabos eu saberia uma coisa daquelas?

— Imagino que teremos de perguntar. Faz diferença?

— Talvez. — Winston estava parado na soleira e colocou a mão na porta de madeira áspera. Saiu do barracão e a fechou. De repente me vi no escuro. — Entra alguma luz aí dentro? — perguntou Winston, a voz abafada pelas tábuas.

Quando ele tornou a abrir a porta, balancei a cabeça.

— Nem a parede nem as portas deixam passar qualquer luz — disse ele. — O que isso nos diz?

Eu não fazia a menor ideia de onde Winston queria chegar com aquilo, e foi o que falei.

— Estou só imaginando se vamos acabar descobrindo que este barracão pertence a um mercador — disse ele, piscando os olhos azuis. Tive a sensação de que estava me provocando. Apenas pisquei de volta para ele, que acrescentou: — Há pouco este lugar foi convertido em um depósito à prova de ratos. — Então se voltou para o guarda e perguntou: — Quem é o dono deste barracão?

O guarda deu de ombros, mas então pareceu pensar por um momento.

— Alfred, o Mercador, acredito.

— E esse Alfred também é dono de um estábulo aqui perto?

Dessa vez o guarda respondeu com certeza.

— Aquela construção lá — disse ele, apontando para uma longa construção na esquina em que a viela cruzava uma rua estreita.

— Aha — disse Winston, esfregando as mãos. — Por acaso este complexo inteiro pertenceria a Alfred?

O guarda confirmou com um aceno da cabeça.

E com isso, Winston partiu. Quando o alcancei, estava parado diante da porta do estábulo observando três cavalos, um jumento e um burro. Havia também mais quatro baias vazias. O chão coberto de sujeira tinha várias manchas úmidas.

Eu estava pronto para entrar com ele, que já passava calmamente por cada uma das baias com a cabeça baixa, mas deu meia-volta e me mandou ficar onde estava.

Depois de examinar duas vezes o chão, ele ergueu os olhos com um sorriso satisfeito.

— Ali! — Indicou uma pilha achatada de esterco de cavalo. — Há gotas de sangue no esterco. — Winston então apontou para a entrada, na minha direção. — E ali há uma larga faixa onde a superfície do piso está diferente. Essa faixa mostra por onde o assassino arrastou o corpo de Osfrid. Siga esse rastro, por favor. Veja se ele continua até o barracão.

Fiz o que ele pediu, e voltei pela viela até o barracão, examinando a terra em busca de marcas.

— Consegue ver marcas de arrastamento? — perguntou Winston de dentro do estábulo.

— Não — respondi, balançando a cabeça. — Muita gente já deve ter passado por aqui. Certamente não faltaram curiosos mais cedo.

Winston voltou ao barracão comigo, inclinou a cabeça de lado, e perguntou:

— Você notou alguma coisa estranha ali na porta?

Mais uma vez neguei com a cabeça.

— Não há tranca... — começou ele.

— O que há de tão estranho nisso?

Ele me lançou um olhar zombeteiro.

— Você não acha estranho que alguém tenha gastado dinheiro para transformar este barracão num depósito seguro, mas não tenha se preocupado em colocar uma tranca na porta?

— Não. — Estava satisfeito comigo mesmo por saber imediatamente a resposta, apesar de tentar não parecer muito convencido. — Quer dizer, o barracão estava vazio, não estava?

Winston piscou para mim por um momento, depois um sorriso surgiu em seu rosto.

— Bem observado. Vamos voltar agora à pergunta importante.

— Por que alguém iria querer matar Osfrid? — perguntei.

— Não, ainda é muito cedo para essa pergunta. Provavelmente vamos saber quem o matou quando soubermos a resposta. Estava me perguntando por que o corpo teve de ser removido.

Mais uma vez tentei não deixar a minha voz parecer presunçosa.

— O assassino tinha de ocultar o corpo.

— Claro — disse Winston, dando um tapa na perna. — As pessoas entram e saem de estábulos o tempo todo. O assassino esperava que, com um pouco de sorte, o corpo só fosse descoberto depois de muitos dias no barracão.

Winston fez uma pausa e ficou imóvel durante um longo tempo, perdido em pensamentos. Finalmente perguntou:

— De qualquer maneira, quem encontrou o corpo?

Dei de ombros.

— Tonild evidentemente já sabia que o corpo fora encontrado quando irrompeu na sala do trono.

— Sim, com sua comitiva de homens armados. Alguém deve ter encontrado o corpo e avisado a Tonild, que então reuniu seus homens e partiu para acusar o rei — disse Winston, e então parou para pensar outra vez. — Mas é estranho. Antes disso ela não devia ter ido ver o corpo do marido assassinado? Por que ela não foi ver o cadáver antes de abordar o rei?

A resposta era óbvia.

— Ela queria vingança.

— Talvez. Talvez ela seja primeiro aristocrata antes de ser viúva? Digo, os nobres são assim, certo? — disse Winston com uma piscadela, como se os nascidos em família nobre fossem, de alguma forma, menos humanos.

Não me dei ao trabalho de responder.

— Então — disse Winston com um olhar de satisfação. — Quem devemos ver primeiro? A viúva ou o mercador?

Antes que eu pudesse responder, um homúnculo vestido de cinza entrou na viela e veio direto até nós. Parou perto e perguntou rispidamente o que fazíamos ali.

— Você é Alfred?

Ele ignorou a pergunta de Winston.

— Perguntei: *o que vocês estão fazendo aqui?*

— Estamos aqui a serviço do rei — respondi, casualmente levando a mão ao punho da minha espada.

— Não há nada para vocês aqui. Meu senhor já pagou a sua quota ultrajante do *heregeld* — disse o homenzinho torto numa voz queixosa e ultrajada.

— Então, você não é Alfred — confirmou Winston.

O gnomo olhou Winston irritado.

— Sou Wigstan, servo de Alfred.

— E Alfred, onde está? — perguntou Winston.

— Em sua barraca no mercado.

— Aonde possivelmente você fará a gentileza de nos levar — disse Winston, lançando um sorriso encorajador ao homúnculo, que, sem dizer nem uma palavra, se voltou sobre os calcanhares, foi até a esquina e virou na rua mais larga. Apressamo-nos para segui-lo. Ele parou diante de uma barraca de lona sob a qual havia uma mesa de madeira que funcionava como balcão.

Atrás dela estava um homem gordo e careca com sobrancelhas largas e pelos saltando das orelhas. Estava meticulosamente vestido com roupas imaculadas. Atrás dele, uma porta levava a uma casa.

— Este é Alfred? — perguntou Winston.

O gnomo assentiu e chamou a atenção do comerciante com uma boa tossida.

— Como posso ajudá-los? — O comerciante falava numa voz melosa e servil, supondo que éramos clientes.

— Você pode nos dizer quem foi a última pessoa a entrar no seu estábulo, e quando foi isso — ordenou Winston.

Surpreso, Alfred olhou para mim e depois para Winston.

— O quê...? — começou ele.

Winston repetiu a pergunta.

— Eu... eu entendi na primeira vez... Wigstan? — disse Alfred.

O gnomo deu de ombros.

— Estive lá pela manhã para alimentar os animais e limpar o local.

— E eu não vou até lá desde... anteontem — guinchou o gordo Alfred.

— Então, vigiar o estábulo não faz parte de sua rotina? — perguntou Winston.

Alfred negou e disse:

— Por que deveria?

— Pessoas roubam animais — disse Winston.

— No meio da cidade? Com o rei aqui e seus guardas por toda parte feito formigas? — zombou Alfred, o rosto gordo se abrindo num sorriso. — Embora a lei e a ordem costumem prevalecer aqui em Oxford, mesmo quando não há visitas reais.

— Então nenhum de vocês esteve lá hoje durante o dia? — perguntou Winston.

Os dois negaram.

— E ainda assim você estava a caminho de lá — comentou Winston, olhando para o homem menor.

— Saí a serviço e na volta vi vocês dois parados na entrada do estábulo.

— Entendo — disse Winston. — E Osfrid?

— Osfrid? — perguntou Alfred, lançando-lhe um olhar penetrante.

— O nobre da Saxônia do Sul. Quando ele fez compras aqui?

— Não faço ideia do que você está falando — disse o comerciante, de olhos arregalados.

— Um nobre que fala com sotaque de Sussex não comprou nada aqui hoje?

— Não, há muitos dias — disse Alfred.

— E você não ouviu nenhum som vindo do estábulo? — perguntou Winston.

Os dois homens negaram novamente.

— Obrigado — disse Winston, que deu meia-volta e se afastou comigo em seu encalço. Eu não abrira a boca.

— Ei! Que significa tudo isso? — perguntou o comerciante, a voz ainda mais aguda do que antes, se é que isso era possível.

Não obteve resposta, pois Winston já tinha virado a esquina. Eu não sabia se aquilo era parte do plano dele de dizer a Alfred que o homem assassinado tinha sido morto em seu estábulo, embora me espantasse o mercador não ter imaginado isso por si só.

— Tonild deseja orar em paz ao lado do corpo de seu falecido marido — disse o padre numa voz gentil, mas firme. Atrás dele vi vários soldados de expressão rude encarando-nos.

Levamos algum tempo para encontrar a tenda certa.

O acampamento onde o rei ordenara que se instalassem todos os nobres visitantes ocupava a maior parte da campina, estendendo-se da margem da floresta até as barracas nos limites da cidade, uma distância de dois por mais de três tiros de flecha.

O acampamento não tinha organização além da instrução do rei de que os vários grupos étnicos deveriam se misturar, e era discutível que se pudesse chamar aquilo de "organização", uma vez que ninguém sabia onde ninguém estava.

Quando perguntei pela tenda do homem da Saxônia do Sul, os dinamarqueses me olharam com indiferença, os saxões do norte deram de ombros, os germânicos vindos do leste disseram nunca ter ouvido falar de Osfrid, e os líderes vikings me olharam de cima e alegaram que todas as diversas tribos inglesas lhe pareciam iguais. Um nobre da Mércia pensou ter ouvido alguma coisa sobre um saxão do sul cuja tenda estava seis tendas abaixo da sua, mas quando lá chegamos, ela pertencia a um nobre da Nortúmbria, que se sentiu insultado por ter sido confundido com um saxão.

Pelo caminho, cruzamos com soldados, guarda-costas, escravos, mercadores ambulantes precariamente carregados, vendedores de cerveja, de pão, com os pregoeiros da cidade, artistas de rua, malabaristas e nobres pomposos, que constantemente mandavam seus homens abrirem caminho para eles através da multidão.

Além deles, havia um bom número de mulheres expondo abertamente seus atributos frontais e traseiros. Algumas delas piscaram para mim... mas infelizmente eu tinha de correr atrás de Winston, que caminhava de tenda em tenda perguntando por Osfrid, e não tive tempo de prestar atenção às multidões à nossa volta. Além disso, eu não tinha nem um centavo, e aquelas não eram o tipo de garotas que divertiam os homens de graça.

Nossos esforços acabaram valendo a pena. Um nobre de aspecto amistoso, que falava a versão gutural do saxão dominada apenas pelos residentes da região ao longo da fronteira galesa, nos encaminhou para uma tenda de topo pontiagudo à nossa frente. Quando chegamos, o guarda confirmou que tínhamos chegado ao lugar certo.

Contudo, recusou-se terminantemente a nos deixar entrar. Só depois de Winston ameaçar chamar um pelotão de guardas do rei foi que o sujeito concordou em levar uma mensagem para dentro da tenda, o que resultou quase que imediatamente no padre antes mencionado enfiando a cabeça para informar que Tonild não queria falar conosco.

Winston, contudo, se recusou a sair e continuou ao lado dele. Com um suspiro, o clérigo veio falar conosco. Enquanto isso, o guarda afastou-se para conversar com alguns colegas, mantendo sobre nós um olhar raivoso durante todo o tempo.

— Entendo que Tonild queira homenagear o marido. Mas tenho certeza de que ela também quer descobrir e punir o assassino — disse Winston numa voz mais alta, possivelmente na esperança de que suas palavras fossem ouvidas através da lona da tenda.

— Acredito que Lady Tonild já saiba quem é o autor — respondeu asperamente o padre.

— Foi o que ouvi — disse Winston, acenando a cabeça. — Mas o rei pretende jurar sua inocência e nos pediu para investigar o assunto.

O padre nos lançou um olhar que sugeriu que não depositava grande confiança em nós.

— O senhor poderia, por gentileza, pedir a Tonild que nos receba? Será muito breve — pediu Winston.

— Não — disse o padre. — Recebi instruções expressas para não permitir a entrada de ninguém nesta tenda hoje. — Ele falava com o sotaque suave dos saxões do sul.

— Então pode pedir a ela para nos receber amanhã? — perguntou Winston.

— Pedirei sim, depois que vocês se forem — respondeu o padre.

Winston apertou os lábios, inspirou profundamente e disse:

— Também gostaria muito de examinar o corpo.

O padre balançou a cabeça.

— Isso está absolutamente fora de questão!

O rosto de Winston ficou vermelho de raiva, depois se acalmou.

— Você o viu?

— Vi.

— Então me responda uma coisa: o ferimento atravessou o corpo de um lado ao outro?

O clérigo o encarou sem entender a pergunta.

— Havia sangue ou algum ferimento nas costas dele?

O padre assentiu, confirmando.

— Obrigado. Voltaremos amanhã. — Winston se virou nos calcanhares, e voltamos através do acampamento.

Um pouco depois, peguei Winston pela manga e disse:

— Estou morrendo de fome.

Passara-se mais da metade da tarde e ainda não tínhamos comido nada desde o mingau daquela manhã.

Winston parou e concordou.

— Você tem razão. Eu também estou com fome.

Logo depois estávamos sentados na taverna da estalagem, que estava vazia não fossem dois saxões de aparência mais do que pobre, os quais supus estarem cuspindo nas respectivas cervejas há muito tempo, a julgar pelos olhares descontentes que Alfilda lhes lançava.

Cada um de nós pediu um pão com presunto salgado e uma caneca de cerveja. Nossa hospedeira ainda não tinha terminado de preparar o jantar, e assim aquilo era o melhor que podia nos oferecer.

Mastigar o pão satisfez o pior da minha fome, e depois da segunda caneca de cerveja eu começava a me sentir novamente uma pessoa. Observei Winston, que palitava os dentes com uma lasca de madeira que arrancara do tampo da mesa.

— Você acha que vamos conseguir resolver esse assassinato? — perguntei.

Winston ergueu os olhos.

— Não sei. Mas é melhor que ficar sentado sem fazer nada.

— Bem, o melhor seria se Ælfgifu tivesse se encontrado com você, como prometeu.

— Claro, mas o rei queria outra coisa. Pelo menos assim seremos pagos.

— Se tivermos sucesso — lembrei a ele.

Winston sorriu para si mesmo.

— O que, sem dúvida, é razoável. Quem gostaria de pagar por um serviço que não foi feito?

Winston ficou em silêncio e permaneceu inclinado sobre a mesa por um momento.

— Sabe — disse ele, relutante, como se procurasse a melhor forma de se expressar. — Isso é um pouco como ser pintor, tudo isso.

Não entendi o que ele quis dizer e deixei isso claro.

— Ah, não. Você não sabe ler, não é?

Eu já tinha respondido àquela pergunta.

— Veja — continuou ele, lentamente. — Eu desenho ou pinto apenas uma coisa. Às vezes a primeira letra de um texto longo, talvez uma figura no meio do texto. Está entendendo?

Balancei a cabeça.

— Bem, eu focalizo um único detalhe retirado de um cenário mais amplo. Como quando você lê, sabe? Ou talvez você não saiba. Tente imaginar como alguém lê. Primeiro se enxergam as letras, depois as encadeamos em palavras e depois encadeamos as palavras em linhas, as linhas em um texto e de repente se vê o todo. Que então é enriquecido pelas ilustrações. Os detalhes das figuras iluminam o todo.

"Essa investigação funciona da mesma forma. Encontramos um detalhe: esterco de cavalo numa capa, a falta de tranca numa porta, um comerciante que não sabe sobre um assassinato em seu estábulo, uma viúva que a princípio estava sedenta por vingança mas que depois prefere orar a ajudar as pessoas que tentam encontrar o assassino de seu marido.

"Em determinado momento teremos encontrado os detalhes suficientes para vermos o todo. E então teremos o nosso assassino."

Aquilo parecia estranho aos meus ouvidos, mas o que é que *eu* sabia sobre leitura e outras coisas eruditas? Mesmo assim fiz que sim com a cabeça porque notara uma coisa com relação a Winston enquanto ele falava: parecia estar se divertindo.

Capítulo 9

inston se virou para olhar pela janela que ficava na parede da taverna às suas costas. O sol de primavera ainda não tinha se posto e estava claro lá fora.

— Então, o que fazemos agora?

Dei de ombros. Calculei que teríamos de esperar até a manhã seguinte e torcer para que a viúva aceitasse nos receber.

Mas Winston tinha outras ideias. Levantou-se da cadeira e atraiu o olhar da nossa hospedeira.

— Se importa de se juntar a nós por um momento?

Alfilda concordou e veio até nós, lançando um olhar descontente para os saxões, ainda curvados sobre as canecas presumivelmente vazias. Admirei os movimentos graciosos dela. O balanço dos quadris não escapou à minha atenção, bem como o movimento rítmico dos seios sob a blusa de linho.

Alfilda sorria para si mesma quando se sentou, significando que notara minha atenção. Quando pisquei os olhos para ela, a estalajadeira respondeu com uma expressão de desprazer, para minha surpresa.

Pois que seja. Se achava que eu era tão louco por mulheres a ponto de desperdiçar mais tempo com ela quando a cidade estava cheia de jovens... bem, era ela quem saía perdendo.

Winston se inclinou sobre a mesa.

— Você ouviu falar do assassinato desta manhã?

Alfilda confirmou.

— As pessoas só falam disso. Aqui é uma taverna — explicou —, então coisas desse tipo são boas para os negócios. Até aqueles dois ali estavam bastante animados quando entraram. — Ela se iluminou num sorriso. — Evidentemente, ninguém diria ao olhar os dois agora que já tomaram uma ou duas canecas. Suponho que faz sentido o fato de terem sido os últimos a entrar aqui, todos os demais entraram para tomar cerveja e fofocar, e depois saíram porque tinham alguma coisa a fazer.

Nós três examinamos os dois. Sentados ali, agarrando suas canecas, pareciam dormir. Talvez cada um estivesse esperando o outro pagar a próxima rodada.

— Mas as fofocas do dia incluíram o fato de Halfdan e eu termos sido contratados para encontrar o assassino? — perguntou Winston.

Alfilda balançou a cabeça.

— Quem pediu a vocês para fazer isso?

— O próprio rei Cnut — disse Winston, erguendo a caneca em triunfo sob o olhar surpreso de Alfilda.

— Mas não era por Ælfgifu que você estava procurando? — perguntou ela.

— Sim, mas parece que ela não está em Oxford. Em vez disso, tive uma audiência com o rei — disse Winston, e relatou rapidamente nossa conversa com Cnut, as acusações de Tonild, e o desfecho de todo o episódio enquanto eu tentava tirar uma mosca da minha cerveja.

Alfilda ouviu em silêncio. Winston terminou descrevendo como eu tinha recuperado minha espada, e então fez um sinal para que eu continuasse a história de onde ele havia parado. Coisa que não fiz.

Mas então um pensamento pareceu ocorrer a Winston, porque, de repente, ele perguntou a Alfilda:

— Algum dos seus clientes disse alguma coisa sobre quem encontrou o corpo?

— Ah, claro — disse Alfilda, desconfiada de que ainda não ouvira toda a história.

Winston sorriu quase imperceptivelmente.

— E você acha que estaria disposta a compartilhar essa informação conosco?

— Por que não? — disse ela, ajustando a blusa de linho e fazendo os seios subirem. — Vocês vão encontrá-lo na loja de Alfred, o Comerciante. É um sujeitinho pequeno, trabalha para Alfred.

Vi meu próprio espanto refletido nos olhos de Winston quando dissemos em uníssono:

— Wigstan?

— Vocês o conhecem? — perguntou ela.

Winston assentiu.

— Falamos com ele, sim. E suponho que falaremos novamente. — Ele empurrou a caneca. — O que mais as pessoas estão dizendo?

— Sobre o assassinato? Ora, todo mundo sabe que havia inimizade entre a vítima e o rei, é claro.

— Então tem gente que pensa que Cnut mandou assassinar Osfrid?

— Sim.

— Mas o rei está disposto a jurar que é inocente — eu disse, achando que devia dar alguma contribuição à conversa.

Alfilda soltou uma risada de escárnio e falou:

— Reis e nobres, claro, claro. Eles nunca parecem ter dificuldade em achar testemunhas que confirmem que estão dizendo a verdade, não é mesmo?

Winston concordou.

— E sabemos que o rei não hesita em mandar afastar seus inimigos. Seja abertamente, como fez com Eadric, o Apanhador, ou secretamente, como se deu com muitos de seus adversários no ano passado.

— Sem falar nos filhos do velho rei Ethelred — disse Alfilda.

Winston balançou a cabeça para Alfilda, que olhou de volta para ele intrigada.

— Não, eles ainda estão vivos — disse ele.

Alfilda novamente escarneceu.

— Graças à mãe deles, a rainha Emma, que teve a previdência de enviá-los ao irmão, o duque da Normandia, antes de se casar com Cnut. Ela sabe muito bem o que acontece aos príncipes órfãos de pai.

— Você pensa que Cnut assassinaria os enteados? — perguntou Winston com ceticismo.

— O filhote de cuco não expulsa os outros ovos e filhotes do ninho? — perguntou Alfilda.

Olhei para Winston, que assentiu para si mesmo.

— Dizem que Emma deu um filho a Cnut.

— Lady Ælfgifu também lhe deu um filho. O rei é jovem e ávido para provar sua masculinidade — disse Alfilda, voltando-se para me lançar um sorriso afetado. Como se a minha masculinidade tivesse de ser provada!

— Ou para se certificar de que teria herdeiros — retruquei irritado.

Winston nos encarou carrancudo.

— Estávamos discutindo se Cnut estaria ou não por trás do assassinato de Osfrid — disse ele.

— Ele não teria pedido para solucionarmos o assassinato se tivesse sido o assassino — argumentei, balançando a cabeça.

— Ah, mas com certeza ele teria — disse Winston, recostando-se contra a parede. — Talvez ele ache que não conseguiremos provar que ele ordenou o assassinato. E qual o melhor meio de convencer a todos de que realmente deseja o crime solucionado senão informar a todos que está pagando pela investigação?

Pensei um pouco.

— Você acha que foi isso o que aconteceu?

— Bem — disse Winston, levantando-se. — Digamos apenas que devemos considerar todas as opções possíveis.

Também me levantei.

— Para onde?

— Acho que devemos ter outra conversa com Wigstan — disse ele, assentindo para Alfilda. — Obrigado por sua ajuda.

Alfred nos lançou um olhar irritado. Ele e um viking conversavam de pé atrás do balcão da sua barraca. O viking tinha uma voz profunda e mal se dignou a nos olhar quando nos aproximamos educadamente pelo lado de fora. Examinei a mercadoria do local.

Havia um pouco de tecido na ponta extrema do balcão e algumas caixas de madeira empilhadas no chão abaixo dele. Alguns martelos de prata e cruzes, além de várias correntes de prata, estavam espalhados no balcão diante de Alfred. O homem tinha pouca coisa a vender, mas era possível que tivesse várias outras barracas na cidade, caso contrário precisaríamos descobrir como era possível ele ter uma casa tão grande.

Não consegui ouvir o que ele e o viking discutiam, mas como o comerciante parecia insistir em apertar a mão do viking — que por sua vez insistia em puxar a mão evitando o aperto —, eles pareciam estar concluindo um negócio. Essa impressão foi confirmada quando Alfred finalmente conseguiu agarrar a mão do viking e cumprimentá-lo vigorosamente.

— Será entregue hoje à noite — falou. O viking saiu de trás do balcão e desceu a rua sem mais palavras nem um olhar em nossa direção.

— Conseguiu um bom negócio? — perguntou Winston, sorrindo educadamente sobre as cruzes e os martelos.

— Talvez — disse o comerciante, obviamente pouco disposto a ser amistoso. — Suponho que não estejam aqui para comprar alguma coisa.

Winston balançou a cabeça ainda sorridente.

— Estamos aqui para falar com Wigstan.

— Ele é pago para fazer coisas para mim, não para conversar com vocês. — Alfred puxou a barriga sobre o cinto que mantinha a calça no lugar.

— Sei disso. Ainda assim, ele precisará deixar o trabalho de lado por um momento. — Winston já não tinha mais um sorriso nos lábios.

— Ah, ele vai, é? — escarneceu o comerciante. — Ele não vai largar coisa nenhuma. Na verdade, quem decide isso sou eu.

— Halfdan, você poderia chamar alguns guardas?

Virei-me e comecei a ir em direção à rua, mas fui contido pela voz aguda de Alfred.

— Guardas? Vocês têm guardas?

Winston tornou a sorrir, mas dessa vez era um sorriso frio.

— Estamos fazendo perguntas em nome do rei. Os guardas dele cuidam de qualquer um que não queira responder às nossas perguntas e qualquer um que tente nos impedir.

O comerciante virou o corpo gordo para a porta às suas costas.

— Wigstan!

Depois de um momento, o homenzinho enfiou a cabeça pela porta.

— Estes... homens gostariam de falar com você outra vez.

O baixinho saiu da barraca, cuspiu no chão e olhou para mim e para Winston.

— Sim?

— Há uma coisa que me intriga — disse Winston olhando a lona acima de Wigstan. — Um homem encontra um cadáver, mas não considera isso importante o bastante para ser mencionado quando dois estranhos interrogam a ele e ao seu patrão. — Winston voltou os olhos para Wigstan. — Você não acha estranho?

O gnomo cuspiu outra vez.

— Não. Não vejo sequer como as duas coisas estão relacionadas.

— Talvez não estejam — disse Winston. — Você costuma encontrar cadáveres? — Winston observou quando Wigstan deu de ombros.

— Felizmente não.

— Você encontrou um no barracão que pertence a Alfred?

O homenzinho fez que sim com a cabeça.

— E qual tarefa você foi fazer lá?

— Tarefa? O barracão é de Alfred. Eu trabalho para ele.

Winston concordou.

— Disso nós sabemos. Mas qual era a *tarefa* que o esperava lá?

Wigstan olhou em volta. Parecia tentar fazer contato visual com Alfred.

— Eu tinha algo a fazer.

— O que era? — perguntou Winston, presunçoso como um gato.

— Hmm, não me lembro.

De repente o rosto de Winston perdeu a expressão. Ele deu um puxão no nariz e olhou para os pés, a mão direita abrindo e fechando como se por vontade própria.

De repente, voltou-se para mim.

— Halfdan.

Dei um passo à frente.

— Peça ao comerciante para tirar os sapatos e entregá-los a você.

Espantado, olhei para Winston por um momento, mas ultrapassei o balcão até Alfred, que deu dois passos para trás.

— Você ouviu o homem — eu disse a ele.

— Eu... você não tem... eu não quero — gaguejou ele.

Sem uma palavra, estendi a mão esquerda. A direita estava firmemente apoiada no punho da minha espada. Ainda assim, o comerciante não indicou nenhuma intenção de obedecer.

— Terei de descalçá-los para você? — perguntei. Achei que sabia por que Winston queria ver os sapatos.

Alfred tentou se afastar de mim dando mais um passo para trás, mas esbarrou na parede da própria casa atrás de si.

— Então? — Mantendo a mão esquerda estendida, puxei metade da espada para fora e a deixei deslizar novamente para a bainha com um ruído assustador.

Aceitando finalmente a derrota, Alfred se sentou na pedra à frente da porta e descalçou os sapatos de couro. Depois os entregou a mim e contornei o balcão para mostrar as solas a Winston.

— Exatamente como eu pensava — disse Winston. — Você disse que não esteve no estábulo desde anteontem. E ainda assim, as solas dos seus sapatos estão sujas de esterco.

— Esqueci de limpá-los — disse o comerciante com sua voz aguda.

Winston balançou a cabeça com um sorriso.

— Um homem como você? Que se exibe pela cidade com roupas elegantes como uma donzela a caminho do baile? Você está mentindo.

Voltou-se para Wigstan.

— Assim como você. A verdade é que encontrou o corpo no estábulo e os dois o arrastaram até o barracão. Não é?

O homúnculo foi praticamente soprado para trás quando Winston urrou mais uma vez.

— Não é? — Depois de um instante, Winston prosseguiu: — Bem, talvez seja melhor chamar os guardas.

O comerciante balançou a cabeça, as bochechas moles tremendo como geleia.

— Está bem — disse Winston, assentindo em minha direção. — Mas se quer evitar que eles se envolvam, terá de nos contar a verdade.

Capítulo 10

A lfred admitiu tudo. Empoleirado no degrau de entrada de sua casa, reconheceu que ele e Wigstan retiraram o corpo do estábulo.

De braços cruzados, Wigstan apoiava-se na parede ao lado do patrão. Embora tentasse parecer durão — os cantos de sua boca retorciam-se toda vez que eu o olhava —, o homenzinho parecia ainda mais intimidado do que Alfred, se é que isso era possível. Winston estava parado diante deles, firme, mas tranquilo, enquanto eu estava sentado no balcão, o cinto esticado e a bainha da espada apoiada na coxa.

A história dos dois era que Wigstan entrara no estábulo para raspar o piso e praticamente tropeçara no corpo. Aterrorizado com o que poderia acontecer caso se espalhasse a notícia de que um nobre desconhecido fora assassinado em seu estábulo, Alfred inventara um plano para se livrar do corpo. Tiveram a sorte de não haver ninguém na viela quando arrastaram o corpo até o barracão, e nenhum curioso aparecera enquanto lavavam o sangue do chão do estábulo.

Winston estudou o pequeno Wigstan, que mantinha a cabeça erguida, tentando parecer desafiador.

— Onde jazia o corpo? — perguntou Winston.

— Onde jazia? Hmm, no chão — respondeu Wigstan.

— Sim, disso eu sei. Em que posição? De bruços, de costas, ou de lado?

— Bem, um pouco dobrado sobre si, de lado.

— Havia muito sangue?

— Havia.

— Uma poça?

O homenzinho pensou um pouco.

— Não, parecia mais espalhado por todo o chão.

Winston pensou por um momento.

— Parecia que alguém tinha revirado as roupas e os bolsos do morto?

— Como eu vou saber? — respondeu Wigstan, dando de ombros.

Winston me olhou e perguntou:

— Se um homem é atravessado por uma espada, ele cai na direção do golpe, não cai?

— A menos que o assassino levante o pé e empurre o corpo para tirar a espada — expliquei. — Como sabemos que estamos lidando com um golpe de espada?

— Havia um ferimento nas costas do homem? — perguntou Winston, encarando Alfred. O comerciante pareceu em dúvida. Então olhou para Wigstan, que soluçou um "sim".

Winston me olhou com ar de conhecedor. Concordei com um aceno de cabeça. Osfrid deve ter sido perfurado no estômago.

O assassino teria enfrentado mais dificuldades ao atacar o peito de Osfrid. É preciso sorte para acertar um homem entre as costelas, e poucas pessoas têm a força necessária para forçar uma espada através da caixa torácica.

Um espadachim experiente ataca a barriga, que é macia, mas move a espada diagonalmente para cima sob as costelas para tentar perfurar o coração. Se a vítima não estiver usando cota de malha — que Osfrid não usava —, não há nada que impeça que a ponta da espada entre completamente no corpo, contanto que se evite a coluna, o que não é difícil.

E, por serem muito compridas, as espadas geralmente atravessam o corpo da vítima, deixando um ferimento de saída nas costas.

Olhei Alfred e perguntei:

— Por que levar o corpo para seu próprio barracão, se você tinha medo do que poderia acontecer caso ele fosse encontrado em seu estábulo?

— Não havia... não havia outra opção — respondeu ele, mexendo os pés, nervoso.

— E você sabia que o barracão estava vazio — disse Winston, coçando a barba.

Alfred fez que sim com a cabeça.

Foi então que tive uma ideia e disse:

— E com um pouco de sorte, o corpo poderia ter continuado lá por um bom tempo antes de ser descoberto.

Alfred assentiu novamente. Em seguida o homem encarou Winston aterrorizado quando de repente meu amigo gritou:

— Então, por que diabos Wigstan foi lá e "encontrou o corpo"?

Os dois homens entreolharam-se cheios de dúvidas. O gnomo franziu o cenho enquanto o comerciante mordeu o lábio.

— Esquecemos de trancar a porta do barracão — disse Alfred, dando de ombros, resignado.

— Por que você não tem tranca, pois o barracão geralmente está vazio? — perguntou Winston, acenando com aprovação para mim uma vez que havia sido eu quem descobrira aquele fato.

Os dois confirmaram.

Alfred levantou os braços num gesto de desamparo e explicou:

— Quando terminamos de limpar o chão do estábulo e saímos, olhamos a viela e vimos que a porta do barracão estava aberta e balançando. Um sopro de vento deve tê-la aberto. Wigstan correu até lá, mas... — Alfred começou, porém parou para olhar seu assistente, que com petulância nos contou que, ao chegar ao barracão, algumas pessoas andavam pela viela. O rosto de Winston se iluminou ao compreender.

— Então você percebeu que sua única opção seria "descobrir" o corpo?

Wigstan confirmou, ainda petulante. Evidentemente, ele não percebera a alteração na expressão de Winston.

— Mas... — falei, examinando a esparsa seleção de mercadorias do comerciante. — Você não está exatamente atolado em mercadorias aqui. Por que converteu o barracão num depósito seguro?

— As perspectivas do meu negócio eram muito diferentes duas semanas atrás, mas esse novo... rei *dinamarquês*... será minha ruína — determinou Alfred, os lábios repuxados num sorriso amargo.

Winston assoviou baixinho.

— O *heregeld*?

Alfred confirmou com um aceno.

— Aqui em Oxford o imposto do exército é alto demais. E quando o alto-comissário chegou para cobrar, ele não parou nem quando meus cofres se esgotaram.

— Ele levou suas mercadorias também?

Alfred levantou as mãos, frustrado.

— O que você está vendo aqui é tudo que me sobrou depois do pagamento do *heregeld* e do novo imposto de incêndio da cidade.

Depois de passar muito tempo na barraca do comerciante, estávamos novamente sentados na taverna.

— Como você percebeu que tudo se encaixava? — perguntei a Winston, que deu um leve sorriso e disse:

— Eu devia ter notado há muito tempo. O que me fez pensar foi a relutância de Wigstan em dizer o que tinha ido fazer no barracão.

O idiota deveria ter percebido que em algum momento alguém faria essa pergunta e que deveria ter uma resposta pronta. Se ele tivesse passado pelo barracão uma semana antes teria sido uma coisa. Mas será que ele realmente achou que eu iria acreditar na história de que não se lembrava por que tinha ido até lá poucas horas antes?

— É, mas... — comecei a dizer. Desde que Winston inspecionara os sapatos e a subsequente confissão do comerciante, eu estivera incomodado pelo fato de não ter sido capaz de perceber, como Winston, as mentiras de Alfred e Wigstan. — Você parecia ter muita certeza quando acusou os dois de estarem mentindo.

— É verdade, porque me lembrava do que tínhamos visto no estábulo.

— Está falando do sangue que vimos no esterco de cavalo?

— Não, isso só nos mostrou onde o assassinato se deu — disse Winston com um brilho malicioso nos olhos. — As manchas úmidas no chão. Nós devíamos ter notado e adivinhado o que significavam.

— É claro — disse eu, de repente me sentindo verdadeiramente burro. — Eles tiveram de lavar o sangue do chão de terra!

Winston concordou.

— Mas não viram a pequena pilha de esterco manchado de sangue.

Então *era* realmente simples: tudo que precisávamos fazer era nos lembrar dos detalhes e juntá-los para ver o todo.

Várias mesas estavam ocupadas na taverna.

Alguns nobres preferiam vir comer na taverna a trazer seus próprios cozinheiros e equipes de cozinha para o acampamento. Ali estavam também três sacerdotes engolindo em silêncio o delicioso ensopado de Alfilda, quatro homens que poderiam ser qualquer coisa, desde mercadores ambulantes a soldados mercenários procurando por um novo patrão, e um homem curvado, de cabelos ralos, que a julgar pelas roupas estava em peregrinação, talvez ao santuário de santa Frideswide, a santa de Oxford.

Eu estava com fome. O pão daquela tarde tinha apenas acalmado meu estômago e ataquei com deleite o ensopado de coelho, temperado com cebola e tomilho.

Winston também devorava sua porção. Parecia muito satisfeito depois da nossa conversa na barraca de Alfred, como se a confirmação de seu palpite lhe tivesse renovado a fé de que conseguiríamos realizar aquela tarefa para o rei.

Finalmente, limpou os lábios e a barba com as costas da mão, arrotou atrás da mesma mão, e esticou as pernas sob a mesa.

— Um bom dia de trabalho.

Mas alguma coisa ainda me intrigava.

— Por que lhe ocorreu perguntar se alguém tinha revirado os bolsos de Osfrid?

Ele me lançou um olhar de aprovação, como se estivesse feliz com a minha pergunta.

— Bem, antes de tudo, não é uma pergunta tão surpreendente, não é? Osfrid deve ter sido assassinado por *alguma* razão. Talvez estivesse de posse de alguma coisa que alguém quisesse. Mas havia também outro motivo. Como você observou antes, por conta própria, um homem ferido no estômago agarra a espada e cai para a frente. Mas o assassino, entretanto, fará todo o possível para arrancar a espada e, como você disse, irá empurrar a vítima para trás.

"Portanto, o corpo ou estaria de costas ou de bruços. Mas, de acordo com Wigstan, o corpo de Osfrid estava caído de *lado*. Não havia uma poça de sangue. O sangue estava mais para... como foi que ele disse? 'Espalhado por todo o chão.'"

Winston me olhou com expectativa, esperando para ver se eu era capaz de explicar.

— Pois Osfrid tentou fugir? — perguntei.

— Exatamente. Ele viveu o suficiente para se arrastar pelo chão.

— Isso quer dizer... — hesitei, ainda em dúvida. Winston me encorajou com um aceno da cabeça. Então completei: — Isso quer dizer que ele não morreu imediatamente.

— A menos que alguém tenha inspecionado o corpo e o arrastado pelo chão durante a revista — disse Winston, assentindo.

— Mas... — falei, novamente hesitante. — O que isso nos diz?

— Como vou saber? Mas *é* um detalhe.

Sorri.

— E em algum ponto vamos ver o todo. Ah, e mais uma coisa — continuei. Winston inclinou a cabeça, ansioso para ouvir o que eu tinha a dizer. — Notei que as mãos de Osfrid estavam cortadas, como se ele tivesse agarrado a espada para impedir que ela penetrasse.

— Então você quer dizer que ele tentou se defender? — perguntou Winston, puxando o nariz.

Mas percebi que havia outra possibilidade.

— Ou porque ele ainda teve forças para segurar a espada *depois* de ter sido ferido.

— O que não teria sido tão incomum. Um homem com muita dor tenta remover a fonte da dor. Então você tem razão: talvez ele tenha ajudado o assassino a arrancar a arma.

— Mas isso não nos ajuda muito. E agora?

Winston se levantou e disse:

— Vou dar uma olhada em Príncipe.

Mas antes que chegássemos à porta, Godskalk, o guarda do rei, entrou na taverna. Ao nos vir, falou:

— O rei convoca vocês dois para uma audiência.

Dessa vez os guardas do rei não me pediram para entregar a espada antes de me autorizarem a entrar na sala do trono.

Cnut estava sentado a uma mesa no centro da sala à esquerda do fogo. Thorkell e Wulfstan estavam com ele, tendo à frente cálices de prata e pratos vazios. O prato de Cnut estava coberto de ossos, que pareciam ser costelas de porco, sem mais nenhuma carne. O cálice de prata à sua frente era bem maior do que os outros.

A um gesto do rei, os servos apressaram-se em trazer cadeiras. Cnut sinalizou para que nos sentássemos à mesa. Tigelas para bebida, feitas de madeira, foram colocadas diante de nós, e, antes de falar, o rei ergueu seu cálice e bebeu à nossa saúde.

O vinho era mais doce que o que meu pai bebia.

— Alguma novidade?

Winston olhou para o rei.

— Temo que não muitas, senhor, apesar de termos descoberto onde Osfrid foi morto.

— Fale. — Cnut se inclinou para a frente e pegou um osso de seu prato. Dois cachorros enormes se levantaram imediatamente. O rei lançou o osso para um deles e depois outro para o segundo cachorro.

Winston atualizou o rei sobre nossa investigação.

— Excelente — elogiou.

Lancei um olhar de esguelha em sua direção. Por que parecia tão satisfeito? Não estávamos nem um pouco mais próximos de saber quem tinha matado o nobre.

— Você acha que esse Alfred pode pagar a *wergeld* pela vida de Osfrid?

Minha surpresa se tornou perplexidade.

Winston balançou a cabeça e esclareceu:

— Não acredito que ele seja o assassino.

Cnut estava incrédulo.

113

— Não acredita? Ele admitiu ter movido o corpo. É o único que sabemos que teve contato com o cadáver. Ou melhor, ele e o assistente. É óbvio que ele é o assassino.

Winston olhou o rei demoradamente. Quando por fim falou, sua voz estava carregada de raiva.

— Milorde, se tudo que deseja é um assassino capaz de satisfazer a todos, então o senhor tem razão: deve simplesmente prender Alfred até que ele possa pagar a *wergeld* ou que a família de Osfrid possa se vingar e dê o caso por encerrado. Porém se o senhor quer prender o *verdadeiro* assassino, deve-me deixar terminar o trabalho que pediu.

Com a voz cética, o rei perguntou:

— Como você pode ter tanta certeza de que esse homem não é o assassino?

— Creio que não tenho certeza, ainda não. Assim como não posso afirmar que ele seja o assassino. O senhor me ordenou fazer um trabalho, milorde. Não foi por esperar que eu de fato o fizesse?

O rei olhou com raiva para Winston e depois para mim.

— Estou convocando o Witenagemot dentro de três dias. Conseguirá levar o verdadeiro assassino aos grilhões antes desta data?

— Talvez — respondeu Winston.

— Talvez não é bom o suficiente. Três dias, saxão. Caso contrário, esse comerciante *será* acusado de assassinato perante toda a nobreza da Inglaterra reunida. — O rei nos deu as costas. Entendemos a mensagem e saímos.

Quando chegamos à porta, virei-me e olhei de volta para o salão. Jarl Thorkell segurava seu cálice e o arcebispo se inclinava sobre a mesa para falar ao rei, que parecia distraído.

Uma vez lá fora, voltei-me para Winston.

— Um assassino que satisfaça a todos?

— Idealmente, um saxão, mas não um nobre. Isso transformaria o assassinato num acontecimento isolado, não no resultado de uma rixa ou de algum tipo de traição. O crime seria solucionado e ninguém seria obrigado a tomar mais nenhuma atitude. Além disso, seria muito conveniente o assassino ser de Oxford, uma cidade que Cnut odeia. O que poderia ser melhor? Não acredito que Alfred seja tão pobre quanto diz ser, portanto, tem a vantagem de ser capaz de pagar a *wergeld* pela vida de Osfrid. — Winston fez uma pausa. — Mas uma coisa está me incomodando.

Virei-me para encará-lo e Winston então prosseguiu:

— Tenho certeza de que Alfred é inocente. E só tenho três dias para provar isso.

Capítulo 11

Descobri naquela noite que os roncos de Winston poderiam acordar os mortos.

A cama era larga e havia muito espaço para nós dois, por isso não tive dificuldade em adormecer, ainda mais porque Alfilda nos tinha dado uma caneca de sua cerveja mais forte antes de irmos para a cama.

Quando acordei, o quarto, já meio iluminado pela luz da aurora do fim da primavera, reverberava com um ribombar profundo que de início demorei a identificar. Pensei que talvez viesse do lado de fora da janela até notar que a cama estava sacudindo. Sentei-me e olhei através da semiescuridão para meu companheiro, que estava de costas com a boca aberta, resfolegando como um cavalo de carga.

Minha bexiga estava cheia por causa da cerveja da noite anterior, então saí da cama e me arrastei pelo corredor. Tateei o meu caminho até a porta dos fundos e fui para a viela, onde baixei as calças e me aliviei. Ao fazê-lo, ouvi as andorinhas que, bem no alto sobre a cidade, já haviam começado sua caça estridente por insetos.

Quando voltei para a cama, o ronco de Winston estava ainda mais alto do que antes. Puxei o meu lado do cobertor até as orelhas, mas não consegui me livrar do barulho.

Dormi em sobressaltos durante o resto da noite, acordado intermitentemente pelos roncos do meu companheiro. Quando Alfilda começou a se movimentar pela cozinha, eu estava bastante grogue.

Winston, contudo, sentou-se com os olhos brilhando e me desejou um bom-dia. Respondi com um grunhido ranzinza.

Ele me olhou e perguntou qual o problema.

Depois de minha resposta mal-humorada, ele pareceu encabulado.

— Ah, eu devia ter dito para você me chutar.

Resmunguei que me lembraria da sugestão, e então saí da taverna aos tropeços até o poço que tinha visto quatro casas abaixo da estalagem. Puxei um balde d'água e virei-o sobre minha cabeça e meu tronco, e fiquei bocejando todo o resto do dia, embora minha cabeça não se sentisse mais leve nem o meu corpo menos cansado pelo esforço.

Tínhamos mel para acompanhar o pão, a cerveja era maltada e doce, e comi e bebi com apetite crescente, mal ouvindo Winston e Alfilda, que conversavam como velhos amigos.

Finalmente meu companheiro limpou a boca, engoliu o último gole da caneca e se levantou.

— É hora de conversarmos com a viúva.

No caminho, ele insistiu que parássemos no estábulo de seu burro. Encontramos Príncipe em companhia de várias outras montarias e animais de carga, o focinho enterrado num saco de aveia que provavelmente pertencia por direito ao cavalo a seu lado, mas nem Príncipe nem Winston pareceram interessados em tomar qualquer atitude para corrigir a situação.

O animal resfolegou para Winston, levantando uma nuvem de palha até a altura das orelhas. Príncipe então me deu um olhar desdenhoso e voltou ao banquete, dirigindo uma expressão carrancuda ao animal a seu lado, que humildemente começou a mascar palha. Marcas de mordida no ombro do cavalo vizinho sugeriam que Príncipe o forçara à submissão pela tirania.

Com Winston tranquilo quanto a seu animal não estar passando por nenhuma dificuldade, deixamos o estábulo e percorremos as ruas estreitas e tortuosas em direção ao prado onde ficava o acampamento dos nobres, local que encontramos tão agitado como um formigueiro que houvesse sido cutucado com uma vareta.

A agitação era ainda maior que a do dia anterior. Mais tendas tinham sido montadas e muito mais homens corriam agitadamente, fingindo saber o que faziam — algo do qual eu duvidava bastante.

Fomos direto para a tenda de Tonild, que encontramos cercada de homens armados com lanças, espadas e olhos atentos. Um deles avançou e nos perguntou o que queríamos ali.

Winston cofiou calmamente a barba.

— Temos horário marcado para falar com a dama.

De maneira agressiva, o guarda instruiu-nos a esperar, aproximou-se da tenda, pigarreou e abriu a aba da cabana depois de ouvir uma resposta abafada vinda de dentro. Desapareceu durante alguns segundos, depois voltou e retomou seu posto sem nos lançar um olhar. Voltou à posição com as pernas firmemente plantadas, a mão na lança, e o cabo da espada visivelmente afastado da bainha.

Encarei-o e comecei a me aproximar da entrada da tenda, mas a mão de Winston em meu braço me conteve.

— Está se esquecendo dos hábitos da nobreza? — perguntou-me baixinho. — Deixe a ralé esperando até que *você* queira conversar com ela. Por ora, vamos jogar de acordo com as regras de Tonild.

— Mas...

— Se forçarmos entrada, corremos o risco de ela se recusar a conversar conosco. Paciência, amigo.

Então esperamos. Embora a agitação do campo continuasse a nossa volta, os guardas de Tonild permaneceram perfeitamente imóveis. Muito tempo depois, a aba da tenda deslizou para o lado e o mesmo sacerdote do dia anterior nos convidou a entrar.

Tonild estava de pé ao lado do ataúde do marido.

A capa suja de esterco que o nobre usava quando o encontramos tinha sido removida, e ele agora vestia roupa limpa. Botas de couro de gamo, calça vermelha de um material delicadamente tecido, camisa branca de linho bordada no peito e um manto azul; sua roupa era obviamente muito cara, até um tanto ostentosa.

As mãos do morto haviam sido colocadas sobre a espada nua, o cabo apoiado no meio de seu peito.

Era um guerreiro que tinha ido para Deus.

Não conseguira ver Tonild tão bem no dia anterior. Quando irrompera na sala do trono, estava iluminada por trás através da porta às suas costas; depois, eu estivera preocupado pelas observações de Winston sobre o local onde o assassinato tinha ocorrido. Observei-a com cuidado agora.

Era mais jovem do que eu pensara; com base em sua voz eu tinha calculado que teria pouco mais de 30 anos, mas agora via que não podia ter mais de 25. Era forte, alta e loura, a julgar pelos poucos fios de cabelo que apareciam sob a touca. Trajava um vestido azul que ia até o chão, com uma corrente de prata em torno da cintura. No busto, o broche que prendia o vestido era feito de ouro e pedras: era a esposa de um guerreiro que parecia mais uma mulher em busca de vingança que uma viúva de luto.

Não havia nenhuma criança à vista. Ou o filho morto de Osfrid fora seu filho único, ou os filhos tinham ficado em casa para evitar que o rei ficasse tentado a tomar outro refém da família.

Winston fez uma leve mesura.

— Meus pêsames por sua perda, milady.

Ela se manteve em silêncio enquanto eu também expressava minhas condolências.

— A senhora sabia que o rei nos pediu para investigar a morte de seu marido? — Winston fez a pergunta de modo despreocupado, como se perguntasse se ela recentemente dera um passeio.

Tonild bufou em resposta.

— Sim, eu sei — comentou Winston com um suspiro audível. — A senhora acredita que o rei seja o responsável pelo assassinato.

— Eu *sei* que ele é — disse Tonild, as palavras cortando o ar com o estalo de um chicote.

— Se a senhora tiver razão, poderíamos contar com sua ajuda para provar isso? — perguntou Winston.

— Provar que o rei é o culpado? — Os olhos da mulher se arregalaram um pouco.

Winston fez que sim com a cabeça e explicou:

— O rei me... nos... pediu para solucionar o assassinato. Não vou hesitar em dar o nome do homem que eu descubra ser o culpado.

Tonild balançou a cabeça de maneira cética e respondeu:

— E eu devo acreditar nisso?

Winston confirmou com um aceno.

— Você acusaria o próprio rei? — Havia um tom de desprezo na voz de Tonild.

— Se descobrir prova da culpa dele, sim, milady, apresentarei esta prova. À senhora, a ele e ao Witenagemot.

Tonild zombou abertamente de Winston e retrucou:

— Para que ele possa jurar inocência perante todos os nobres da Inglaterra já convenientemente reunidos aqui.

Winston assentiu mais uma vez.

— A possibilidade realmente existe. Mas a senhora está se esquecendo de uma coisa, milady.

Ela o encarou com as sobrancelhas erguidas.

— A defesa por compurgação dá a Cnut o direito de jurar que é inocente. Tudo que ele tem de fazer é convocar 12 compurgadores para jurar que acreditam nele. E, sim, concordo com o que a senhora ainda não disse, ou seja, que o rei não terá nenhuma dificuldade para encontrar 12 pessoas que jurem que acreditam nele.

— Sim. Está vendo? — A voz de Tonild soava repleta de desdém.

— Mas ainda assim vejo o que a senhora não vê — acrescentou Winston com um brilho no olhar. — Se eu apresentar provas de que o rei é culpado pela morte de seu marido, não há juramento que o exima de culpa. Ele não teria de pagar penas nem multas, mas a senhora acredita mesmo que o Witenagemot o aceitaria como rei?

Tonild mordeu o lábio e olhou para Winston e para mim. Olhei nos olhos dela, o que, para dizer a verdade, não era um castigo. Era uma mulher linda e eu ficaria feliz em fitar aqueles olhos por muito mais tempo.

— Os guardas bem armados de Cnut estarão presentes na Assembleia Dinamarquesa — observou Tonild. — Eles se certificarão de que todos no Witenagemot compreendam que Cnut vai continuar rei, aceitem eles ou não.

— Cnut convocou uma reunião conjunta da Assembleia Dinamarquesa e do Witenagemot por uma única razão — argumentou Winston. — Como tenho certeza de que a senhora sabe, milady, o rei quer que saxões, germânicos, dinamarqueses e todos os outros povos da Inglaterra escolham a unidade, e que todos obedeçam às mesmas leis. Se nessa reunião eu apresentar a prova de que o rei é culpado pelo assassinato de Osfrid, e ainda assim Cnut decida jurar que é inocente, quantos dos soldados, nobres e clérigos vão lhe dar o que ele quer, ou seja, um reino unificado?

Tonild nos encarou. Tive de me conter para não encarar fixamente seus seios e seus pés pequenos, cujas pontas mal apareciam sob a barra do vestido. Forcei meus olhos a continuarem fixos nos seus, cinzentos.

Porém, de repente, ela desviou o olhar e se voltou para seu sacerdote.

— O que o senhor me diz, padre Egbert?

Com cabelos negros e rosto achatado, ele parecia ter a idade de Winston e possuía um nariz que se projetava como um arbusto no meio do pântano. O tom de voz era educado, mas suas palavras não eram hesitantes nem vacilantes.

— O que a senhora perde por acreditar no que dizem?

Era evidente que Tonild não era o tipo de pessoa que segue um conselho apenas por tê-lo pedido. Sentou-se em silêncio por um longo tempo olhando Egbert, que a observava com calma. Finalmente ela concordou.

— Tudo bem — falou, voltada para Winston. — Escolho acreditar no senhor.

— Para mim é o bastante — disse Winston com um sorriso quase imperceptível.

— Então, o que o senhor quer saber?

— Gostaria que me falasse da senhora, de seu filho e de seu marido — respondeu Winston educadamente.

Tonild enxugou os olhos e disse:

— Bem, acho melhor vocês se sentarem.

A mulher bateu palmas e um serviçal enfiou a cabeça pela abertura da tenda.

122

— Traga cadeiras! E uma jarra de vinho e taças.

Ele fez uma mesura e desapareceu. Tonild estendeu as palmas das mãos num gesto de boas-vindas.

— Fiquem à vontade.

No fim das contas, mulheres da nobreza nunca se esquecem das boas maneiras.

Capítulo 12

O pai de Tonild, um nobre de nome Wighelm, possuía terras em vários condados diferentes. Homem de confiança do rei Ethelred, o Imprudente, Wighelm tinha jurado lealdade a Edmund Ironside depois da morte de Ethelred. Sobreviveu à Batalha de Assandun e foi leal a Edmund durante os seis meses de duração de seu curto reinado. Quando Edmund morreu e Cnut se tornou rei de toda a Inglaterra, Wighelm se recusou a jurar lealdade a Cnut.

Tonild estava muito calma até aquele ponto, mas então se interrompeu e desabou, os olhos brilhando de raiva.

— E depois, o que aconteceu? — perguntou Winston, embora estivesse claro pela sua voz que já adivinhara o que ela iria dizer.

— Cnut decidiu afastar o seu inimigo mais poderoso. — A voz de Tonild tremia de raiva.

— Então, quando isolou as fileiras de nobres saxões que não juraram lealdade, Cnut mandou matar seu pai, mas seu marido sobreviveu?

Tonild ergueu a taça e bebeu. Seus seios subiam e desciam, e foi muito difícil manter os olhos longe deles.

— Meu marido e eu fomos apresentados quando Osfrid servia ao rei Edmund, tal como meu pai. Nós nos casamos no mesmo dia em que Cnut e Edmund assinaram o acordo para dividir o reino entre eles e governar como corregentes. Quando Edmund morreu, meu marido decidiu dar todo apoio a Cnut, o que meu pai se recusou a fazer. Osfrid era um homem obediente às leis e um homem de palavra. Disse que seria errado não respeitar o acordo acertado pelos dois reis.

Ergui o olhar do busto de Tonild e meus olhos encontraram os de Winston.

— Então Oslaf não era seu filho?

Tonild balançou a cabeça. Ela agora respirava com mais calma.

— Oslaf era filho da primeira esposa de Osfrid, Everild.

— Quem? — perguntou Winston, sorvendo pela primeira vez sua bebida e olhando satisfeito para dentro da taça antes de pousá-la na mesa.

— O nome dela era Everild. Morreu ao dar à luz um segundo filho de Osfrid.

— E esse filho?

Os olhos de Tonild tornaram-se vítreos.

— Quando Osfrid percebeu que poderia perder o filho e a mulher, ordenou que a vida do filho fosse salva e a parteira mandou chamar um médico do mosteiro que meu marido apoiava financeiramente. — Tonild fez uma pausa e olhou para baixo.

— Então, onde está esse filho agora? — perguntou Winston.

Segui o exemplo dele e provei minha bebida. O vinho era doce e bom. Balancei a cabeça para Winston a fim de avisá-lo que aquele era um tópico sensível. Ele notou e se voltou para Tonild.

— O médico falhou — adivinhou ele.

— Mãe e filho morreram — completou ela. Por um momento, ninguém falou.

— E a senhora não tem filhos? — perguntou Winston, quebrando o silêncio.

— Não.

Vi o padre Egbert se inclinar e apoiar a mão no braço da viúva. Ela lhe deu um olhar estranho e afastou o braço.

125

Uma viúva sem filhos, pouco mais velha que eu, que provavelmente herdara uma enorme propriedade de um saxão do sul. A terra *era* fértil entre aquelas colinas. De repente eu já não estava pensando apenas em seios.

— Quem é o herdeiro de Osfrid? — perguntei.

Os três me olharam espantados e me apressei em explicar que *estávamos* investigando um assassinato.

Winston acenou com a cabeça.

— Você tem razão. Isso pode ser importante. — Olhou para Tonild, esperando uma resposta, mas quem respondeu foi o padre Egbert.

— Com exceção do dinheiro que Osfrid separou em seu testamento para fundar um mosteiro após a morte do filho, tudo mais vai para a esposa.

Corrigi imediatamente minha postura, esperando dar a ela uma impressão melhor, e de repente lamentei ainda estar vestindo minhas roupas maltrapilhas. Pelo menos tinham sido lavadas havia pouco.

Winston revirou os olhos diante de meus esforços e em seguida se virou novamente para a viúva.

— Então de repente a senhora tornou-se uma mulher rica.

Os olhos de Tonild se arregalaram.

— O senhor está sugerindo que mandei matar meu marido para me tornar uma viúva rica?

Winston balançou a cabeça e levantou a mão para afastar outras objeções.

— De forma alguma. Vi a senhora desafiar o rei ontem e não tenho dúvidas de que foi uma boa esposa para seu marido. Mas agora a senhora deve pensar em si — disse Winston. — Quer dizer, a lei dinamarquesa é igual à nossa: uma viúva tem total direito às suas terras e propriedades até que se case novamente. Ontem a senhora era a esposa de seu marido. Hoje é uma viúva muito cobiçada, sem filhos e em idade de ser mãe. Talvez a senhora deva pensar em procurar o rei e lhe pedir para ajudá-la a encontrar um novo marido para não ter de tratar com uma longa fila de pretendentes.

— Procurar o rei? — Tonild escarneceu da sugestão. — Nunca. Além do mais, meu marido jaz bem aqui. — Estendeu a mão trêmula para o ataúde. Winston fez que sim com a cabeça.

— Evidentemente a senhora manterá a propriedade pelo ano necessário de luto. Mas tenha em mente que homens irão persegui-la durante todo esse período. Também deve considerar que em três dias Cnut não será apenas o conquistador de nosso país. Já terá sido coroado como o único rei ungido, e governará em harmonia com o Witenagemot. Uma jovem viúva deveria evitar demonstrações abertas de ódio pelo novo rei.

— Já se esqueceu de que me prometeu provas de que Cnut mandou assassinar meu marido?

Winston balançou a cabeça e esclareceu:

— Prometi à senhora que *se* encontrasse provas de que ele estivesse por trás do assassinato, eu as apresentaria ao Witenagemot e à Assembleia Dinamarquesa. Mas se a senhora está perguntando se eu acho isso provável, preciso admitir que não.

Tonild se levantou de um salto e disse:

— Então o senhor mentiu para mim!

— De forma alguma. Disse que, se pudesse, encontraria provas. Nunca escondi o fato de que duvido da existência delas.

Tonild sentou-se novamente, os olhos ainda em brasa. Sorri para ela.

— Não planejo procurar o rei — disse a viúva, cuspindo palavra por palavra.

— A escolha é sua, milady — disse Winston, que se recostou na cadeira e perguntou: — Com quem seu marido se encontrou ontem?

Tonild pareceu tão surpresa quanto eu com a mudança abrupta de assunto.

— Encontrou? — repetiu ela, olhando para o padre que, por sua vez, pigarreou.

— Hmm, o senhor não mencionou seus planos — disse o padre.

— Não mencionou? — repetiu Winston, erguendo as sobrancelhas. — Ele simplesmente saiu?

Padre Egbert e Tonild se entreolharam.

Abri a boca para falar, mas parei quando Winston levou o dedo aos lábios.

— Meu marido... — disse Tonild, hesitante. — Meu marido conhecia muitas pessoas, e a maioria delas está em Oxford neste momento.

— Claro. — Winston levou a taça aos lábios para outro gole. — Todos os nobres do reino estão presentes aqui ou a caminho. Com qual ele se encontrou ontem?

O tom de voz da viúva ficou cortante.

— Não acabamos de dizer que não sabemos?

Winston olhou rapidamente para mim e sorriu.

— Sim, senhora.

Eu me inclinei e perguntei:

— Quem o acompanhou?

Tonild e o padre entreolharam-se novamente.

— Não... não sei... — respondeu ela, a voz falhando.

— Osfrid saiu sozinho — interveio padre Egbert com um sorriso cortês, mas sua fisionomia mudou quando ele viu a minha.

— Mentira — declarei, sem levantar a voz.

Tonild se levantou abruptamente com uma expressão insultada no rosto.

— Meu marido saiu *sozinho* — repetiu ela.

Eu sorri de maneira afável e disse:

— Difícil de acreditar.

Afinal de contas, eu tenho sim educação. Sei que não se deve acusar a viúva de um nobre saxão de mentir. Mas, infelizmente, o rosto dela me disse que toda esperança de ganhar a sua mão agora estava morta.

— Milady — comecei, a voz num tom deliberadamente cortês. — Osfrid era um nobre. Diga-me se conhece um nobre que ande sem uma comitiva. Além disso, era inimigo do rei. Ele não era tolo, era?

Os olhos dela se inflamaram de raiva.

— Claro que não! — exclamou a viúva.

— Presumi. Só um homem estúpido andaria em meio aos guardas de seus inimigos sem uma comitiva. Então, eu pergunto, com quem ele saiu?

— Horik. — Mal se ouvia a voz dela.

— E Horik é... — eu disse, tateando.

Padre Egbert se levantou e me lançou um olhar de raiva.

— Horik é o homem de confiança e chefe da comitiva de Osfrid. Creio que você vai querer falar com ele agora.

Confirmei. Esperamos em silêncio enquanto o padre afastava a aba da tenda e saía. Winston voltou-se para o chão. Permiti que meus olhos se fixassem naquilo que mais parecia os atrair, mas Tonild não pareceu notar minha fascinação por seus seios.

Pouco depois o padre voltou sozinho.

— Horik não está.

Winston me olhou e fiz que sim com um aceno de cabeça. O padre ardiloso teve tempo suficiente para mandar Horik sair do acampamento. Contudo a voz de Winston permaneceu calma.

— Onde ele está?

Padre Egbert deu de ombros e respondeu com toda calma.

— Os soldados em geral não me informam seus planos.

— Como é a aparência do tal Horik? — Winston ainda parecia muito calmo.

— Aparência? — O padre Egbert estava claramente tentando atrair a atenção de Tonild. — Ele é muito alto, tem cabelos ruivos que prende em duas tranças.

Se olhássemos os muitos soldados saxões altos no acampamento, talvez conseguíssemos encontrar Horik com base na cor de seu cabelo.

— Quando o vir, você lhe dirá que queremos falar com ele? — perguntou Winston educadamente.

O padre concordou.

— Obrigado. — Winston se voltou para a viúva. — Quando será o enterro de Osfrid?

Tonild ergueu os olhos cheios de lágrimas. Talvez a raiva estivesse suprimindo a sua dor, da qual de repente fora lembrada.

— Hoje à tarde, espero. O irmão dele está a caminho.

Winston levantou uma sobrancelha.

— Ontem à noite, mandei homens para encontrarem o irmão de Osfrid, Osmund. Disseram que ele está passando a noite em Ramsbury.

Instintivamente, dei um passo à frente. Para mim era novidade que Osfrid tinha um irmão. Mas Winston se voltou rapidamente para o padre Egbert e perguntou:

— Você disse que a senhora Tonild vai herdar tudo?

Padre Egbert assentiu e explicou:

— É verdade. O testamento é muito claro.

— Hmm... — Winston afagou o queixo. — Existem outros parentes?

— Só dois cunhados do primeiro casamento — disse Egbert.

— E onde estão?

— Aqui em Oxford. Os dois juraram lealdade a Cnut há muito tempo — informou padre Egbert.

Winston fechou os olhos por um momento. Quando os abriu novamente, fez um gesto para que eu o seguisse. Depois se voltou para Tonild e padre Egbert.

— Obrigado por sua ajuda. — Fez uma mesura diante de Tonild, avançou até a abertura da tenda e saiu.

Dei um passo repentino para trás, cegado pela luz do sol no acampamento. Padre Egbert me seguia tão de perto que quase pisei em seu pé. Para se proteger, ele me empurrou pelas costas e tropecei à frente sobre Winston.

Caímos os dois para fora da tenda. Pelos sorrisos bajuladores dos guardas, notei que estavam felizes por nos verem partir.

Winston caminhou pelo acampamento sem dizer uma palavra. Puxava o nariz e mordia o lábio, obviamente perdido em pensamentos. Não o interrompi, e em vez disso procurei por um soldado com tranças ruivas. Sem sorte, claro. Horik tinha partido havia muito tempo.

Meu companheiro e eu nos sentamos um de frente ao outro a uma mesa de madeira mal-acabada diante de uma tenda de cerveja no limite do acampamento. Havia uma comoção tão grande à nossa volta que só conseguíamos ouvir um ao outro quando nos inclinávamos sobre a mesa. Nossas cabeças quase se tocavam, mas isso significava que podíamos falar tranquilamente sem risco de sermos ouvidos, o que para nós era perfeito. Enquanto discutíamos o andamento da investigação, Winston concordou comigo em um ponto.

— Você tem razão — disse ele depois que uma garçonete sardenta e sem peito nos trouxe as bebidas. — Egbert mandou Horik sumir.

Levantamos nossas canecas num brinde e tomamos um gole.

— Ah — disse Winston, apoiando a sua sobre a mesa. — Tenho de admitir que prefiro cerveja maltada a vinho doce. Mas agora o verdadeiro problema é: por que esse Horik deve nos evitar?

— Em outras palavras, com quem Osfrid foi se encontrar ontem? — perguntei.

— Isso mesmo. — Winston voltou a puxar o nariz. — Tonild parece não querer que descubramos, mas isso é exatamente o que vamos fazer. Algum palpite?

Pensei um pouco.

— Outra mulher?

Winston balançou a cabeça.

— Não. Tonild herdou tudo. Se o patrimônio ficaria com ela, por que se importar que houvesse outra mulher na vida de Osfrid?

— Mas o patrimônio não seria dela se a outra mulher tivesse um filho.

Winston considerou a hipótese por um momento.

— Pode ser. Mas Tonild poderia encontrar homens que jurassem que Osfrid não tinha gerado a criança. Não, acho que existe outra razão pela qual não estão falando.

Inclinei a cabeça, intrigado.

— *Medo*, por exemplo — sugeriu ele.

Balancei a cabeça e perguntei:

— E de quem estariam com medo?

Ele me instigou com um sorriso zombeteiro. Continuou sentado em silêncio enquanto eu pensava com tanta força que quase saía fumaça de meus ouvidos. Finalmente entendi.

— *Do rei*! — exclamei baixinho.

— Sim, do rei. Aposto que quando encontrarmos esse Horik, ele vai confirmar que há saxões no acampamento fazendo o possível para que o Witenagemot não proclame Cnut rei. Essa é a única maneira de terem uma pequena chance de evitar que ele assuma o controle total da Inglaterra.

— E se o rei souber da conspiração, ele vai atacar — comentei em voz baixa. — Eles temem por suas vidas.

Winston confirmou e acrescentou:

— E não somente as vidas *deles*.

Quando não entendi, ele explicou:

— Quem se reuniu com Osfrid ainda está vivo. Mas só enquanto Cnut não tiver conhecimento do encontro.

Capítulo 13

— $\mathcal{E}$ ntão no fim das contas o rei é culpado? — perguntei depois de esvaziar minha caneca.

— Talvez, mas provavelmente não — disse Winston, sorrindo para mim. — Ainda assim... reis são difíceis de entender. Mas depois de um exame cuidadoso, ainda não acho que ele seja o culpado. Apenas não parece típico dele.

A afirmação me surpreendeu.

— Não parece típico de Cnut? Diga isso ao pai de Tonild, aos senhores feudais e a todos os outros nobres que ele mandou assassinar.

Winston concordou.

— Exatamente. Ele mandou assassinar a todos. Há coisas que um rei tem de fazer. Mas, por que ele o fez? Qual era o objetivo dele?

— A graça de Deus? — supus. Não via aonde Winston queria chegar.

— Os padres falam muito sobre isso, claro. E tenho certeza de que o bom Wulfstan enche os ouvidos de Cnut sobre como ele ganhou o reino por gozar da benevolência de Deus. Então, é claro, Cnut faz todo o possível para continuar a gozar dessa benevolência, basta perguntar nos mosteiros e à Igreja. Há alguns anos, os monges do mosteiro de Ely xingavam Cnut de saqueador viking enlouquecido. Agora que ele os presenteia generosamente, todos se desdobram em elogios a ele. — Winston bebeu um gole de sua caneca. — Mas você não acha estranho, Halfdan, que a benevolência de Deus jamais recaia sobre um rei *antes* de ele ter a vitória? Cnut a recebeu *quando* venceu. Mas *por que* ele venceu, se Deus só interveio depois?

Que pergunta idiota.

— Ele era o mais forte — respondi.

— Ele tinha os melhores soldados, os melhores conselheiros e a maior sede por poder, sim — disse Winston, girando a caneca já vazia entre as mãos. — Então, como pode ver, é o *poder* que o torna rei. É o poder que ele busca. É ao poder que ele é fiel. E à sombra do poder está o medo. Por que você acha que todos esses nobres estão reunindo-se em Oxford?

— Bem, os vikings vêm em busca da cota do *heregeld* que lhes foi prometida, a razão pela qual lutaram e a razão que escolheram para seguir e depois saudar Cnut.

— Mas, e os saxões, germânicos, os jutos e os nobres das fronteiras galesas? E os dinamarqueses que mantiveram os juramentos de fidelidade a Ethelred e Edmund? Todos esses povos que foram conquistados? — Winston fez uma pausa. — *Estão* vindo por medo de incorrer na ira do rei, porque viram o que acontece com pessoas que lhe fazem oposição. O rei Cnut mata abertamente. Não deixa dúvida de que é a *sua* mão vingadora aquela que dá o golpe. Ao brandir claramente o seu poder, ele lança uma terrível sombra de medo. Os homens sobre quem ela recai correm para ele, esperando não serem esmagados pelo poder de Cnut na próxima vez. É por isso que acredito no rei quando diz ser inocente nesse caso, porque Osfrid foi morto *em segredo*. Mas, se adivinhamos corretamente, Osfrid se encontrou com alguém que trabalhava contra o rei.

Winston deu um sorriso torto antes de continuar.

— Mas Cnut sabe disso? Você não acha que Tonild e Egbert estão com medo de que Cnut descubra seus planos? Não é por isso que estão relutando tanto em falar?

Winston tinha muita razão.

— Tudo isso soa muito bem, mas não temos provas.

— Ah, eu não diria isso. E Cnut ainda não está completamente inocentado — acrescentou Winston. Nesse instante, nossa garçonete sem peito parou na nossa mesa. Winston se dirigiu a ela:
— Pois não?

— Vocês planejam tomar mais alguma coisa? Se não, terei de pedir que saiam para dar lugar a outros clientes — disse ela, a voz parecendo letárgica de cansaço.

Havia gente de pé à nossa volta. Era óbvio que a barraca de cerveja estava dando muito lucro nos últimos tempos.

— Traga mais duas canecas — pediu Winston, dirigindo-se à moça e fechando os olhos por causa da luz do sol.

Ela saiu correndo para buscar mais cerveja.

— É melhor avaliarmos o que temos — disse Winston, virando-se para mim. A moça voltou e colocou as canecas sobre a mesa, resmungando ao receber a moeda que Winston lhe deu.

— Talvez tenha sido o irmão de Osfrid — sugeri, limpando a espuma de minha barba.

— É possível. Tenho certeza de que muita gente não gostaria de ficar fora do testamento do próprio irmão.

— Embora, nesse caso, isso não faça muito sentido — eu disse, inclinando-me ainda mais contra a mesa quando um sujeito bêbado se espremeu para passar às minhas costas. — Se o irmão de Osfrid fosse herdeiro, então ele poderia ter um motivo. Mas a herdeira é Tonild.

— Acredito que sim. Mas ele pode ter tido outras razões. Podemos examinar o que Osfrid e seu irmão herdaram cada um do pai. Nada alimenta mais o ódio entre irmãos que a distribuição injusta de uma herança.

— E os cunhados de Osfrid? — sugeri.

— Os irmãos da primeira mulher dele, que morreu há tantos anos? Muito pouco provável. Embora provavelmente devêssemos descobrir se Osfrid herdou alguma coisa *dela* e se dividiu essa herança com os irmãos da falecida. Se dividiu, eles não teriam razão para ir atrás dele. Se não dividiu, aí é outra história.

Ponderando essas possibilidades, lembrei-me do que o rei tinha contado a respeito da morte do filho de Osfrid, Oslaf, que havia sido refém de Cnut.

— E Thorkell?

— Thorkell, o Alto? O conde? — Winston olhou para mim, espantado.

— Bem, ele já matou homens que se opuseram a Cnut. E foi o garanhão *dele* que matou o menino. Osfrid não poderia tê-lo acusado, além do rei?

— Hmm — disse Winston, puxando o nariz. — Hmm. Mas ele estava no salão com o rei quando o assassinato ocorreu.

— Ele é conde! Tem criados para esse tipo de coisa — expliquei, zombando da ingenuidade de Winston.

— Bom argumento — admitiu ele. — Muito bem, então. Se todos os outros derem em nada, não descartaremos Thorkell. Mais alguém?

Ocorreu-me outra ideia.

— Talvez a própria Tonild?

— A viúva? — perguntou Winston, rindo quase com desdém. — Eu acabei de explicar a ela que seu comportamento diante de Cnut me convenceu de sua inocência.

— Que pode ter sido exatamente o que *ela queria* — falei, levantando minha voz com avidez. Winston apoiou lentamente as palmas das mãos na mesa e se inclinou para a frente, fazendo um sinal para que eu baixasse a voz. Eu também me inclinei. — Quanto tempo durou o casamento de Osfrid e Tonild? Dois, três anos? E ela ainda não tinha filhos. E os outros herdeiros de Osfrid morreram todos muito jovens; o mais velho ainda muito jovem e o mais novo no nascimento. Qual a idade de Osfrid?

Winston deu de ombros.

— Bem, você o viu, rapidamente quando vivo e depois morto.

— Quantos anos você tem?

Winston abriu a boca, surpreso, e disse:

— Um pouco mais de 40.

— Bem, Osfrid parecia um pouco mais velho que você. Mais perto dos 50, eu diria. Sendo assim estava ficando sem tempo para gerar mais herdeiros. Quais são as opções de um homem quando sua mulher é estéril?

Winston mexeu a cabeça, compreendendo.

— Anular o casamento e repudiar a mulher. É, você tem razão. Se ele tivesse ameaçado fazer isso, ou se Tonild estivesse apenas com medo de que ele o fizesse, haveria aí um excelente motivo.

— E um excelente motivo para não nos dizer com quem Osfrid ia se encontrar ontem.

— Se ele estivesse indo se encontrar com o assassino contratado por ela, sim, de fato. — Winston fez uma pausa para tomar um gole de cerveja. A testa franzida e os lábios comprimidos marcavam rugas fundas em seu rosto.

Finalmente ele ergueu o olhar.

— Muito bem. Você voltará ao acampamento. Descubra o que puder sobre esse Horik, inclusive se ele existe. Mas descubra também o que puder sobre Tonild e Osfrid e a vida dos dois juntos.

— E como farei isso? — Era difícil imaginar os soldados de Tonild sendo atenciosos assim comigo.

O sorriso de Winston foi muito além da provocação.

— Seus olhos examinaram o colo de todas as mulheres que vimos hoje, sem falar nos olhares de cobiça lançados a suas saias. Se as mulheres forem tão interessadas em você quanto você nelas, tenho quase certeza de que será capaz de encontrar alguma empregada suscetível a seus encantos que irá lhe oferecer tudo que pedir, em termos de informação, é claro.

Sorri e perguntei:

— E o que você vai fazer?

— Darei cabo de algumas tarefas.

Ótimo, se ele ia guardar segredo dessa forma... Bem, na verdade eu não me importava. Levantei-me e dei meu assento a um viking que me vigiava já havia algum tempo.

A agitação no acampamento não diminuiu enquanto conversávamos na cervejaria. Homens se empurravam e gritavam uns com os outros, e os guardas de Cnut andavam por todo canto em pequenos grupos. O rei evidentemente pretendia demonstrar que tinha as coisas sob rígido controle.

Em vez de ir diretamente à tenda de Tonild, esgueirei-me para a esquerda, junto à fileira de tendas antes da dela. Ninguém prestou atenção em mim. Havia tantos soldados em roupas gastas como há pedras num regato, e eu sabia que enquanto não me envolvesse em brigas, seria deixado em paz.

Lembrei-me de mais uma lição de Harding: para evitar confrontos, evite contato visual. É assim que se anda com segurança no meio de uma multidão de soldados.

E funcionou maravilhosamente.

A tenda de Tonild surgiu entre duas outras à minha direita. Embora os guardas ainda estivessem lá, apenas olhavam à frente, focalizando a área imediatamente próxima à tenda. Sendo assim, não me notaram.

A entrada estava fechada. Presumivelmente Tonild estava em profundas orações com seu padre, e provavelmente assim se manteria até a chegada do cunhado.

Dei as costas para a tenda e me dirigi ao limite do acampamento. As fogueiras para cozinhar brilhavam na campina. Longas mesas de trabalho se alinhavam ao lado daquela área, e filas de serviçais se curvavam sobre elas, trabalhando duro. Algumas barracas de lona tinham sido erguidas atrás das mesas.

Andei sem rumo, tentando ouvir alguma coisa. Finalmente pensei ter ouvido o nome de Osfrid, e me aproximei de dois servos que giravam um cordeiro num espeto sobre brasas. Quando perguntei se eram homens de Tonild, eles me olharam e negaram com a cabeça.

Ocorreu-me então que talvez se considerassem homens de Osfrid, mas, quando perguntei, tive a mesma resposta. Percebi que talvez estivessem apenas discutindo o assassinato, como tantos outros em Oxford naquele dia.

Minutos depois, uma moça de longas pernas veio trotando pela grama. A sorte agora estava comigo. Seus cabelos louros balançavam sobre os ombros nus, os seios oscilavam suavemente contra a blusa de linho; um par de lábios promissores me saudava de seu lindo rosto.

Eu não me esquecera de que tinha um trabalho a fazer, mas isso não era motivo para não olhar. Abafei uma exclamação de alegria quando ela gritou para um menino — por sinal alto demais para a camisa e para a calça suja que vestia — que Lady Tonild queria uma jarra de vinho imediatamente.

O menino, que estava sentado à toa na grama, levantou-se na mesma hora e foi até uma das tendas onde a jovem o esperava. Os dois entraram juntos. Ele voltou com a jarra, e a moça saiu um pouco depois com um caldeirão de bronze nas mãos. Supus que estivesse cheio d'água. A jovem então seguiu pela campina até a extremidade, onde corria um regato.

Para chegar a ele, precisou contornar algumas tendas de depósito que chegavam à altura do ombro. Avancei agachado e corri para a direita de uma delas, esperando que ela passasse pela esquerda. Deu certo. Endireitei o corpo e cruzei o seu caminho no exato momento em que ela contornava a tenda. A jovem esbarrou em mim.

O caldeirão esbarrou na minha canela antes de bater nela e derramar a água suja em toda a sua roupa. Ela gritou de dor quando o caldeirão atingiu seu tornozelo.

De joelhos, comecei a falar:

— O que diabos...? Você está bem?

Ela me olhou confusa. Lágrimas se acumulavam nos cantos de seus olhos. Começou a gaguejar.

— Como, hmm... Ah, eu sinto mui...

— Muito? — adivinhei o que diria. — Não se preocupe com isso. Quer dizer, é claro que deveria estar olhando para onde ia, mas eu estou bem.

Continuei falando antes que ela percebesse que eu também devia olhar por onde andava.

— Deixe-me ajudá-la — ofereci-me. Passei o braço em torno de seu corpo, logo abaixo dos seios, e cuidadosamente coloquei-a de pé, pegando o caldeirão com a outra mão. Com o braço ainda a envolvendo, olhei suas roupas molhadas. — Você estava indo para o regato?

Ela confirmou e tentou se soltar, mas não permiti.

— Vá com calma. Continua doendo? — perguntei.

Ela se soltou e deu um passo para trás.

— Ai! — gritou ela, e estendi o braço para evitar que caísse.

— Sim, eu diria que definitivamente está doendo. É seu tornozelo?

Ela confirmou com a cabeça novamente.

— Deixe-me ajudá-la.

Várias moças estavam paradas junto ao regato, onde adivinhei que se fazia a lavagem, então a levei gentilmente rio acima na direção de uma espinheira em flor. A sorte continuou a meu favor: encontrei um lugarzinho isolado e agradável entre o tronco e o regato. Coloquei-a sobre a inclinação da margem e tomei seu pé, a pele quente, em minha mão.

— Está doendo?

Fez que sim, mas seus olhos sugeriam que ela não sentia tanta dor assim.

Deslizei minha mão por sua panturrilha e, apesar de não encontrar nenhuma objeção, parei na altura do joelho e corri dois dedos suavemente de volta até o tornozelo. Ela estremeceu e me deu um leve sorriso.

Fiz minha mão correr novamente até o joelho, mas dessa vez continuei até sua coxa macia, parei, e então acariciei-a suavemente com as pontas dos dedos de volta até o tornozelo.

Sua boca se abriu um pouco e ela se inclinou em minha direção.

— Pare — murmurou ela.

Dei um grande sorriso, então me inclinei e apertei meus lábios contra os dela apenas o suficiente para sentir que relaxavam.

Minha mão se apoiou em seu ombro e ela se arrepiou muito sutilmente quando a puxei para mim. De repente seu corpo endureceu. Percebi que esbarrara no cabo de minha espada, por isso soltei-a, tirei o cinto e o estendi na grama, e então me voltei para ela. Olhava-me com um brilho encorajador nos olhos azuis.

Respondi ao incentivo e puxei-a novamente para mim. Girei nossos corpos de forma a deixá-la deitada no meu colo com o regato às suas costas.

Dessa vez deixei o beijo se prolongar por muito tempo. O sabor dela era agradável, fresco e com um leve gosto de pão, e sua língua quente brincava com a minha.

Foram o sol e a superfície brilhante do regato correndo ao lado da árvore que nos salvaram.

Eu mantinha os olhos abertos enquanto nos beijávamos e de repente vi um lampejo na água à minha frente. Percebi instintivamente que era o reflexo do brilho de uma arma, então saltei para trás, agarrando a moça ao meu peito quando um machado cortou o ar acima de nós. Minhas costas bateram na perna de um homem e empurrei a moça para o lado ao me lançar para a frente. Agarrei minha espada pelo punho e me pus de pé num instante, lançando longe a bainha e o cinto.

A moça soltou um grito e o agressor praguejou.

Reconheci-o quando levantou novamente seu machado. Era o homem que tínhamos encontrado na aldeia alguns dias antes. Toste, segundo ele, era seu nome. Aparei o golpe do machado com minha lâmina, e o trouxe para baixo e para o lado, fingi que ia atingir seus olhos e ataquei suas pernas. A lâmina reverberou na minha mão quando a espada atingiu o osso da canela. Quando ele gritou e balançou, enfiei a espada no peito através do gibão. Torci a espada e puxei-a com toda força antes mesmo que ele caísse no chão.

A moça estava de joelhos, chorando, as mãos sobre a boca, mas ela teria de esperar. Corri urrando pela encosta acima, abaixei-me sob a espinheira e me lancei para a esquerda, rolando pelo chão. Levantei-me com a espada já pronta, na mesma hora.

Não havia outros inimigos nem outras armas desembainhadas. Só duas empregadas que me olharam de olhos arregalados, cada uma com um pacote de roupa para lavar apoiado no quadril.

Deslizei novamente sob a espinheira até a moça e o viking que tremia, com metade do corpo mergulhado no regato. Ele havia perdido o machado, os olhos rolavam para trás nas órbitas e o homem tossia sangue enquanto as mãos agarravam a barriga na tentativa de conter o sangue que jorrava do ferimento.

— Quem mandou você? — perguntei, ajoelhando-me ao lado dele. Seus olhos se apertaram.

— Você... mentiu... para nós! — Ele tremia e gaguejava.

Confirmei com a cabeça. Claro que eu mentira. Era verdade que não era dono de nenhuma propriedade, mas eu tinha certeza de que não fora por isso que ele nos atacara.

— A quem você serve?

Ele me olhou com desprezo. O sangue espumava em volta de sua boca.

— Onde estão os seus companheiros? — voltei a perguntar.

Seus olhos zombaram de mim quando falou:

— Vejo você no inferno.

Rá. Ele não achava que essa luta contava como uma morte heroica em batalha e, portanto, não estava prestes a entrar em Valhalla.

Sacudi-o.

— Quem o enviou?

Seus olhos reviraram, sem nada ver, e sua boca se contorceu e abriu, expelindo um jogo de sangue. Assim que ele morreu, o odor forte de excremento atingiu minhas narinas.

Praguejei.

A moça ainda estava soluçando. Ajoelhei-me a seu lado, passei meu braço em torno dela, e abracei-a tão junto a mim que seu corpo enrijeceu. Acariciei seu cabelo enquanto afagava seu rosto com a outra mão. Sussurrei que estava tudo bem, que ela estava em segurança.

Seu corpo relaxou e sua testa se apoiou em meu queixo. Quando levantei seu rosto na direção do meu, seus olhos eram gratos, apesar de ainda repletos de lágrimas.

— Você está salva.

Ela assentiu com um aceno de cabeça. Dei-lhe um beijo rápido e me levantei. Olhei com raiva para o homem morto, cujos olhos vazios estavam voltados para os galhos.

Ouvi passos na campina, seguidos de vozes ásperas, ordenando que eu aparecesse.

Com a espada apontando para o chão, subi a encosta saindo do regato e irrompi de trás da espinheira. Quatro guardas do rei estavam diante de mim, as lanças abaixadas. Calculei que as lavadeiras que agora estavam paradas atrás dos guardas os tinham alertado.

— Meu nome é Halfdan. Estou investigando o assassinato do saxão Osfrid em nome do rei Cnut. Fui atacado e matei meu agressor.

O último guarda da esquerda berrou que eu deveria soltar minha espada.

— Ouçam! Eu estou a serviço do rei.

— Agora! — Eles se aproximaram com as lanças apontadas para meu peito.

Obedeci.

Então vi mais guardas do rei correndo em nossa direção. Suspirei aliviado quando reconheci o que vinha na frente. Era Godskalk.

— Ali embaixo há uma moça que precisa de proteção.

Só vi duas possibilidades: aquele saco de merda viking me reconheceu por acaso e quis se vingar por ter descoberto que eu lhe contara uma mentira. Rejeitei essa possibilidade. Se soubessem que eu estava mentindo, por que esperar para me atacar? Por que não se lançar imediatamente sobre mim e me forçar a lutar? Independentemente de como Toste descobrira, ele claramente não era o tipo de sujeito que hesitaria em usar sua arma. Um homem como esse sempre pensa que é melhor lutador que qualquer desafiante. Um erro que lhe custou a vida.

A outra possibilidade parecia mais provável: fora mandado por alguém que tinha me visto com a moça. Alguém que queria evitar que ela me contasse qualquer coisa.

Eu precisava de Winston para me ajudar a entender o que ela não devia me contar.

Capítulo 14

A moça ainda soluçava e não parou nem mesmo depois de Godskalk despachar dois guardas usando cotas de malha até a margem do regato para protegê-la. Ele não fez nenhuma pergunta; apenas deu a ordem.

Desejei poder confortá-la, mas por enquanto ela teria de cuidar de si mesma. Uma ideia havia acabado de me ocorrer.

— Você poderia mandar um homem até aquela tenda de teto pontiagudo? — perguntei a Godskalk.

Ele ergueu uma sobrancelha para mim. Parecia inteligente, mas não arrogante. Tinha um olhar impassível, o queixo quadrado e a barba, bem-aparada. O cabelo castanho caía sobre a testa larga abaixo do elmo. Apesar de estar vestido em prata e ouro, o punho da espada não era ornamentado — a arma de um soldado.

— Tonild mandou pedir uma jarra de vinho — expliquei. Lamentei não ter percebido antes a relevância do pedido. — O que deve significar que o cunhado, que ela esperava, finalmente chegou. Imagino que Winston queira fazer algumas perguntas a ele. Gostaria muito que o cunhado permanecesse na tenda até que Winston tenha a oportunidade de falar com ele. E, se possível, gostaria de evitar que ele saiba o que aconteceu aqui.

Com um estalar dos dedos de Godskalk, três guardas se aproximaram de nós e ele os instruiu a se posicionarem diante da tenda de Tonild e, em nome do rei, pedir a qualquer um que quisesse sair para nos esperar.

— Mas — acrescentou ele para que eu ouvisse —, não usem força. Tentar conter um nobre saxão à força pode ser o buraco na estrada que faz tombar a carroça do rei.

Compreendi.

— Bem, se ele sair da tenda, talvez fosse bom alguém segui-lo.

— Ouviram? — perguntou Godskalk aos guardas, que entenderam e correram para vigiar a tenda de Tonild. Ele então se voltou para mim: — E quanto à moça?

Pensei rapidamente.

— Bem, por enquanto ela vai ficar aqui ao lado do regato.

Certamente era melhor manter oculta a morte do viking por algum tempo. Infelizmente fui forçado a aceitar que nossas chances de fazê-lo estavam tão mortas como um arenque na salmoura. A percepção me veio no momento em que olhei por sobre o ombro de Godskalk e notei o desaparecimento das lavadeiras que deram o alarme. Avistei-as no meio de um grupo agitado de pessoas no campo. A fofoca era boa demais para as duas correrem o risco de alguém, senão elas, ser o primeiro a contar.

Considerei nossas opções. A moça esteve todo o tempo na margem do regato, portanto era pouco provável que as lavadeiras a tivessem visto. Talvez fosse possível evitar que outras pessoas descobrissem que ela ainda estava viva.

Então me dirigi a Godskalk:

— Seria possível também enviar um homem para buscar Winston, o iluminador?

Godskalk assentiu e despachou outro homem.

Peguei e limpei meticulosamente minha espada, primeiro com algumas folhas de espinheira e depois no capim. Então voltei à margem do regato e olhei a moça, que tinha desmaiado na inclinação entre dois guardas mal-encarados.

Desci escorregando, peguei o meu cinto e o vesti, deslizando a espada na bainha. Então avisei aos guardas com um aceno da cabeça que eles podiam ir embora.

Ao saírem, derrubaram uma cascata de seixos, mas logo desapareceram. De onde estava, podia ouvir suas vozes, bem como a de Godskalk, e me senti a salvo de outros ataques.

Baixei-me até o chão e passei os braços em torno da moça. De início ela tentou me afastar, mas relaxou dentro do abraço e apoiou a cabeça em meu ombro. Mudei de posição para não olharmos o corpo morto de Toste.

— Meu nome é Halfdan e estou em missão para o rei. Como você se chama?

— Fri... Fri... Frideswide — respondeu ela entre soluços.

— Ganhou o nome em homenagem à padroeira de Oxford?

Ela assentiu contra meu ombro.

— É. Mas to... todos me cha... me chamam de Frida.

— E você é de Oxford? —— perguntei, passando a mão por seu ombro e lhe dando um abraço.

Em silêncio, ela novamente confirmou.

— Então você não trabalha há muito tempo para Lady Tonild? — Minha mão deslizou para baixo e apertou-a mais contra mim.

Ela ergueu o rosto marcado de lágrimas de meu ombro, mas não deu sinal de querer se soltar do abraço.

— Só há dois dias.

Muitos nobres tinham vindo sem grandes comitivas, preferindo contratar serviçais ao chegar a Oxford.

— Ela é uma boa patroa?

Frida deu de ombros. Serviçais geralmente ficavam satisfeitos se recebessem uma quantidade decente de comida, ganhassem um salário maior que o de um trabalhador no campo e não apanhassem.

De repente, discerni uma nova voz acima de nós. Frida olhou para cima com medo, mas eu a apertei contra mim e ela não resistiu.

148

— É só meu parceiro, um homem amigável e que deseja falar com você. Pode confiar nele.

Frida relaxou e senti sua mão quente deslizar para dentro da minha.

Um sorriso surgiu nos lábios de Winston ao nos encontrar sentados bem juntos.

— Você realmente sabe como seguir uma ordem, Halfdan — provocou ele.

Sorri em resposta e disse:

— Winston, esta é Frida. Ela trabalha para Lady Tonild e acaba de ser atacada.

Ele olhou para mim com as sobrancelhas erguidas.

— *Ela* foi atacada? — perguntou ele.

Não tive coragem de soltá-la, por medo de que se virasse e irrompesse novamente em lágrimas ao ver o corpo do viking. Em vez disso, fiz um sinal para Winston se sentar.

Com a boca encostada em seu ouvido, expliquei baixinho por que eu pensava que Frida tinha sido o alvo. Quando terminei, Winston concordou com um aceno de cabeça.

— Bem pensado, Halfdan — disse ele, levantando-se. — Vamos subir e nos sentar em algum lugar ao sol?

Fiz Frida se levantar e, mantendo um braço em torno de sua cintura, ajudei-a a subir o declive. Apontei para um amieiro derrubado a alguns passos. Winston nos seguiu. Depois que Frida se sentou, fiz o mesmo ao seu lado, apoiei minha mão na dela, e expliquei que poderia ficar à vontade para responder a qualquer pergunta que lhe fosse feita.

Completamente relaxada, Frida não fez nenhum movimento para soltar a mão. Limpou as lágrimas secas com a mão esquerda e então se voltou para Winston com olhos claros.

— Quais são os seus deveres, Frida?

Ela deu de ombros e disse:

— Praticamente tudo que você puder imaginar.

— Você prepara comida?

Ela negou com a cabeça e explicou:

— Não, a cozinheira que o patrão trouxe é quem cozinha.

Então Osfrid quis se assegurar de que comeria bem.

— Você lhes serve as refeições? — perguntou Winston.

Frida confirmou.

— Você lava os legumes, limpa peixe e carne, areia panelas e prepara os pratos?

Frida confirmou novamente.

Em outras palavras, a moça fazia tudo.

— Você conhece o restante do pessoal da comitiva? — perguntou Winston, soando deliberadamente vago.

— Alguns. A maioria também é daqui de Oxford — explicou Frida.

— Ah, na verdade quis dizer os soldados de seu patrão.

— Só os que me assediam — escarneceu. Winston sorriu para ela.

— E você não gosta disso?

— Não. Todos fedem e são sujos — disse ela com uma expressão de nojo.

— Verdade — disse Winston, agora sorrindo para mim. — Suponho que nem todos tenham os hábitos de um nobre.

A moça não pareceu entender o que ele estava insinuando.

— Horik é um dos que a assediam? — perguntou Winston.

— Ele tentou — respondeu ela, mantendo a cabeça erguida.

Winston e eu nos entreolhamos. Então ele existia, o tal Horik.

— Quando você o viu pela última vez? — indagou Winston.

Frida pensou por um momento e respondeu:

— Hoje de manhã, acho.

— Entendo. — Winston cerrou os olhos. — Você poderia ser mais precisa?

Depois de um longo silêncio, ela completou:

— A senhora tinha convidados e pediu uma jarra de vinho. Pouco depois, o padre saiu e falou com Horik. Conversaram um pouco e então Horik foi embora.

Os olhos de Winston encontraram os meus. Então estávamos certos. Ele fora mandado embora no momento em que estávamos na tenda.

— Só isso?

Ela o olhou sem entender. Winston insistiu:

— Ele simplesmente partiu?

— Bem, não. Primeiro pegou uma mochila — disse Frida.

Então ele já estava longe havia muito tempo.

Winston fez mais algumas perguntas, num esforço para descobrir o que Frida sabia sobre a relação entre Osfrid e a esposa, mas ela obviamente não sabia de nada. Perguntou a respeito dos hóspedes recebidos, mas ela não soube dizer. Tentou arrancar mais respostas dela, tudo em vão. Como empregada da cozinha, Frida não tinha acesso à tenda. Precisava entregar tudo que providenciava a um mordomo que então garantia que o senhor ou a senhora o recebesse.

Finalmente, Winston perguntou:

— Esse mordomo. Ele também é de Oxford?

Frida balançou a cabeça, explicando que Osfrid trouxera consigo os empregados mais importantes: a cozinheira, o mordomo, e presumivelmente a dama de companhia da sua mulher.

— Qual é o nome desse mordomo? — perguntou Winston.

— Não sei.

Olhei-a com ceticismo. Eles já trabalhavam juntos havia dois dias, o que não é muito, mas com certeza tempo suficiente para aprender o nome um do outro. Mas Winston me encarou e balançou a cabeça.

— Ele é um serviçal da casa — explicou ele. — Não daria um segundo de seu tempo a uma empregada temporária da cozinha. Quantos empregados domésticos você tratava pelo primeiro nome em sua vida anterior?

Ia retrucar dizendo que sabia os nomes de vários empregados, mas as palavras congelaram na minha boca ao perceber que ele tinha razão.

Winston se levantou e disse:

— Frida, muito obrigado por sua ajuda.

Godskalk e seus guardas nos esperavam, e voltamos juntos pela campina até o acampamento. Quando chegamos às tendas da cozinha, Frida soltou minha mão.

— Talvez a gente se veja novamente — falei, apertando de leve seu braço.

— Talvez — disse ela, baixando os olhos, acanhada. — Você sabe onde me encontrar.

Os três guardas que Godskalk mandara para vigiar a tenda de Tonild estavam parados a uma distância respeitável, enfrentando os olhares ferozes e silenciosos dos soldados da senhora. Quando o grupo nos viu, um deles avançou e anunciou:

— Ninguém saiu da tenda.

— Mas eles sabem que vocês estão aqui fora? — perguntou Winston. No caminho eu o atualizara sobre minhas instruções aos homens de Godskalk.

O guarda confirmou.

— Um dos homens da senhora passou uma mensagem para dentro. Foi aquele ali — disse ele, apontando um dos guardas de Tonild, que nos encarou com olhar desafiador.

— A partir de agora nós vamos cuidar disso — disse Winston, sorrindo para Godskalk, que liberou seus guardas com um gesto de mão. Antes de se juntar aos homens, ele perguntou:

— E a moça?

— Ela já deve estar em segurança, penso eu — respondeu Winston. — Presumo que já tenha nos contado seja lá o que queriam evitar que chegasse a nós, ou talvez ela nem saiba o que sabe. De qualquer forma, quem quer que tenha dado a ordem para o ataque já deve estar ciente de que conversamos com ela, e, do contrário, logo saberão. Portanto ela já deve estar fora de perigo.

Winston foi até a aba da tenda de Tonild, mas foi bloqueado pelo guarda que a sentinela do rei havia indicado. Então pediu com toda cordialidade:

— Poderia fazer a gentileza de pedir à sua senhora para nos receber?

Tivemos de esperar um bom tempo.

Quando finalmente entramos na tenda, Tonild não se levantou de sua cadeira. Assim como o padre e o nobre de ombros largos que ocupavam as outras.

— Pensei que já tínhamos terminado — disse Tonild sem expressão.

— Não vim para vê-la, milady — informou-a Winston. Apesar de estar com a postura muito ereta, sua voz pareceu relaxada.

— Não? — Tonild pareceu surpresa. — Você sabe que esta é a minha tenda, não sabe?

Winston e eu olhamos o convidado. Ocupando toda a cadeira, o irmão de Osfrid estava sentado com as pernas esticadas e parecia muito à vontade. Enquanto o cabelo do falecido era apenas levemente grisalho, o de Osmund era arrepiado e completamente grisalho. Embora menos musculoso, tinha a mesma pele rosada de Osfrid.

— Estamos aqui para falar com seu cunhado — explicou Winston.

Osmund arregalou os olhos, mas não falou nada.

— Meus pêsames por sua perda — prosseguiu Winston, ainda com uma voz cordial.

Em resposta, Osmund inclinou levemente a cabeça para a frente.

— Você está interrompendo nosso luto — disse Tonild, censurando-nos de forma mais estridente do que antes.

— Só porque é necessário. — Winston não tinha tirado os olhos de Osmund. — Estou procurando por um soldado que trabalha para o senhor.

— Tenho muitos soldados. — Osmund possuía uma voz profunda.

— Este a quem me refiro é viking — acrescentou Winston. — Suas roupas são gastas e seu colete já viu dias melhores.

Osmund balançou a cabeça em negativa e disse:

— Sou saxão. Não preciso de nenhum viking nojento.

— Porta um machado — continuou Winston, impávido.

— Não conheço.

— E está morto — disse Winston por fim.

Fixei os olhos em Osmund. Mesmo sob a fraca luz da tenda, poderia jurar que o rosto dele não se contraiu nem uma vez durante o diálogo.

Balancei a cabeça para Winston, que suspirou silenciosamente.

— Bem, certamente não morreu devido a problemas de saúde — disse Osmund, nos provocando.

— Na verdade, ele foi assassinado.

— Como os vikings devem ser. — Pela primeira vez, o olhar de Osmund se voltou para mim, parando no cinto de minha espada. — Foi você?

Confirmei.

— Bem, então é um bom dia para os saxões — disse Osmund. —Ontem os dinamarqueses mataram meu irmão; hoje uma espada inglesa derrubou um deles.

Claramente ele não sabia nada da minha história.

— Bem, ainda não está claro quem matou Osfrid. — Winston olhou ao redor. Tonild, contudo, fingiu não entender o que ele esperava e fez com que permanecêssemos de pé.

Osmund rosnou em resposta, um rosnado que só abafou um pouco em nome da educação. Depois disse estar certo de que eu tinha minhas razões para matar um viking no meio de uma cidade rigidamente confinada pelos guardas de Cnut.

Olhei para Winston, que acenou com a cabeça para Osmund. Notei que meu parceiro parecia observar Tonild atentamente.

— O viking atacou uma moça — falei pela primeira vez, em saxão.

Os dentes do nobre brilharam quando ele abriu um sorriso.

— Esses vikings idiotas têm esse hábito. Suponho que seja inglesa.

— Era. Era uma serva da senhora. — Tal como Winston, meus olhos estavam fixos em Tonild, que me olhou preocupada.

— Serva minha?

Fiz que sim com a cabeça.

— Mas... — começou a viúva, olhando para a parte de trás da tenda. Bem aos fundos, uma mulher vestindo roupa doméstica estava sentada numa *chaise longue* curvada sobre sua costura.

— Uma moça que a senhora contratou aqui em Oxford — expliquei. — Seu nome é Frida.

Tonild balançou a cabeça, sem entender.

— Frida?

Padre Egbert se inclinou para a frente e disse em voz baixa.

— Uma das moças temporárias. Foi contratada para ajudar enquanto estamos aqui.

A viúva pareceu muito confusa.

— E o quê... Por que eu deveria... Não estou entendendo — gaguejou Tonild.

Winston me olhou para sinalizar que estávamos de saída e então fez uma profunda mesura diante de Tonild.

— Perdoe-me por ter tomado o seu tempo, milady — disse ele.

Uma vez fora da tenda, trocamos olhares. Winston coçou o queixo e perguntou:

— E agora?

— Não conseguimos nada — disse eu.

— Talvez não. Mas, ainda assim — Winston sorria diante de minha surpresa —, descobrimos que nosso companheiro padre presta atenção nas moças e sabe seus nomes.

Capítulo 15

Winston me olhou de esguelha quando viu Godskalk nos esperando diante da tenda de Tonild. Claramente se perguntava se eu sabia o motivo pelo qual ele estava ali, e eu não sabia. Winston parou e cumprimentou educadamente o guarda do rei.

— O senhor tem alguma notícia que eu possa dar ao rei? — perguntou Godskalk.

Winston negou com a cabeça.

— Não demos essa sorte. Mas sua ajuda pode ser útil.

— Claro.

— Um guerreiro alto, ruivo, de nome Horik, desapareceu. Seus guardas poderiam encontrá-lo?

— Podem tentar — respondeu Godskalk.

Abri a boca para falar, mas tornei a fechá-la. Ia lembrar a Winston que o cabelo de Horik tinha tranças, mas tranças podem ser desmanchadas.

Winston olhou os aglomerados de pessoas no acampamento e se voltou para mim, perguntando:

— O homem que você matou no regato, Toste... e quanto aos companheiros dele naquela noite na aldeia?

— O que têm eles? — retruquei.

— Você seria capaz de reconhecê-los?

Pensei um pouco. Não tinha prestado muita atenção àquele bando de vikings sem o comando de um senhor; eram iguais a qualquer assaltante de estrada.

— Se eu estivesse sentado diante deles, talvez. Cota de malha suja de lama, roupas puídas, uns sacos de bosta.

— Iguais a muitos outros — disse Winston, sorrindo de leve. Voltou-se para Godskalk e continuou: — De qualquer forma, sua ajuda pode nos ser útil nessa questão. Há alguns dias encontramos o homem que foi morto hoje com quatro outros.

— Ouvi o senhor contar ao rei sobre eles — disse Godskalk.

Ele estivera assim tão perto de nós no salão do rei? Minha lembrança era diferente: Godskalk viera correndo somente quando Cnut o chamou. Mas, é claro, o chefe dos guardas do rei certamente nunca ficava fora do alcance da voz do rei, a menos que esteja sob ordens específicas para tal.

— Seus guardas estão por toda parte. Acha que eles poderiam encontrar esses quatro homens para nós?

Godskalk riu.

— Encontrar quatro guerreiros que se parecem com todos os outros guerreiros nesta reunião de guerreiros de todos os cantos do reino? Duvido.

— O homem que eu matei tinha sotaque de Nortúmbria — informei. O guarda levantou as sobrancelhas para mim.

— Ah, bem, isso certamente reduz a busca — disse ele revirando os olhos. — Só deve haver alguns condes, um punhado de barões, mais ou menos uma centena de nobres menores, e sabe-se lá mais quem vindo de Nortúmbria. E todos trouxeram consigo suas comitivas.

— Ainda assim — disse Winston com cortesia. — São quatro homens que não estão a serviço de um senhor. E sem dinheiro também, porque de outra forma dificilmente teriam tentado assaltar aquela aldeia.

— E era isso que eles estavam planejando? — perguntou Godskalk, de repente muito interessado.

Winston e eu nos entreolhamos. Na verdade, eu intervira antes que os vikings pudessem deixar claro se planejavam assaltar os camponeses ou lhes pagar pelo abrigo de uma noite. Mas hesitei porque não quis colocar minha cabeça diante do carrasco. Como não podia afirmar se eles estavam lá para pilhar o lugar, decidi a questão dizendo:

— Eles mentiram.

— Como fazem os homens — disse Godskalk, rindo. — Você esperava que dissessem a verdade?

— Mas estavam sem as ordens de um senhor — interrompeu Winston —, e, a julgar pela aparência, eram pobres. Você poderia pelo menos pedir aos guardas para manter os olhos abertos?

Godskalk estudou Winston durante um momento, e concordou.

— Claro — disse ele, que começou a se afastar, mas parou. — Ah, mais uma coisa! O rei ordenou que lhe façam uma visita no final da tarde.

— Obrigado, já estávamos planejando tal coisa — respondeu Winston, fazendo uma mesura.

Depois que Godskalk desapareceu pela trilha improvisada, olhei para Winston, que me olhou de volta intrigado.

— Esse Toste que eu matei *não estava* mesmo sem comando, estava?

Winston arregalou um pouco os olhos.

— Alguém deu ordens para matar Frida — observei.

— O que significa que os companheiros vikings devem estar a serviço do mesmo homem.

— Toste *alegou* que estavam a serviço de Thorkell, o Alto.

— Mas será que estava mentindo? — questionou Winston.

— Acho que sim — respondi, dando de ombros.

— Certo. Vamos manter isso em mente — disse Winston, olhando a aba da tenda de Tonild, que acabara de se abrir. — A mentira mais fácil de desmascarar é geralmente aquela que está bem à nossa frente.

Voltamos nossa atenção para as pessoas que saíam da tenda. Primeiro veio o padre Egbert, as mãos apertando uma cruz, seguido pela larga forma de Osmund com sua espada, e depois por seis soldados carregando o caixão. Osfrid jazia como o tínhamos visto na última vez, magnificamente vestido e com uma espada entre as mãos cruzadas. Tonild foi a última a sair da tenda e caminhou atrás do corpo, as costas eretas e os olhos secos.

Winston e eu ficamos intrigados pela falta de lágrimas.

— Vamos ao funeral — disse ele.

Assim, quando a procissão passou, nos juntamos a ela.

Tivemos de parar a intervalos regulares ao atravessar o acampamento, em parte por causa da multidão que era muito densa, mas também porque muitos ingleses queriam prestar as últimas homenagens ao morto ajoelhando-se em silêncio diante do ataúde por alguns momentos. Todos pareciam saber de quem se tratava, e provavelmente sabiam muito bem como morrera.

Vários vikings pararam rapidamente e saudaram o homem morto, alguns chegando a mover as mãos sobre o peito no sinal da cruz. Contudo, nenhum deles se ajoelhou diante do caixão ou ergueu as mãos para fazer o sinal pagão do martelo.

Nossa procissão movia-se lentamente quando entramos na cidade de Oxford. Tortuosas e estreitas, ruas e vielas eram limitadas por cercas de madeira e encontravam-se cheias de comerciantes, gente empurrando carroças e carrinhos de mão, mulheres fazendo compras, aprendizes de artesãos e assistentes de comerciantes e soldados a caminho das tavernas, às vezes a sós ou na companhia de moças que ofereciam seus serviços a cada esquina. Guardas do rei eram visíveis por toda parte, vigiando a todos rigorosamente.

Também na cidade, ingleses e dinamarqueses prestavam igualmente suas homenagens ao féretro. Porém o que mais me impressionou foi o fato de todo guarda do rei curvar a cabeça quando o morto passava. Era evidente que Cnut queria deixar claro para todos que lamentava aquela morte ter acontecido.

Quando a procissão cruzou a praça diante da sala do trono a caminho da igreja, notei que a porta estava fechada. O rei não saiu para prestar homenagem ao morto.

Chegamos à igreja de santa Frideswide e mergulhamos na escuridão fria em seu interior.

Um pequeno grupo esperava. Todos se ajoelharam quando o féretro entrou. Quando Winston e eu encontramos um lugar à direita, meus olhos já tinham se ajustado à escuridão, e consegui distinguir todos os rostos.

Havia muitas mulheres, como sempre acontece neste tipo de evento. Cutuquei Winston com meu cotovelo.

— Acho que Osfrid tivera jeito com as mulheres — sussurrei, apontando discretamente para as mulheres ajoelhadas.

— Bobagem — replicou, a voz ainda mais baixa que o meu sussurro. — Não é incomum mulheres devotas recém-convertidas demonstrarem piedade comparecendo a *qualquer coisa* que se passe dentro da igreja.

Além das mulheres, notei meia dúzia de sacerdotes, cada um com um papel a desempenhar na cerimônia, a julgar por seu comportamento.

Dois nobres saxões estavam parados bem diante do corredor central. Depois de os soldados baixarem o caixão diante do altar, os dois nobres avançaram e se ajoelharam brevemente antes de fazer uma mesura saudando a viúva e o irmão do falecido. Ambos responderam à saudação, embora mesmo sob a luz fraca eu tivesse detectado a irritação no rosto de Tonild.

Então foi a vez de Winston me cutucar.

— Aqueles são os cunhados, os irmãos de Everild, a primeira esposa de Osfrid. — Então eu soube o que Winston fizera enquanto eu estava com Frida.

Antes que eu pudesse responder, minha atenção foi desviada para uma comoção junto à porta da frente. Um homem entrou e tive o reflexo de agarrar minha espada antes de me lembrar que todas estavam alinhadas à parede externa da igreja. Meu pensamento inicial foi que um guerreiro viking pagão recebera ordens de matar os muitos saxões enquanto estavam desarmados na igreja. Mas eu estava errado.

Reconheci a cabeça pesada e a silhueta curva um pouco antes de notar o colarinho de lã. O próprio arcebispo Wulfstan viera dar a Osfrid a honra de celebrar o funeral.

De início presumi que Cnut mandara seu arcebispo como sinal de sua preocupação, mas pela forma como o padre Egbert, Tonild e finalmente Osmund o saudaram, percebi meu equívoco; é muito natural um sacerdote inglês querer enterrar um nobre inglês.

Uma boa quantidade de murmúrios e cânticos se seguiu, acompanhada pelo movimento do incensório e pela aspersão de água benta antes que findássemos saindo da igreja, com o morto à frente.

Winston e eu ficamos para trás, em nossa posição discreta. Em meio às piedosas mulheres de olhos secos, fiquei espantado ao perceber uma com lágrimas correndo por seu rosto.

Estava prestes a mostrá-la a Winston, mas observei que ele também já a notara. Pouco depois, quando estávamos à beira do túmulo no cemitério gramado, não tiramos os olhos dela. Depois de Wulfstan ter dito suas palavras finais e enviado o morto para o Paraíso — já purificado pela intercessão e pela água benta —, ela continuou de joelhos por um pouco mais que o restante do grupo.

Virei-me para Winston, mas ele observava Tonild, que se afastava sem demonstrar grande paixão ante o túmulo. Lançou um olhar gélido à mulher que chorava e em seguida saiu do cemitério.

Não falamos nada até estarmos novamente diante da igreja. Enquanto tornava a vestir o cinto da espada, perguntei:

— Aquela mulher ia ser a terceira esposa de Osfrid?

Winston mordeu o lábio pensativamente.

— Talvez.

— O que você descobriu sobre os cunhados? — Pensei que Winston ficaria impressionado por eu ter adivinhado o que ele fizera.

— Pouca coisa, mas ainda não terminei — respondeu, de repente ficando sério. — Siga-a e descubra se nosso palpite está correto.

— O que você vai fazer?

— Você não notou, mas os cunhados de Osfrid não saíram com Tonild e Osmund. Acredito que estejam a caminho de uma taverna. Como estou com sede mesmo, imagino que um lugar à mesa deles pode me dizer o que desejo saber.

Eu também estava com sede. Mas a perspectiva de consolar uma jovem senhora era mais atraente que até mesmo a caneca mais cheia de cerveja, então me despedi de Winston com um aceno de cabeça e parti. Encontrei a mulher caminhando lentamente por uma das vielas estreitas.

Capítulo 16

ive a impressão de que era bem jovem quando a vi no cemitério, mas agora que a seguia de trás, vi que era mais velha do que imaginara, apesar do porte agitado e dos quadris oscilantes. Caminhava resoluta e com decoro, desviando-se elegantemente dos montes de esterco e de vários outros obstáculos, enfim parando onde uma viela cruzava a rua estreita em que estávamos.

Em três passos largos alcancei-a e vi seu rosto. Tinha uma testa larga, olhos cinzentos, nariz um pouco batatudo e queixo pesado. Embora o cabelo que escapava sob o pano na cabeça fosse escuro e grosso, as rugas finas em torno dos olhos e da boca revelavam a sua idade.

Acima de 30, na minha opinião.

Aparentemente perdida nos próprios pensamentos, não notou que eu a olhava. Depois de verificar cuidadosamente que ninguém vinha pela alameda de nenhum dos dois lados, ela continuou pela rua estreita.

Recuei alguns passos e a segui sem dificuldade. Agora me concentrava em analisar suas roupas. Sua cobertura de cabeça era acabada com fino bordado. Notei a alta qualidade do tecido da capa e o peso do tecido da roupa. Usando vestido azul, capa vermelha e sapatos claros de couro, ela parecia o tipo de mulher de alta classe capaz de atrair um homem como Osfrid — mas e quanto à idade? Rejeitei a ideia de que a mulher estivesse designada a substituir Tonild no leito de Osfrid.

Ela reduziu o passo. Então parou de repente e olhou em volta. Recomeçou a andar e abruptamente virou para uma rua mais larga à direita, que, para minha surpresa, levava à praça entre a igreja e a sala do trono. Será que me notara? Será que preferia então voltar para uma área mais movimentada?

Não, não era isso. Ela continuou a atravessar a praça, onde um grupo de nobres se enfileirava diante da sala do trono, que agora era guardada por um número muito maior de guardas. Aparentemente, Cnut queria se dirigir ao Witenagemot em particular, e não facilitaria o ataque dos inimigos ingleses.

Uma vez atravessada a praça, a mulher parou e estudou cuidadosamente as construções em ambos os lados da rua, então assentiu para si mesma e continuou a andar a passo constante.

De repente entendi: ela não conhecia bem Oxford, tomara a rua errada, percebera o erro e voltara à igreja para recomeçar a partir de um lugar conhecido.

De fato, caminhava outra vez de maneira resoluta, sem olhar nem para a direita nem para a esquerda.

Seu sofrimento durante o enterro de Osfrid parecera genuíno. Se não estava dizendo adeus a um amante que lhe prometera um futuro dourado como mulher de nobre, então o que tinha provocado suas lágrimas?

Quando a mulher parou diante de uma casa de madeira guardada por homens fortemente armados, descobri a explicação: seu futuro estava de fato morto, mas não porque haviam sido prometidos a ela ouro e terras verdejantes como futura noiva de Osfrid. Ela devia ter sido amante dele, talvez durante muitos anos, e acabara de enterrar a única segurança financeira que tivera neste mundo.

Se fosse esse o caso, tinha menos razão do que qualquer outro para querer ver Osfrid morto e enterrado. Mas talvez ela soubesse algo que ajudasse a nossa investigação.

Em geral os homens falam abertamente com as mulheres que escolhem por amantes, mais do que com aquelas que dividem mesa e leito diante de Deus e do mundo, pois uma esposa não é escolhida para o amor. As mãos de um casal são atadas diante do altar para promover os interesses das famílias e sua fome por terras. Uma amante, pelo contrário, é geralmente uma mulher que o homem ama de verdade, mas a quem a família recusa reconhecer com uma coroa de noiva.

E não era exatamente isso que o povo suspeitava com relação ao rei Cnut? De acordo com os boatos, ele amava de verdade sua primeira mulher e só se casou com Emma por causa de sua ligação com o irmão e suas fortes relações saxãs.

Os mesmos boatos diziam que ele só buscou o leito de Emma para produzir um herdeiro, mas que procurava o de Ælfgifu de todas as formas possíveis.

E agora ali estava eu, seguindo uma mulher que fora forçada a aceitar uma vida nas sombras, como amante secreta de um nobre. Era evidente que Osfrid não era o homem que Cnut era, forte o suficiente a ponto de se casar abertamente com duas.

Quando a mulher se aproximou do pesado edifício, dois guardas tomaram posição de sentido e lhe abriram a porta. Após ela ter entrado e a porta estar fechada, me aproximei com toda a calma.

Nenhum dos guardas fez menção de abri-la para mim. Seus olhos eram frios, os rostos sem expressão. Um deles perguntou em tom de rejeição:

— O que você deseja?

— É importante que eu fale com a senhora que acabou de entrar. — Relaxei deliberadamente os lábios para que meu saxão soasse mais sulista, mais parecido com o dialeto do guarda.

— Ah, é mesmo, é?

Nenhum dos dois fez qualquer movimento.

— Portanto, você poderia me deixar entrar ou informar a ela — pedi.

— A senhora, é o que você diz. Não sabe o nome dela?

— Infelizmente não. Mas talvez você possa me esclarecer. — Sorri de maneira educada.

Os guardas trocaram sorrisos sarcásticos.

— Saia daqui — disse ele.

Precisei tornar o assunto sério.

— Meu nome é Halfdan e estou aqui a serviço do rei Cnut.

O guarda à esquerda que ainda não pronunciara uma única palavra cuspiu no chão. O que falava torceu os lábios num sorriso zombeteiro.

— Aqui vivem saxões livres. Cnut pode dar ordens aos dinamarqueses, mas não tem nenhuma autoridade sobre os saxões.

Avaliei minhas opções. Sozinho eu não tinha a menor chance e sabia que os guardas de Cnut não forçariam a entrada numa casa abertamente hostil à autoridade do rei. Cnut lutava para criar harmonia em todo o reino; era certo que soldados seus forçando a entrada numa casa saxã não seria de grande valia.

Dei de ombros e saí, tentando parecer tão indiferente quanto possível.

Depois de virar a primeira esquina, parei e esperei um pouco, então voltei, dirigindo-me a um arco de pedra do outro lado da rua da casa. Dali eu podia vigiá-la sem ser visto.

Tive a impressão de que os guardas à porta não me notaram, pois nenhum fez menção de se aproximar e me expulsar. Pelo contrário, tal como os colegas postados nos cantos do edifício, comportaram-se como os soldados que eram, sem se distrair conversando entre si. Permaneceram vigilantes, as mãos pairando acima dos punhos das espadas.

Continuei na sombra do arco, sorrindo amavelmente para quem quer que parasse e me olhasse, esforçando-me para dar a impressão de que tinha direito de estar ali.

O sol correu o céu, e a porta do outro lado da rua continuou fechada. Comecei a bocejar de tédio, até notar um nobre vindo pela rua acompanhado por quatro guardas.

Parou diante da casa de madeira e olhou em volta, o que me permitiu ver seu rosto antes que ele entrasse pela porta. Os guardas a abriram prontamente sem lhe fazer uma única pergunta.

Àquela altura eu estava completamente alerta e continuei assim até que Osmund voltasse à rua.

Fiquei dividido. Devia seguir Osmund e lhe pedir para explicar o que fazia na casa onde se hospedava a amante de seu irmão morto, ou devia continuar ali e esperar uma oportunidade de falar com ela?

Preferi a segunda opção. Já sabíamos mais ou menos o que Osmund pretendia e, como os nobres não têm o hábito de discutir questões de família com estranhos, provavelmente ele se recusaria a responder qualquer pergunta sobre a mulher.

Pensei então em uma coisa: Osmund e Tonild deviam ter esperado que a amante tivesse classe o bastante para não ir ao enterro de Osfrid. O olhar frio que Tonild lhe dera havia deixado isso muito claro. Ainda assim, Osmund aparecera na casa da mulher. Por quê? Eu via duas possibilidades: ou queria assustar a amante de Osfrid, ou queria suborná-la para que partisse.

Não tive dúvida de que a mulher estava completamente só no mundo. Embora fosse óbvio que tivesse dinheiro e contatos que lhe asseguravam encontrar hospitalidade na casa de um nobre como aquela de madeira do outro lado da rua, um edifício cujo proprietário eu ainda não identificara, ainda assim era humilde o bastante para andar por Oxford sem sequer um menino para servi-la.

A porta da rua se abriu novamente e dela saiu um jovem com trajes de nobre. Acenou para os guardas e desapareceu pela rua.

Depois disso, nada aconteceu durante um bom tempo e comecei a pensar em procurar Winston para lhe dar meu relatório. Entretanto, considerei que a visita de Osmund poderia ter convencido a mulher a sair novamente antes do cair da noite, e preferi ficar atento.

Minha paciência rendeu frutos.

Quando ela finalmente saiu, fiquei surpreso ao ver que não estava vestida para viagem. Usava a mesma roupa de antes e não levava consigo uma sacola nem mesmo uma mochila. Acenou com a cabeça para o guarda e de repente percebi que talvez eu estivesse com um problema. Se descesse a rua à minha direita, seria obrigado a passar pelos guardas para segui-la e eu não acreditava que me deixariam transitar por ali sem intervir.

Prendi a respiração e sussurrei um palavrão quando ela tomou a direita. Olhei ao meu redor e meus olhos recaíram sobre uma pá de lâmina larga pendurada no arco. Agarrei-a e segurei a lâmina diante do rosto, girando o cinto para colocar minha espada do lado direito. Curvei-me um pouco para a frente e passei lentamente diante dos guardas, que por sua vez me olharam indiferentes.

Quando estava a uma boa distância na rua, joguei fora a pá, voltei a espada para seu devido lugar no meu quadril esquerdo, e examinei a rua à minha frente. A sorte estava comigo. Vi a mulher e comecei a segui-la.

Alguma coisa atraiu minha atenção atrás da cerca à minha esquerda. Era o jovem vestido em trajes nobres que deixara a casa antes da mulher. Ele parecia discutir com dois vikings no jardim. Eu não tinha tempo para parar e ajudar o filho de algum nobre e, como quatro guardas de ombros largos tinham acabado de entrar na rua, segui em frente. Decidi deixar a eles a tarefa de proteger o rapaz de um espancamento que ele parecia estar se coçando para provocar. Eu me apressei no rastro de minha presa.

Quando ela parou diante da barraca de um comerciante sob um toldo de lona e começou a examinar as mercadorias à venda, abordei-a:

— Milady, a senhora não me conhece, mas é importante que eu lhe fale.

Ela se virou confusa, e suas sobrancelhas se enrugaram ao ver meu rosto desconhecido.

Dei-lhe o meu melhor sorriso.

— Meus pêsames por sua dor, milady, mas talvez eu possa abrandá-la. Meu nome é Halfdan e o rei Cnut pediu, a mim e ao meu parceiro, para investigarmos o assassinato de seu amado.

Seus olhos claros se arregalaram até ficarem absolutamente redondos.

— Meu amado? — repetiu ela.

— O saxão lorde Osfrid — confirmei.

Vi medo, desespero e, para minha surpresa, divertimento passar pelo seu olhar.

— Osfrid, meu amado? — repetiu ela.

Fiz sim com a cabeça mais uma vez e ofereci-lhe um sorriso encorajador.

— Parece que você está enganado — disse ela, contraindo os lábios. — Sou Estrid, irmã de Osfrid.

Capítulo 17

A última vez em que me sentira tão idiota havia sido muitos anos antes, quando meu pai, mal disfarçando sua alegria, rejeitou a alegação de uma moça da fazenda de que eu supostamente seria o pai do bebê que ela esperava.

Depois de me castigar severamente, ele mandou a moça para fora da sala, rindo e dizendo-lhe que não seria *tão* fácil pôr as mãos na prata de um nobre. Em seguida ele me insultou diante de Harding e de vários amigos seus por não saber que carícias numa moça não bastam para engravidá-la.

— Abra os olhos, menino! — disse meu pai, condescendente. — Você já viu touros e garanhões, porcos e cachorros. Já deveria saber que, a menos que o pinto seja introduzido de verdade, não haverá bezerro, potro, porco ou cachorrinho.

Eu só contava dezesseis invernos, com nada além de um bigode ralo no rosto quando meu pai e meu irmão riram de mim por não saber como um homem deita com uma mulher. E agora eu tinha acabado de ser completamente censurado outra vez, e me encontrava parado diante dessa senhora saxã com as orelhas tão vermelhas quanto naquele dia.

— Mi... milady... — gaguejei. — Desculpe a minha estupidez.

Seus olhos num tom claro de cinza brilharam, não de lágrimas, como eu chegara a temer a princípio, mas claramente divertindo-se. Seu colo subia e descia como acontece com alguém que faz o possível para não rir.

— Talvez as coisas estivessem melhores se eu *tivesse* sido amante dele — comentou ela, secando os olhos com a mão pálida.

— Milady? — perguntei, tentando com todas as minhas forças me recuperar de minha idiotice.

Ela não respondeu. Em vez disso, me olhou atentamente e indagou:

— O rei pediu que você investigasse o assassinato de meu irmão?

— Sim, sim, eu sei. — Suspirei. — A senhora e sua família estão convencidos de que Cnut ordenou a morte de Osfrid.

— Na verdade, não me interessa o que a minha família pensa — disse ela, a voz de súbito surpreendentemente fria. — Para mim o meu irmão está morto e isso é tudo.

Ocorreu-me que uma conversa com a irmã de Osfrid poderia ser tão útil como uma conversa com a amante, por isso olhei ao redor à procura de um lugar onde pudéssemos falar. A barraca à nossa frente parecia mais sortida que a de Alfred; obviamente nem todos os comerciantes estavam pagando uma quota tão grande quanto a dele. Atrás da barraca vi três mesas com bancos.

— Permita que eu lhe ofereça uma bebida para compensar ter metido os pés pelas mãos — falei.

Estrid me olhou, mal escondendo a diversão.

— Ou em troca de informações — acrescentou ela.

— Milady — declarei, estendendo a mão em sua direção. — Terei o maior prazer em lhe oferecer uma caneca pelos dois motivos.

Ela ergueu a mão macia e apertou a minha, e então, para minha surpresa, entrou na frente e se acomodou numa mesa vazia. Um carpinteiro curvado, o avental coberto de raspas de madeira, estava sentado a outra das mesas com um rapaz que imaginei ser seu filho ou aprendiz, pois suas roupas também estavam cobertas de serragem. À terceira mesa, três guardas agarravam silenciosamente suas canecas.

Perguntei a Estrid o que ela gostaria de tomar e ela respondeu que uma taça de hidromel lhe faria bem. Fui até o balcão, uma pesada prancha de carvalho apoiada em três cavaletes. Atrás dele encontrava-se um homem de cabelos eriçados e roupas coloridas, cujo cinto tinha uma faca com cabo de osso finamente entalhado ao lado de uma pesada bolsa de couro.

Quando abriu a boca, entendi por que sua barraca estava tão abastecida em comparação com a de Alfred. Ele falava dinamarquês, não inglês, e a julgar por seu sotaque chegara da velha terra natal a leste do mar há pouco tempo. Não era um dinamarquês de terceira geração de Danelaw, a nordeste e sudeste da Inglaterra.

O hidromel que serviu tinha a cor dourada do mel e um perfume doce e forte. O cheiro tentador do malte escapava da minha cerveja. As duas bebidas foram servidas quase transbordando.

— Minha senhora! — exclamei, erguendo minha caneca para ela. — A senhora me permitiria começar pelo começo?

Ela agora estava evidentemente alegre.

— Claro, Halfdan Que Serve ao Rei.

Expliquei em poucas palavras como Winston e eu estivéramos na sala do trono de Cnut quando Tonild irrompera com a notícia da morte do marido, como Winston fizera algumas observações na cena onde o corpo foi encontrado e como o rei nos havia encarregado do caso.

Estrid ouviu em silêncio, com uma mão sob o queixo pesado e os olhos atentos fixos em meu rosto. Quando terminei, ela sorveu um pouco do hidromel e perguntou como poderia ajudar. Respondi que estava feliz por ela estar *disposta* a ajudar.

— Halfdan! — Ela pareceu um pouco aborrecida, como se tivesse tentado me convencer de alguma coisa durante muito tempo. — Meu irmão está morto. Por acaso você imagina que eu queira que ele permaneça sem ser vingado?

— Bem — eu disse, inclinando-me para a frente como se lhe falasse em segredo. — Por que a senhora disse que as coisas estariam melhores se *tivesse* sido amante dele?

Ela comprimiu os lábios e respondeu:

— Um homem assegura-se do bem-estar da amante após sua morte.

Encarei-a. O que Winston dissera antes? Que Tonild não se importaria se Osfrid tivesse uma amante, desde que ela não herdasse nada. Estrid obviamente tinha melhor opinião em relação aos nobres. Por outro lado, Tonild afirmara ser a única herdeira de Osfrid depois de o mosteiro ter recebido a sua parte.

— Milady. — Eu não tinha tirado os olhos dela. — A lei inglesa não permite que uma filha, muito menos uma irmã, fique sem algum tipo de proteção. E a lei inglesa ainda é válida, não é?

Não havia nenhum vestígio de alegria em seus olhos.

— Por enquanto. Mas isso só vale quando a filha e a irmã são legítimas.

— Ah — falei, ponderando sobre o que estava prestes a ouvir. — Por favor, me conte. — Existiam histórias muito conhecidas de nobres que "esqueciam" de fazer provisões para os filhos de sua amante, e depois seus filhos legítimos se recusavam a reconhecer os direitos dos filhos naturais.

— E sua mãe? Quer dizer, a senhora acabou de mencionar...

— Sei o que acabei de mencionar. — Os olhos de Estrid ficaram repletos de lágrimas. — Minha mãe foi nomeada herdeira, mas morreu antes de meu pai. Quando ele morreu, meus meios-irmãos se recusaram a reconhecer que eu tivesse qualquer direito de reivindicação. Não cheguei sequer a ser mencionada.

Alguma coisa não fazia sentido na história.

— Então devo entender que Osfrid negou seus direitos e se recusou a reconhecer sua reivindicação a qualquer herança de seu pai, mas ainda assim a senhora deseja vingar sua morte?

Os olhos de Estrid se encheram novamente de lágrimas ao explicar:

— Depois da morte de nosso pai, Osmund convenceu Osfrid a ignorar meus direitos de herança. Mas Osfrid era um homem íntegro e mesmo assim assumiu a obrigação de prover meu sustento.

— Então Osfrid sustentava a senhora — eu disse, tomando um gole da cerveja, que era forte. Decidi não exagerar. Poderia saciar minha sede mais tarde com cerveja comum.

Estrid confirmou:

— Graças à primeira esposa de Osfrid, a mãe de Oslaf. Era uma mulher temente a Deus e convenceu o marido a fazer o que era certo por mim e pelo Senhor.

Lembrei-me do olhar que Tonild lançara a Estrid ao lado do túmulo.

— E a *segunda* esposa de Osfrid?

Uma faísca de ódio brilhou nos olhos de Estrid, tão fugaz que quase não notei.

— Tonild não quer que Osfrid tenha um passado, nem primeira esposa, nem filho, nem irmã.

— Então Tonild convenceu Osfrid a deixar de sustentar a senhora?

— Você não o conhecia. — A voz de Estrid veio carregada de censura. — Osfrid manteve sua palavra. Apesar de Tonild não aprovar, ele se certificou de que eu recebesse todo ano uma quantia em dinheiro.

Apertei-me contra a mesa para deixar passar o carpinteiro e seu assistente. O jovem apoiava o mais velho, que não duraria muito se continuasse a beber tanto no meio do dia a ponto de precisar de ajuda para andar. Ninguém paga por carpintaria mal-acabada.

— Então Tonild é uma interesseira que tem ciúmes do passado do marido? — perguntei.

Estrid riu, uma risada franca que fez as garçonetes se virarem surpresas.

— O pai de Tonild era um dos mais ricos nobres saxões. Recusou-se a jurar lealdade a Cnut, atitude pela qual pagou com a vida.

Tonild já contara isso a Winston e a mim, mas então percebi o que Estrid queria dizer.

— Você quer dizer que o rei tomou as terras e propriedades dele?

Estrid confirmou.

— Quando Osfrid se casou com Tonild, estava se casando com uma fortuna esperada. Tonild era filha única de Wighelm e costumava se vangloriar de sua fortuna sobre a de Osfrid. Era uma jovem extremamente rica quando se casou. Mas, menos de dois anos depois, quando seu pai se recusou a seguir Cnut, foi morto e teve suas terras e propriedades confiscadas, ela passou a não ter tanta disposição de discutir quem tinha trazido mais para o casamento.

Fomos interrompidos por uma voz educada:

— Com licença.

Olhei para cima e vi o jovem bem-vestido que eu tinha visto antes. Parece que havia conseguido escapar ileso da discussão com os vikings, presumivelmente com a ajuda dos guardas. Quando me apertei novamente em meu banco para deixá-lo passar, Estrid o saudou com um aceno elegante.

— Vocês se conhecem? — perguntei.

Ela negou com um movimento da cabeça.

— Estamos apenas hospedados na mesma casa.

— Então você não tem mais qualquer apoio financeiro?

— Basicamente — respondeu Estrid com um sorriso cansado. — Supus que isso pudesse acontecer quando Osfrid morresse, então guardei um pequeno pecúlio. Talvez o bastante para convencer uma abadia a me deixar servir como irmã leiga.

Ouvi em sua voz e vi em seu rosto que não era esse o futuro pelo qual havia esperado, e me perguntei se suas lágrimas no funeral eram o resultado da dor pelo irmão morto ou pelo fato de sua fonte de renda ter acabado de secar.

— E Osmund?

Os olhos de Estrid endureceram.

— Meu irmão vivo acabou de me fazer uma visita para informar que não tinha intenção de continuar o que ele chamou de "imbecil enxurrada de prata de Osfrid".

Ergui as sobrancelhas.

— Sim — disse ela, sorrindo abatida. — É o nome que ele deu aos poucos centavos que Osfrid me permitira ganhar.

— Os poucos centavos? De quanto estamos falando? — Era uma pergunta atrevida e não achei que ela fosse responder.

Vi que ela também achava que não responderia, mas acabou dando de ombros e falou:

— Uma libra de prata por ano.

O que não era um valor baixo. Nem de longe. Eu poderia viver bem, ainda que não como um nobre, com uma libra de prata. Um fazendeiro poderia sustentar a família com esse dinheiro. Não chegava a ser muito surpreendente ela ter sido capaz de economizar algum dinheiro.

Mas eu sabia também por experiência que uma libra de prata era um valor muito alto para se abrir mão dele. Enquanto ainda vivia seguro em casa, não dera importância a dinheiro ou a riqueza. Mas nos anos que se seguiram desde então, aprendi o que significava viver sem tais coisas.

Então um pensamento me ocorreu.

— Você tem seu próprio patrimônio?

— Não — disse ela, brincando com a taça de hidromel. — Minha mãe me deixou uma casa com um quintal, um galinheiro e o direito de criar gansos e patos na campina abaixo. — A expressão em seus olhos parecia dizer: *"Está vendo? Não estou escondendo nada."*

De toda forma ela estava bem de vida. Não era rica, mas de forma alguma pobre. Lembrei-me de suas mãos pálidas e macias. Era óbvio que não cuidava do galinheiro nem do trabalho doméstico. Devia ter pelo menos uma serviçal em casa, onde quer que a casa fosse.

E aquele "pequeno pecúlio" também não devia ser insignificante. Tive um palpite de que Estrid tinha a mesma fixação de Tonild por dinheiro. Ainda assim, ela andava desacompanhada por Oxford.

Isso me confundiu até eu perceber que ela não queria demonstrar sua riqueza. Osmund e Tonild deviam ter a impressão de que ela vivia apenas com o essencial. Eu também deveria pensar o mesmo, e talvez até ter pena dela. O comentário de Estrid sobre se tornar uma irmã leiga numa abadia deveria ser igualmente um ardil.

Era uma mulher que sabia jogar as cartas que recebia. Mas isso ainda não a tornava uma suspeita. Seria ir longe demais pensar que pudesse estar por trás da morte do irmão, dado que Osfrid havia sido a única fonte segura de renda que tivera.

— Então — eu disse, voltando à minha conversa com Estrid —, Osfrid deve ter ficado desapontado quando os guardas de Cnut tomaram as propriedades de Wighelm, eliminando assim toda chance de que recebesse a grande herança do sogro. — Pensei que era melhor que eu descobrisse tanto quanto possível.

— Osfrid? — perguntou Estrid, balançando a cabeça arrogantemente. — Não, ele não era assim. Não se casou com Tonild pelo dinheiro dela.

Inclinei a cabeça, curioso.

— Herdeiros são a maior riqueza que um nobre pode ter — explicou Estrid.

— Exatamente o tipo de riqueza com a qual Osfrid não foi abençoado — comentei. Um sorriso que podia ser caracterizado como ligeiramente malicioso passou pelos lábios dela.

— Tonild é estéril — disse ela.

Aproveitei-me da raiva que ela sentia pela cunhada e perguntei:

— Era muito importante para Osfrid ter um filho?

Estrid bufou, condescendente.

— Não acabei de dizer que herdeiros são a maior riqueza que um nobre pode ter?

— Então é possível que ele tenha considerado conseguir herdeiros de alguma outra forma? — me intrometi.

Ela bufou novamente, mas dessa vez à custa do irmão morto.

— Osfrid era muito rígido para isso. Absolutamente fiel. Até onde eu saiba, ele nem sequer *olhava* para outras mulheres durante seus dois casamentos.

— Mas ele poderia considerar uma anulação ou um divórcio?

Estrid balançou a cabeça. Depois abriu os olhos. Minha pergunta evidentemente fizera com que ela percebesse alguma coisa.

— Se ele pensou nessa possibilidade e discutiu com Tonild — ela se inclinou e piscou para mim —, tenho certeza de que Tonild teria uma opinião sobre o assunto.

Ela me deu um sorriso inocente, mas olhei-a inexpressivamente, perguntando-me o que ela queria dizer com aquilo.

— Você realmente não sabe do que eu estou falando? — perguntou, provocando-me.

E então continuou a destilar seu veneno antes que eu tivesse a oportunidade de responder.

— Talvez o que você encontrou na barraca do comerciante *tenha sido* a resposta dela.

Capítulo 18

ais da metade da tarde já tinha se passado, e meu estômago estava roncando, lembrando-me de que, exceto pela cerveja que havia bebido com Winston, eu não tinha comido nada desde o café da manhã.

Minha curiosidade quanto ao que Alfilda serviria dali a pouco me atraiu de volta à taverna. Nossa estalajadeira era auxiliada por uma moça de seios fartos, cujos encantos infelizmente eram desfigurados por um sorriso desdentado, do qual me permitiu usufruir quando me esgueirei até uma mesa entre um monge malcheiroso e um curtidor esquelético e agitado cujo cheiro não era mais convidativo que o do frade. A maioria dos clientes tinha bebidas diante de si, cerveja ou hidromel, ou vinho pela aparência das taças, mas, quando pedi comida, Banguela assentiu e trouxe um belo pedaço de pão coberto de presunto e cebolas grelhadas e uma caneca de cerveja maltada.

A taverna estava lucrando bastante, e o salão ecoava com todas as línguas e dialetos falados pelo vasto império de Cnut no Mar do Norte, seus domínios vikings a leste e norte e do outro lado do mar, a oeste da Irlanda. Apertados entre artesãos e vendedores de Oxford havia inúmeros soldados dos nobres, que preferiam as estalagens da cidade, onde podiam evitar com mais facilidade os olhos vigilantes de seus senhores do que nas barracas de cerveja do acampamento.

Não era todo dia que um rei poderoso visitava Oxford, e além da presença dos nobres mais proeminentes do reino, vieram aqueles que viam um potencial para avanço pessoal por simplesmente aparecerem onde o rei estava. Os moradores de Oxford pareciam gostar de toda aquela agitação e deixaram de lado o trabalho habitual para acompanhar os guerreiros e nobres criadores de problemas, alguns dos quais tinham ajudado a incendiar a cidade pouco tempo antes.

De pé com seu avental entre as panelas e as canecas de cerveja, Alfilda parecia à vontade. Seus olhos acompanhavam homens e mesas. Um movimento seu despachava Banguela para se livrar dos clientes que já tinham esvaziado as canecas e estavam só sentados olhando os passantes.

O pão estava agradavelmente azedo, as cebolas doces, o presunto suculento, e a cerveja tão satisfatória que teria gostado de ficar para mais uma. Mas minha pressa de encontrar Winston e ouvir seu relato sobre os cunhados de Osfrid venceu a sede. Relutante, levantei-me e fui até a dona, que acabara de endireitar as costas e de secar o suor da testa com as costas da mão.

— Um belo dia para se ter uma taverna — comentei quando ela sorriu para mim, reconhecendo-me.

Os cabelos castanhos dançavam sobre seus ombros quando ela me contou que tivera mais clientes naquele dia do que costumava ter em uma semana.

— E você e seu companheiro têm sorte por eu ser uma mulher de palavra. Já me ofereceram quatro vezes o que vocês estão pagando por seu quarto.

Não mencionei que o fato de estarmos em missão especial para o rei talvez tivesse sido importante para a sua decisão de manter o combinado. Limitei-me a perguntar se tinha visto Winston.

— Seu charmoso companheiro? — perguntou com uma piscadela. Por um segundo não entendi, pois quase pareceu que Alfilda estava interessada em Winston. Perturbado, confirmei com a cabeça. Ela respondeu balançando a cabeça em negativa. — Não depois que vocês dois saíram. — Então abriu os olhos e alisou o avental antes de me dar um empurrão de brincadeira e voltar para os clientes da taverna.

Dei meia-volta e reconheci Godskalk, que cumprimentou a estalajadeira com um pequeno movimento da cabeça antes de se voltar para mim.

— Onde está seu parceiro? — perguntou ele.

Sorri educadamente para o guarda e respondi:

— Eu gostaria de saber. Eu próprio o estou procurando.

Godskalk esfregou o queixo quadrado.

— Você me pediu para manter os olhos abertos para um guerreiro ruivo — disse ele.

Confirmei, curioso para ouvir o que ele tinha a nos informar.

— Venha comigo. — Ele girou nos calcanhares e seguiu direto para a porta. Olhei Alfilda com um semblante que pedia desculpas quando o segui. Pela expressão nos olhos dela, vi que sabia que ele era um guarda de Cnut e que também era conde. Ela deve ter se sentido menosprezada quando o guerreiro poderoso saiu sem consumir nem um gole de cerveja. Se circulasse o boato de que Godskalk bebeu em sua taverna, isso atrairia outros clientes, pois todos sabiam que homens gostam da companhia dos poderosos sempre que possível.

Mal tínhamos saído pela porta quando quase atropelamos Winston, que ignorou o guarda do rei e olhou diretamente para mim.

— Aí está você, Halfdan! Ótimo, vamos pôr a conversa em dia.

Ele ficou intrigado quando balancei a cabeça. Depois que expliquei, ele se voltou para Godskalk:

— Você encontrou esse sujeito, o tal Horik?

A resposta dele foi mais um grunhido.

— Você é quem vai me dizer.

Eu já tivera de andar de lado e forçar a passagem no meio da multidão nas ruas em outras ocasiões, mas acompanhar Godskalk era mais como seguir o rastro de um navio viking. O mar de gente simplesmente se abria diante de sua larga silhueta. Não que ele parecesse ameaçador, ou particularmente violento, mas mesmo aqueles que não reconheciam o capitão da guarda pessoal do rei saíam do caminho de um guerreiro obviamente tão poderoso.

Percebi pela testa enrugada de Winston que ele chegara à mesma conclusão, ou seja, que independentemente da condição em que se encontrasse Horik, era provável que o homem não estivesse disposto a ajudar nossa investigação. E não havia dúvida de que Winston compartilhava de minha ansiedade de que, mesmo que conseguíssemos enfim pôr os olhos sobre o sujeito, seria necessário algum tempo até que ele respondesse às nossas perguntas.

Quando chegamos à praça diante da sala do trono, Godskalk não se voltou para a residência do rei, mas cruzou a praça e se enfiou entre a parede recém-alcatroada de uma casa e uma cerca meio destruída. Continuou até uma viela estreita que corria ao longo de casas com cheiro de piche e parou diante de outra cerca, atrás da qual dois guardas conversavam em voz baixa. Godskalk se curvou para passar pela abertura entre ramos entrelaçados.

Os soldados assumiram posição de sentido diante do conde, saudaram a Winston e a mim com acenos breves, e então abriram espaço para que tivéssemos uma visão desobstruída de uma pilha de esterco fervilhando de moscas.

— É este o seu homem?

Nossos olhos seguiram até onde ele apontava. Um soldado de uniforme saxão estava deitado de costas sobre a pilha de esterco, os olhos vazios voltados para o céu, mas sem ver as andorinhas que voavam acima. O cinto da espada parecia apertado, o punho encontrava-se embainhado e a túnica coberta de manchas de suor. A calça permanecia enfiada nas botas de couro e os cabelos que saíam debaixo de um elmo bem-cuidado foram penteados em duas tranças grossas e vermelhas.

Winston desviou os olhos da garganta cortada do morto para mim, e novamente para Godskalk.

— É difícil dizer. Nós nunca o vimos.

Godskalk apertou os olhos.

— É um soldado saxão, e é ruivo.

Winston concordou.

— Mas vamos ter de... — começou a dizer Winston, mas então virou-se para mim e perguntou: — Foi o padre Egbert quem fez isso?

— Talvez — respondi. — Devo...?

Winston assentiu, mas quando me virei para sair, ele me fez parar.

— Espere! Talvez seja melhor não informá-los de que o encontramos... caso *realmente* seja ele — acrescentou Winston, e seus olhos então se voltaram para a expressão de incompreensão no rosto de Godskalk. — Precisamos de alguém que nos diga se este é Horik — explicou Winston. — Mas a pessoa, ou as pessoas, responsáveis pelo assassinato queriam evitar que falássemos com ele. Acho que seria uma boa ideia deixar quem quer que seja na ignorância sobre Horik ter sido descoberto.

Godskalk balançou a cabeça, cético, e questionou:

— Por quê?

Até aquele momento, Winston estava muito sério, mas então um sorriso brincou em seus lábios.

— É só uma ideia.

Godskalk se manteve completamente imóvel. Observava o corpo, a viela e novamente o corpo. Então percorreu com os olhos a pequena área onde estávamos.

— Acho que vocês estão enganados — disse ele.

— É mesmo? — Winston ergueu as sobrancelhas, intrigado.

— O corpo de Osfrid, vocês devem se lembrar, foi escondido num barracão — afirmou Godskalk.

Winston e eu concordamos e olhamos um para o outro. Winston foi o primeiro a entender aonde Godskalk queria chegar.

— Mas este homem foi abandonado à vista de todos — completou Winston.

— Não se fez nenhuma tentativa de esconder o corpo deste homem — disse Godskalk. — Pelo contrário, ele foi abandonado num pátio aberto, atrás de uma cerca que não tem altura para impedir que alguém que tenha de passar pela viela possa vê-lo.

Pigarreei e disse:

— Parece que você não sabe que o corpo de Osfrid foi removido do local onde realmente ocorreu o assassinato, certo?

— Não sabia — respondeu ele. — Supus que tivesse sido morto lá mesmo no barracão.

— O que faz sentido — disse Winston rapidamente, passando os dedos pela barba. — Quem descobriu este homem?

— A mulher daquela casa — informou Godskalk. — Está vendo aquela janela?

Era uma logo acima da pilha de esterco.

— Quem quer que tenha abandonado o corpo aqui sabia que só seria necessário um olhar daquela janela para ele ser descoberto.

Não havia mais sutileza nenhuma na maneira como Winston esfregava a barba.

— Este homem não foi morto aqui? — perguntou ele.

Godskalk deu de ombros e disse:

— Como vou saber? É o tipo de coisa que *vocês* têm de descobrir.

— Muito bem — disse Winston. — Mas eu ainda gostaria de manter segredo sobre isso por enquanto. — Ele se voltou para mim e sorriu. — Você acha que Frida estaria disposta a olhar mais um cadáver?

Foi a minha vez de dar de ombros.

— Muito bem, vá buscá-la — pediu Winston. — Enquanto isso, vou dar uma olhada pelas redondezas.

Foi muito mais difícil atravessar a multidão sem Godskalk para abrir caminho. Mas eu estava motivado, considerando que estava à procura de uma linda serviçal. Sendo assim, não levei muito tempo para chegar ao limite do acampamento, local onde a tinha visto pela primeira vez.

A sorte sorriu para mim. Frida estava curvada sobre um fogo de cozinha, de olho naquele mesmo caldeirão de latão cujo conteúdo exalava um cheiro promissor. Quando encostei a mão em uma de suas nádegas bem-feitas, ela se ergueu de um salto e deu uma pancada no meu braço com a concha que usava para misturar o caldeirão.

— Me deixe em pa... Ah, é você.

— Não disse que iríamos nos encontrar de novo? — Quando fiz um movimento para beijá-la, ela me compensou pelo tapa abrindo os lábios. O beijo foi tão alegre como o de antes. — Você está livre para sair por alguns minutos? Preciso da sua ajuda numa coisa.

Ela me deu um olhar desapontado.

— É *por isso* que você está aqui — disse ela fazendo muxoxo.

— É por isso que eu estou aqui *agora*.

— É o que você diz. — Ela pareceu desapontada.

— É sério. Você pode sair? — Passei o braço pelo ombro dela, dando um aperto leve.

— Aqui — disse ela passando-me a concha e saindo até um alpendre próximo. Quando desapareceu lá dentro, olhei para o caldeirão, enfiei a concha e tentei misturar.

Felizmente ela voltou logo.

— É evidente que você nunca misturou uma sopa — provocou.

Frida tinha razão.

Depois de um momento uma mulher horrorosa, as pernas sujas de lama, veio até nós e tomou silenciosamente a concha de minhas mãos. Quando ela começou a misturar petulantemente a sopa, Frida saiu comigo em direção à cidade.

Quando chegamos à passagem, parei. Tinha evitado deliberadamente mencionar a natureza da ajuda da qual precisava e, no caminho, mudei de tópico toda vez que ela perguntava.

Passei o braço por seu ombro.

— Você viu um homem morto hoje mais cedo.

Ela arregalou os olhos.

— Aquele foi o primeiro que você viu? — perguntei.

Ela balançou a cabeça em negativa. Então, em voz baixa, acrescentou:

— Aquele foi o primeiro homem que vi ser morto.

— Mas antes você já tinha visto homens mortos?

— Vi um, que caiu do cavalo. Por quê?

Disse a ela que precisava que olhasse um homem morto e me dissesse se o reconhecia.

— Reconhecer? É alguém que eu conheça? — De repente ela estremeceu em meus braços.

— Não sei — falei, pondo meu dedo em seus lábios. — Não vou dizer quem é. Você faz isso? Por mim?

Ela concordou e eu lhe dei um beijinho rápido.

Winston estava apoiado na parede da casa e Godskalk, parado ao seu lado. Os guardas tinham ido embora.

O sol havia descido abaixo das casas e as moscas tinham desaparecido com ele. O rosto de Frida congelou ao tomar conhecimento do cadáver no pátio.

Com meus braços ainda em torno de seus ombros, eu a levei até ele.

— Você o conhece?

Ela engasgou e disse:

— É ele! Horik, sobre quem você tinha me perguntado.

Ouvi Godskalk e Winston inspirarem.

— Obrigado, minha jovem. — Winston pôs a mão no ombro dela. — Halfdan vai levar você de volta. Mas você me faria um favor?

Ela fez que sim com a cabeça.

— Poderia guardar segredo sobre isso por enquanto?

Depois de ela prometer, Winston me olhou.

— Volte correndo — disse num tom provocador. Infelizmente ele falava sério.

Despedi-me de Frida ao lado de seu fogo de cozinha depois de a mulher horrorosa lhe ter devolvido a concha. Mas, antes de sair, prometi voltar para vê-la tão logo eu pudesse. Uma promessa que tinha intenção de manter, tendo em vista nosso beijo de despedida.

Capítulo 19

ncontrei Winston curvado sobre a pilha de esterco. Godskalk estava apoiado na parede da casa, observando-o, e os dois guardas que eu vira anteriormente esperavam na viela enquanto três outros guardas carregavam uma porta emprestada para a área cercada. Winston ergueu os olhos quando me aproximei.

— Ele foi morto aqui. Está vendo? — perguntou.

Cutucou a pilha de esterco com o pé, e eu vi a mancha de sangue sob a palha e as fezes.

— Então o assassino cobriu o sangue? — perguntei.

Winston confirmou e me olhou, apesar de aquilo não fazer o menor sentido.

— Se você tiver razão — comecei a dizer —, e o assassino queria mesmo que o corpo fosse notado, então por que cobrir o sangue?

Godskalk pigarreou.

— É mais fácil explicar esterco nos sapatos do que sangue.

Aquele conde não era um cabeça-oca. Puni-me mentalmente por não ter pensado aquilo eu mesmo. Como o assassino tinha manobrado o corpo sobre a pilha de esterco, não havia como evitar pisar nele. Mas, antes disso, ele cobrira o sangue com palha para tornar seguro pisar ali.

Winston acenou para os guardas.

— Podem levá-lo.

Carregaram o corpo de Horik numa carroça e já estavam saindo quando, com a mão erguida, Winston os fez parar.

— Esperem um momento — disse ele, olhando em volta. Godskalk e eu observamos incrédulos ele caminhar até um monte de lixo no canto do pátio e começar a revirá-lo. Finalmente ergueu uma manta de cavalo rasgada. — Cubram o corpo com isto. Será melhor se o mantivermos em segredo por algum tempo.

— Para onde vão levá-lo? — perguntei.

— Para a igreja — respondeu Winston, subindo na cerca para falar com os guardas que esperavam. — Se alguém perguntar, ele morreu de doença — instruiu.

Observamos quando levaram o morto embora.

— Por que você quer manter segredo? — perguntei.

Ele deu de ombros e disse:

— Talvez não seja importante, mas quero ver como Tonild irá reagir quando eu lhe contar a respeito do assassinato, e quero ter certeza de que ela não saiba da notícia pelos muitos boatos que correm.

— Mas e quanto à mulher que o encontrou? Com certeza ela já contou o grande acontecimento do dia aos amigos e vizinhos.

— Não. Godskalk certificou-se disso — disse Winston.

— O marido dela é um guarda do rei — explicou Godskalk quando olhei em sua direção. — Ele saberá manter a esposa de boca fechada se eu lhe pedir.

Isso explicava por que o plano do assassino, de que todos descobrissem o homem morto no pátio, não deu certo. É óbvio que a mulher de um guarda contaria o ocorrido ao marido antes de sair espalhando o boato por toda a cidade.

— Por falar em perguntar — começou Winston, colocando a mão no braço de Godskalk. — Você se incomodaria de pedir aos dois últimos guardas para interrogar as pessoas que vivem nessa viela? Gostaria de saber se alguém viu alguma coisa, apesar de duvidar de que tenham visto. — Winston percebeu pela minha expressão que eu não entendia a razão dessa dúvida, e acrescentou: — Não vimos um curioso sequer em todo o tempo que passamos aqui.

Godskalk já acenara para seus homens, que giraram sobre os calcanhares e desceram a viela. Então nos lembrou:

— E vocês não devem se esquecer de que o rei os espera.

Winston concordou.

— Não me esqueci. Mas primeiro vamos fazer uma visita a Tonild.

— Então alguém está matando homens e deixando-os à vista de todos — resumi para Winston, falando baixo para não ser ouvido enquanto passávamos pela multidão.

Winston me lançou um olhar significativo.

— Eu não interpretaria dessa forma.

— Não? — perguntei e parei, surpreso.

— Não. — Ele agarrou o meu braço e me puxou enquanto andava. — Alguém está matando *saxões* e deixando-os à vista de todos.

Osfrid e Horik. E também Frida, se eu não estivesse presente para evitá-lo.

Bem, o que significava tudo aquilo? Cnut estava por trás de tudo, afinal? Ou algum dinamarquês aproveitara a oportunidade para matar alguns inimigos ingleses?

Ou seria apenas coincidência?

Winston não parecia considerar esta opção.

Quando chegamos à tenda de Tonild, pensei em outra possibilidade: poderia também ser um inglês matando desertores.

O guarda de Tonild não nos deixou entrar.

— Lady Tonild está de luto pelo marido e gostaria de ser deixada em paz — declarou ele, o rosto impassível como um entalhe de madeira. Os guardas atrás dele também não piscaram.

— Mas, ainda assim, tenho de insistir. — A voz de Winston foi tranquila, mas firme.

À nossa volta ouviam-se gritos, berros estridentes de moças, cascos batendo e relinchos. Embora o acampamento não tivesse aumentado muito em tamanho desde aquela manhã, todos decidiram se divertir enquanto esperavam que o rei abrisse a sessão do Witenagemot e da Assembleia Dinamarquesa.

Diferentes cheiros de comida se misturavam e a fumaça dos incontáveis fogos de cozinha dançava na brisa entre as tendas, girando como donzelas travessas. Uma confusão caótica de serviçais, camponeses e governantas de clérigos carregavam barris, cântaros, tigelas, latas e potes, para a frente e para trás, enquanto soldados, nobres, damas, rapazes e donzelas bem-guardadas sentavam-se na grama ou iam de tenda em tenda visitando-se uns aos outros. Somente a tenda de uma viúva saxã estava em silêncio e fechada no meio do frenesi.

O guarda não respondeu. Winston mordeu o lábio.

— Estou aqui em missão oficial do rei Cnut.

O guarda bufou tão baixinho que mal se ouviu.

— Você prefere que eu convoque os guardas do rei? — perguntou Winston.

O soldado deu de ombros.

— Fique à vontade. Isto é, se pensa que eles teriam coragem de invadir a tenda de uma viúva enlutada.

Ele tinha razão. Percebi que Winston também entendeu isso. De forma alguma guardas reais dinamarqueses forçariam a entrada na tenda saxã de Tonild. O desejo expresso de Cnut de criar a paz entre os povos proibia tal ação.

192

Winston tentou novamente.

— Se puder apenas informar a Lady Tonild que eu gostaria de vê-la, ela então poderá decidir por si mesma.

O guarda foi inflexível.

— Não preciso informar a ela. A senhora não quer ser incomodada. Por ninguém.

Notei um rosto conhecido atrás do ombro do guarda. Winston estava tão preocupado em descobrir um meio de passar pelo sujeito e por seus colegas bem-armados que não percebeu que eu me afastei.

Frida se encantou ao me ver, mas então o brilho em seus olhos se apagou.

— Não tenho tempo — desculpou-se ela.

A travessa que ela carregava confirmava aquilo. Estava cheia de fatias grossas de rosbife. Um serviçal vinha logo atrás carregando um prato igualmente carregado. A julgar pelo cheiro, adivinhei que levasse carne de cordeiro.

— Lady Tonild certamente tem um ótimo apetite — brinquei, sorrindo para Frida, que abriu a boca, mas um cutucão do cotovelo do homem a fez calar.

— Os assuntos da senhora não interessam a estranhos — disse o homem dando outro empurrão em Frida.

Eu os segui com os olhos enquanto iam para a frente da tenda, onde o guarda abriu para eles a aba de entrada. Esperei a volta dos dois, mas ao retornarem o serviçal apertava firmemente o braço de Frida e forçou-a a passar por mim. Naquele mesmo dia houvera um atentado contra a vida dela, e não ousei abusar da sorte. Restava-me torcer para que o canalha simplesmente pensasse que eu era um soldado doido por mulheres em busca de uma devassa a qual levar para a cama.

Quando voltei, Winston não tinha conseguido se aproximar da porta da tenda. O guarda parecia entediado, mas não menos vigilante.

— Vamos embora — adverti.

Winston se voltou surpreso para mim.

— De forma alguma. Preciso falar com Tonild.

— O que obviamente não conseguiremos. Vamos embora — repeti.

Winston arregalou os olhos para mim quando pisquei para ele. Dei um olhar malicioso para o guarda e me afastei. Winston me seguiu.

— Por que você piscou? — sussurrou ele quando já não podíamos ser ouvidos.

— Ela tem convidados.

— Convidados? — perguntou Winston, aturdido.

Contei a ele sobre as travessas de carne.

— O que é engraçado — acrescentei —, porque sempre ouvi dizer que o luto faz *perder* o apetite.

Winston esfregou o queixo.

— Temos de descobrir algum lugar de onde possamos vigiar a tenda.

Eu já tinha descoberto um.

— Sua amiga devassa está por perto? — perguntou Winston.

— Temos de ficar longe dela — comentei, melancolicamente. Depois daquele insulto, ele não merecia mais explicações. Olhei em volta. — Ali!

Uma abertura estreita entre os fundos de duas tendas voltadas na direção oposta à de Tonild era o lugar perfeito. Conseguiríamos sentar entre elas, sem ser vistos, com uma visão desimpedida. Podíamos aproveitar o tempo para informar um ao outro sobre o que tínhamos descoberto naquele dia.

Capítulo 20

stávamos bem escondidos entre as tendas. Qualquer transeunte só nos veria se olhasse diretamente entre elas, e, mesmo assim, as sombras provavelmente evitariam que fôssemos notados. O pesado tecido de lã delas abafava o som, portanto podíamos falar com relativa tranquilidade, desde que não elevássemos o tom de voz. O barulho do acampamento diminuíra agora que a maioria de seus habitantes tinha enchido a barriga e passado para a cerveja, hidromel e vinho. Winston sentou-se com a postura muito ereta e cravou os olhos na tenda de Tonild.

— Você fala, eu vigio — disse ele.

Ouviu em silêncio enquanto eu descrevia o meu encontro com Estrid, a suposição errada quanto à relação dela com Osfrid — algo que trouxe um leve sorriso aos lábios dele — e a conversa subsequente que tive com ela.

— Então ela é na verdade meia-irmã de Osfrid e Osmund, e ela *confirmou* que Osfrid poderia estar pensando em desposar-se novamente?

Neguei com a cabeça, mas então percebi que os olhos dele ainda estavam fixos na tenda de Tonild.

— Não — disse em bom som. — Plantei essa ideia na cabeça dela, que elaborou a questão. Ela e Tonild não se gostam. Na verdade, ela teve grande prazer em sugerir que Tonild pudesse estar por trás do assassinato.

— Mas você não concorda? — perguntou Winston.

— Como vou saber? Só estou dizendo que Estrid gostaria de pensar que foi Tonild.

— Bem, você pensa que Estrid foi a responsável?

Eu sabia que ele perguntaria isso e respondi:

— Dificilmente. Por que cortar a mão que a alimenta?

— Boa observação — disse Winston, erguendo-se um pouco quando a entrada da tenda de Tonild se abriu. Saiu somente um serviçal, que correu em passos largos pela grama. — E Osfrid a provia bem, você diz?

— Uma libra de prata por ano. Conheço muita gente que seria capaz de matar por uma quantia como essa.

— Hmm... — disse Winston, deixando de observar a tenda para me lançar um olhar provocador. — Sim, tenho certeza de que você conhece.

— Mas há uma coisa que venho me perguntando — apressei-me a acrescentar, ignorando a observação dele. — Por que Estrid vem deliberadamente tentando parecer mais pobre do que de fato é? Quer dizer: uma libra de prata por ano, uma casa com horta e galinheiro. Ela não é pobre.

Winston deu uma risadinha para si mesmo.

— Ela própria lhe deu a resposta a essa pergunta. Ela sabe que a morte de Osfrid significa que sua fonte de renda acabou de secar. Agora tem de se voltar para a única opção que lhe restou: a abadia. Todas as abadias que conheço valorizam a prata tanto quanto qualquer um de nós no mundo laico. Se a boa Estrid deixar escapar que é uma mulher rica, qualquer prioresa ou abadessa irá cobrá-la de acordo.

Ficamos sentados em silêncio durante algum tempo. Eu estava prestes a pedir a Winston que me contasse o que descobrira sobre os irmãos da primeira mulher de Osfrid quando ele continuou:

— E há uma pergunta que você *não* fez, mas Estrid respondeu assim mesmo.

Os olhos de Winston brilhavam sob a luz do crepúsculo, mas, irritantemente, não consegui entender a que ele se referia.

— Por que Estrid, filha ilegítima de um nobre, não foi levada a se casar para promover os interesses da família?

O pensamento nem tinha me ocorrido. Frustrado, mordi o lábio e esperei um momento antes de abrir a boca e dizer:

— Agora eu vigio e você me conta.

A primeira esposa de Osfrid, Everild, tinha dois irmãos: Ulfrid e Torold. O pai deles, Beorthold, foi um dos conselheiros do rei Ethelred nos condados da Ânglia Oriental. Por diversas razões, Ethelred mandou ninguém menos que Eadric, o Apanhador, assassinar esse Beorthold. Ethelred e Eadric usaram compurgadores para jurar inocência no assassinato e foram absolvidos. Ethelred e Eadric reconheceram as reivindicações de Ulfrid e Torold como herdeiros de Beorthold, porém, enfurecidos pelo assassinato do pai, os irmãos mudaram de aliança no momento em que receberam a herança. Venderam suas propriedades na Ânglia Oriental, renegaram a lealdade a Ethelred e juraram fidelidade a Morcar, conde em Nortúmbria, que não era feudo de Ethelred.

Mais tarde, depois de Eadric ter assassinado Morcar, o rei Ethelred enviou mensagem a Ulfrid e Torold em que lhes dizia que já tinham sido suficientemente punidos e que ele estava disposto a aceitá-los novamente junto aos seus. Mas agora, furiosos não somente pelo assassinato do pai, mas também pelo de Morcar, protetor deles, Ulfrid e Torold juraram jamais servir a Ethelred. Continuaram em suas terras no Danelaw ao norte, e seus leais guerreiros rechaçaram mais de uma vez os ataques do sul.

Quando Ethelred, o Imprudente, morreu, seu filho Edmund Ironside enviou uma mensagem a Ulfrid e Torold dizendo que, no que se referia a ele, todas aquelas questões eram águas passadas, história, e assim por diante. Ulfrid e Torold perceberam que poderia haver benefícios associados em se tornarem homens do rei Edmund, em vez de continuarem vivendo como ingleses sem um protetor no Danelaw. Então venderam suas terras e propriedades e voltaram para Wessex, onde o rei Edmund os tratou com honra.

Mas, ao servirem Edmund, os irmãos recusaram uma coisa: eles nunca se associariam ou se juntariam às fileiras do "conselheiro sanguinário Eadric", em cujas mãos havia o sangue do pai deles e o de Morcar. Na Batalha de Assandun, Ulfrid e Torold lutaram lealmente nas fileiras do rei Edmund. Mais tarde Ulfrid admitiria que lamentava ter recusado servir ao lado do traidor Eadric, porque, se tivesse, ele poderia tê-lo matado a machado por trás quando este deu as costas aos seus conterrâneos e se juntou a Cnut.

Após a derrota de Edmund II em Assandun, Ulfrid e Torold continuaram a servir lealmente o rei até o fim. A reputação de integridade dos dois era tão grande que Cnut reconheceu suas reivindicações em Wessex sem hesitação, e por isso ninguém reclamou quando Ulfrid e Torold assumiram por direito suas cadeiras no Witenagemot.

— E quanto à irmã dos dois, Everild?

— Foi como Tonild nos contou. Everild se casou com Osfrid e lhe deu um filho. Depois morreu no parto do segundo filho.

A porta da tenda se abriu novamente, mas era apenas outro serviçal que saía.

— E Osfrid deixou alguma coisa para Ulfrid e Torold? — perguntei.

— Deixou — respondeu Winston. — Agora, se eles acham que receberam o que lhes era justo é outra questão. Mas, sim, ele lhes deixou alguma coisa.

198

— Hmm — refleti, olhando a tenda e seus guardas rígidos como pedras. — Então Osfrid tinha um bom relacionamento com os cunhados?

— Parece que sim. E ainda assim... Ulfrid disse... — Winston hesitou, até eu olhar para ele pedindo para que continuasse. — Quando a morte de Everild surgiu na conversa, Ulfrid cuspiu no chão e disse que Osfrid tivera sorte por Everild ter morrido ao dar à luz um filho homem.

— O que ele quis dizer com isso?

— Que filhos homens nunca são demais para um nobre — respondeu Winston, de repente inclinando-se para a frente. — Ei, alguma coisa está acontecendo ali.

O guarda ao lado da tenda examinava a área.

— Então, o que teria acontecido se Osfrid tivesse deixado a irmã deles morrer ao dar à luz uma menina? — perguntei.

— Tenho certeza de que você é capaz de adivinhar — disse Winston, levantando-se.

O guarda abrira a aba da tenda, mas o esperado fluxo de nobres saindo por ela não surgiu. Pelo contrário, um único homem estava parado na abertura, esperando o guarda sinalizar para ele sair.

Forcei a vista. Já o tinha visto, mas precisei de um momento para identificá-lo.

— Eu o conheço.

— Quem é? — perguntou Winston sem tirar os olhos da entrada da tenda.

— Ele está morando na mesma hospedaria que Estrid — expliquei.

— Só isso?

— Ele também entrou e tomou uma bebida na barraca onde Estrid e eu estávamos bebendo.

— E o que ele está fazendo na tenda de Tonild? — perguntou ele.

Winston poderia adivinhar tão bem quanto eu adivinhara há pouco, portanto não lhe respondi.

— Siga-o — disse Winston. — Vou esperar aqui e ver se sai mais alguém.

Porém quando fui para o caminho entre as tendas, de repente me vi diante de cinco guardas que não pareciam dispostos a me dar passagem. O líder deles, um homem careca e de um olho só, me lançou um sorriso hostil.

— Você é o sujeito que está com o pintor saxão, certo? — perguntou o guerreiro dinamarquês.

Não havia razão para negar, por isso confirmei com um aceno de cabeça.

— Onde ele está?

Antes que eu pudesse formular uma resposta, meus olhos se dirigiram para o espaço entre as tendas.

Winston saiu de trás de onde estava e perguntou:

— Você está me procurando?

— Estou procurando vocês dois. O rei exige sua companhia — declarou o guarda.

— Por favor, diga ao rei Cnut que logo estaremos com ele, temos apenas... — começou Winston.

— Agora!

Eu mencionei que eles eram cinco, não é?

O rei estava sentado a uma mesa no meio da sala do trono com três outros homens.

A silhueta curvada do arcebispo Wulfstan se inclinava sobre a mesa à direita de Cnut, a mão apoiada num velino à sua frente. Um nobre saxão de cabelos ondulados e rosto largo, trajando roupas caras, estava de pé à direita de Wulfstan, apoiado nas costas de uma cadeira. Notei que possuía uma espada muito interessante.

Thorkell, o Alto, estava sentado à esquerda do rei, recostado na sua cadeira.

O rei ergueu os olhos quando entramos, mas o guarda que nos escoltara até a sala pôs a mão no braço de Winston, indicando que ele devia esperar.

Wulfstan falava afobadamente com o rei, este por sua vez sentado com ambas as mãos abertas sobre a mesa diante de si, ouvindo com atenção. A postura de Thorkell, reclinado no encosto com o traseiro na ponta da cadeira, sugeria que não estava interessado no que dizia o clérigo, mas notei a tensão em seus olhos e compreendi que a postura relaxada era só uma pose.

O nobre saxão ao lado de Wulfstan estava com os cotovelos no encosto da cadeira e o rosto apoiado na mão, por isso tive dificuldade em discernir sua expressão. Ainda assim, tive a impressão de que acompanhava atentamente a conversa.

A voz chiada de Wulfstan era baixa, por isso apenas algumas palavras esparsas chegavam aos meus ouvidos. Palavras como *lei, todos os homens, dom de Deus, íntegro.*

Finalmente ele parou de falar.

O rei continuou sentado em silêncio durante algum tempo, as mãos apoiadas na mesa, e então olhou para nós.

— Meu sábio arcebispo está preocupado com a lei. Como também eu. Gostaria de alcançar as melhores condições possíveis para unificar o Witenagemot reunido e os nobres do reino. Podem providenciar tais condições para mim?

Embora os olhos do rei se dirigissem tanto a mim quanto a Winston, não falei. Contudo Winston deu um passo à frente e respondeu:

— O senhor nos deu três dias, senhor, e usamos apenas o primeiro deles.

— Então sua resposta é não?

Winston confirmou com a cabeça.

— Desembuche — instruiu o rei.

— Milorde? — Winston parecia surpreso.

— O que descobriram até agora?

Os olhos de Winston percorreram a sala do trono, cheia de guardas, mulheres, serviçais, nobres, soldados, saxões, dinamarqueses e vikings. Todos em silêncio, os olhos fixos em nós. Todos sabiam o que estava em jogo.

— Nada digno de ser relatado, milorde — respondeu Winston.

— Nada? — O rei se levantou e bateu o punho na mesa. — *Nada*? Durante todo um dia vocês não descobriram nada? Foi por isso que hesitaram em vir, apesar de minha convocação? Porque estavam vadiando ao invés de executar o trabalho que pedi?

Ele então bateu as palmas das mãos ruidosamente.

— Então vai ser assim neste país? As pessoas simplesmente desconsideram um pedido do rei?

O nobre saxão ao lado de Wulfstan tirou a mão do rosto, e vi um sorriso brilhar em seus lábios.

— Milorde — chamou-lhe o nobre.

O rei se voltou para ele num solavanco e disse:

— Conselheiro Godwin.

Então esse era o famoso Godwin Wulfnothson, o mais poderoso conselheiro na Inglaterra desde a morte de Eadric.

— Tenho certeza de que ninguém está desconsiderando suas ordens. Existe certamente uma razão para a reticência desses homens.

O olhar de Cnut se voltou para nós, quase palpável em minha pele.

— Bem, existe? Uma razão, quero dizer?

Winston hesitou, então deu um passo à frente.

— Milorde, Oxford está cheia de homens esperando que o senhor convoque o Witenagemot e a Assembleia Dinamarquesa.

Enquanto isso, eles passam os dias fazendo o que sempre foi a ocupação preferida dos ociosos: bisbilhotar. Se eu mencionar nossas suspeitas aqui hoje — neste ponto, Winston fez uma pausa e seus olhos percorreram a sala do trono —, amanhã pela manhã todos na cidade e fora dela já terão ouvido boatos de que já estou de olho no assassino. Minha sugestão é que o senhor permita que executemos discretamente o que nos foi pedido. Em troca, o senhor tem minha promessa de que tão logo eu saiba qualquer coisa, virei até o senhor imediatamente.

O rei balançou a cabeça sem estar convencido.

— Eu não sou o rei? Não é meu direito exigir sua obediência? Vocês não estão esperando uma recompensa em prata por obedecerem a mim?

— Sim, milorde. E se o senhor me ordenar que conte o que meu companheiro e eu descobrimos, eu o farei. Mas prefiro que o senhor nos permita trabalhar em sigilo por enquanto.

O rei examinou a sala do trono e encontrou o que procurava. Eu ainda não tinha visto Godskalk, mas era evidente que ele estivera ali todo o tempo.

— Você disse que encontrou outro homem morto? — perguntou o rei a Godskalk.

— Sim. — Talvez Godskalk soubesse mais sobre reis do que Winston, e que uma resposta breve era a melhor. — Um saxão — acrescentou.

— Um soldado saxão, sim — reconheceu Winston.

— Que servia a Osfrid? — perguntou Cnut.

— Sim — respondeu Winston.

— E você — disse Cnut, os olhos fixos em mim. — Você matou um dinamarquês hoje?

— Um dinamarquês que tentava matar uma jovem, milorde. — Forcei-me a permanecer calmo quando meus olhos encontraram os de Cnut.

— Uma serva saxã?

Confirmei com a cabeça.

— Três pessoas assassinadas, e uma que mal conseguiu escapar da morte. E você ainda não acha que me deve um relatório? — insistiu o rei.

— Não é verdade, milorde. Nós lhe devemos um relatório, apenas não neste momento. — Winston parecia muito calmo, o que visivelmente irritava o rei.

Mas antes que ele tivesse uma oportunidade de perder a cabeça, Wulfstan colocou a mão sobre o braço dele e puxou o rei para perto de si, murmurando algo em seu ouvido. Depois de algum tempo o rei soltou o braço e endireitou a postura.

— Está bem. Faça como quiser — anunciou Cnut.

Winston fez uma leve mesura, e fiz o mesmo.

— Mas encontrem o assassino ou perderão minha benevolência. — A voz de Cnut soou como uma pedra deslizando sobre gelo.

Já do lado de fora, comecei a abrir a boca, mas fui silenciado por um movimento da cabeça de Winston. Ele prendeu a respiração até chegarmos ao meio da praça. Quando sentiu que estávamos suficientemente longe de todos que pudessem nos ouvir, expirou de maneira ruidosa, assoviando como o vento que passa pelo buraco de um nó. Então se voltou para mim e disse:

— O quê?

— Você arrisca muito — repreendi-o.

— É verdade, e nós dois podemos perder — respondeu ele. Quando ergui as sobrancelhas, ele explicou: — Se não pusermos a mão no assassino depois de amanhã, vamos precisar de uma montaria mais rápida do que Príncipe para escapar da fúria do rei.

Capítulo 21

ão gostei. E quanto mais eu pensava, menos gostava: tínhamos feito do rei um inimigo. As palavras de Cnut ecoavam na minha cabeça: *ou perderão minha benevolência.*

Quando um homem poderoso avisa que você vai perder sua benevolência, ela já está meio perdida. A partir de agora todas as palavras que disséssemos seriam escrutinadas, e, mesmo que conseguíssemos encontrar o assassino, ninguém jamais se esqueceria de que um pintor sem importância e o filho sem-terra de nobre igualmente sem importância se puseram no caminho do rei e se recusaram a obedecer à sua vontade.

As pessoas se lembrariam do nobre assassinado, mas para todo nobre ou conselheiro assassinado, dezenas de homens comuns também receberiam o mesmo destino.

O rei Cnut compreendia o poder do medo. Para evitar mais traições, Cnut mandou assassinar Eadric, o Apanhador, no ano anterior, uma medida muito eficaz, "incentivando" dezenas de nobres a jurar fidelidade ao rei. Uma vasta fileira de soldados ceifados, camponeses passados à espada, saxões fatiados e jutos mutilados forçaram todos os súditos do nobre a entrar na linha, pois perceberam que o rei se dispunha a derrubar não somente as árvores, mas também a vegetação rasteira em seu caminho.

Resultado: incontáveis saxões e dinamarqueses acabaram caindo nas graças do rei.

Os corpos de um iluminador insubordinado e seu assistente insignificante demonstrariam o que acontece àqueles que se opõem ao rei.

Eu não disse nada.

Winston exigiu que parássemos no estábulo para que ele se certificasse de que seu maldito burro passava bem. Eu o segui em silêncio.

Príncipe nem olhou quando Winston lhe deu uns tapinhas no seu peito; apenas continuou a mastigar o punhado de aveia que roubara do pobre vizinho oprimido. Quando Winston saiu da frente depois de ter brincado com sua fera, Príncipe me lançou um olhar de suas órbitas amarelas. Cuspi no animal e saí com Winston. Depois de se tranquilizar de que seu animal estava muito bem, Winston abriu caminho por ruas estreitas e apinhadas.

Alfilda nos saudou como velhos amigos. Assegurou-nos de que nosso quarto não estava ocupado por mais ninguém, mas se sentia obrigada a nos lembrar de que podia ter ganhado um bom dinheiro se nos fizesse dividir nossa cama com duas outras pessoas.

A taverna estava lotada apesar de já ser tarde. Por todo lado, soldados, comerciantes e artesãos estendiam as mãos em busca de pratos e tigelas, tomando longos goles de canecas cheias de cerveja, enquanto nobres se enchiam de fatias de rosbife e pernas de carneiro. Embora a maioria preferisse vinho, que era servido em jarras de couro, alguns se sentavam com taças de hidromel.

Nossa anfitriã nos levou a uma mesa ao fundo do salão, e voltou depois com um prato de carne, pão, e duas canecas da sua cerveja maltada.

Apesar de eu ter me alimentado à tarde, estava faminto e comi em silêncio. Winston compartilhava de minha fome, pois também devorou sua carne e seu pão, acompanhados de grandes goles de cerveja. Não estava preocupado com meu silêncio. Em vez de falar, olhou curioso ao redor da taverna, avaliando a todos no salão.

Finalmente nós dois reclinamos para trás, respiramos fundo e esticamos as pernas.

Winston me lançou um olhar indecifrável e disse:

— Bem, desembuche.

— Desembuche o quê? — perguntei, abafando um arroto com a mão.

— Seja lá o que estiver incomodando você. Parece uma nuvem que não consegue soltar o raio. É aquela garota?

Zombei dele. Como se a preocupação com uma garota fosse capaz de me deprimir.

Winston se inclinou sobre a mesa e disse:

— Alguma coisa definitivamente está preocupando você.

— Você tinha mesmo de fazer o rei se voltar contra nós e tornar-se nosso inimigo? — soltei, antes mesmo de pesar minhas palavras.

— Ah, entendo — disse Winston, recostando-se novamente e me dando um olhar meio irritado, meio satisfeito. — Então é isso que você acha que fiz?

— Uma pessoa que se recusa a obedecer ao rei não é amiga dele.

— Mas não é necessariamente inimiga — disse Winston com toda calma.

— Estamos perdendo a boa disposição dele — exclamei.

— Se não apresentarmos o assassino, então sim, aí isso será verdade. Mas isso é surpresa para você? Você já não tinha entendido isso?

Agora eu estava ofendido.

— É claro — respondi. — Mas não havia motivo para jogar isso na cara dele.

Winston não respondeu. Seu olhar demorou-se em mim, como se avaliasse se valeria a pena perder tempo explicando.

Finalmente voltou a fitar a mesa, inclinou-se na minha direção e disse:

— Na verdade, *havia*. Acredito realmente que tinha todos os motivos para provocar o rei. Você já parou para pensar na razão pela qual ele nos pediu para investigar esse assassinato?

— Porque você demonstrou que era capaz de pensar quando encontraram o corpo de Osfrid — eu disse. O próprio Winston ouvira o rei afirmar exatamente isso. — E porque você é saxão e eu dinamarquês, como ele declarou.

Winston me lançou um olhar arrogante.

— Você tem de aprender que os poderosos neste mundo raramente querem dizer o que dizem. É verdade, você não tem a mesma experiência que eu. Já trabalhei para arcebispos, priores e abades. Muitos, se não todos, nasceram em berço nobre, como você... não que sua linhagem esteja sendo de grande ajuda para você atualmente.

Winston ignorou o olhar que lhe lancei. Eu merecia essa zombaria porque os atributos mais nobres da minha linhagem foram enterrados com meu pai e meu irmão?

— E você tem de entender que homens da igreja como esses — continuou ele, impassível — geralmente dizem uma coisa e querem dizer outra completamente diferente. Falam "É claro que vamos pagar as suas despesas, Winston" ou "Vamos pagar o que consideramos ser o valor do seu trabalho". Mas essas afirmações raramente são confiáveis. É a mesma coisa quando um rei diz que quer encontrar o assassino; na verdade ele talvez prefira que o assassinato nunca seja solucionado. E se um dinamarquês matou um saxão? Germânicos e saxões vêm matando dinamarqueses e vikings e vice-versa há muito tempo. O que significa mais uma morte aqui ou ali?

— Mas o rei quer a reconciliação — protestei. Pronto, eu *estivera* prestando atenção.

Winston balançou a cabeça.

— Cnut quer a unidade. Quer que todos concordem que ele é o rei. Quer que os vários partidos concordem com a forma como o país deve ser governado. Cnut é honesto quando diz que quer que a lei e a ordem prevaleçam. Mas ele quer a lei e a ordem *dele*. Cnut fica bastante contente em deixar Wulfstan dizer o que for necessário sobre a lei saxã tradicional e coisas do tipo e gosta da ideia de deixar o Witenagemot e a Assembleia Dinamarquesa adotarem as recomendações de Wulfstan. Mas ele só vai permitir que o façam porque, uma vez adotada a lei, o rei é aquele que vai aplicá-la.

Não entendi.

— Mas o que tudo isso tem a ver com o assassinato de Osfrid? Se resolvermos o assassinato, isso só pode ajudar Cnut a promover o que queria ver adotado, certo?

— Talvez. Dependendo de quem identificarmos como o criminoso — disse Winston baixinho. — Vamos supor que descubramos uma rixa entre dois nobres saxões. Isso seria ótimo para o rei. Ou, quem sabe, descubramos que foi um dinamarquês quem cometeu o assassinato, executando uma vingança completamente justificada. O rei também poderia viver com isso, porque nos dois casos seria apenas mais um assassinato, igual a tantos outros, e assim os nobres não vão criar problemas por conta dele.

"Mas, Halfdan, suponha que descubramos que a coisa toda é mais complicada. E se os ingleses ainda estiverem esperando que dentro de alguns dias Cnut não tenha tantos votos no acampamento? Ou talvez que existam dinamarqueses que preferem Cnut sendo um rei fraco ao invés de um rei forte? Thorkell, o Alto, disse muito pouco na nossa presença, por exemplo. Não se esqueça de que ele se opunha ao rei até pouco tempo atrás, lutando por seu próprio poder."

— Eu me pergunto se Cnut já não pensou que Thorkell está apenas ganhando tempo. E se sua lealdade a Cnut não passar de fingimento?

— Então veja, meu jovem dinamarquês: se tivéssemos de revelar alguma coisa assim, o mal seria lançado entre nós. Isso *criaria* obstáculos à unidade e a um acordo, e a reunião dos nobres poderia se transformar num caldeirão das bruxas, cheio de discórdia, acusações e luta aberta.

— Mas... — comecei.

Winston lançou um olhar de incentivo. Ainda iludido, perguntei:

— Mas então por que pedir a alguém que resolva o assassinato?

— Porque demonstra a boa vontade de Cnut — disse Winston, um sorriso cansado no rosto. — Porque então ele poderá dizer aos nobres: "Pedi a dois homens inteligentes que investigassem o assassinato, mas infelizmente eles não conseguiram chegar ao fundo do problema." E todos dirão que é uma pena, mas ninguém poderá afirmar que o rei não se esforçou. E somos apenas dois desconhecidos, portanto o rei pode estalar os dedos e mandar acabar conosco se falharmos. Se tivesse pedido a qualquer um de seus homens leais que examinassem a questão, o fracasso deles refletiria mal na reputação de Cnut.

Winston começava a fazer sentido.

— Então você realmente acredita que o rei não quer que tenhamos sucesso? — perguntei.

Ele balançou a cabeça.

— Não. O que estou dizendo é que essa é uma possibilidade que temos de considerar.

— Mas por quê... — falei, ainda tentando entender — ... por que provocar Cnut enfrentando-o como você fez?

Ele me lançou outro sorriso irritantemente arrogante e disse:

— Por que estou *de fato* planejando descobrir quem é o assassino.

Meu rosto deve ter traído minha incompreensão, porque ele continuou:

— Se o rei quer saber o que descobrimos, pode ser porque esteja mesmo, sinceramente, interessado em descobrir, mas também *poderia* ser porque deseja saber qual grau de liberdade ele poderá nos dar na investigação.

"Se lhe dissermos que existe uma conspiração contra ele, Cnut será forçado a agir. E se terá de atacar profundamente as fileiras inglesas ou brandir sua espada contra seus próprios nobres dinamarqueses, a retaliação contra uma conspiração de qualquer um dos dois lados sabotará totalmente as chances de Cnut de criar uma unidade.

"Então nossa única opção é manter em segredo tudo que descobrirmos e não abrir a boca até que tenhamos certeza dos nossos fatos. *Tivemos* de enfrentá-lo para que ele não nos obrigue a expor nada, mostrando assim que não temos medo. Mas tivemos também de enfrentá-lo pelo nosso direito de executar o trabalho que *ele mesmo* nos pediu para executar, e que *vamos* executar."

— Mas não nos interessa se ele vai ter sucesso em convencer o seu conselho de nobres — falei, começando a pensar que poderia estar com um pouquinho de medo, mas não vi razão para mencionar isso a Winston.

— Não? — perguntou Winston num tom sombrio, balançando a cabeça. — Não nos interessa se nossos conterrâneos serão novamente atirados aos lobos? Se Cnut fracassar, o inferno vai desabar sobre este reino *mais uma vez*. Esta terra vem sendo devastada pela guerra desde que me entendo por gente. E bem agora, exatamente aqui, *esta* é a primeira paz de verdade que já experimentei. Cnut pode não ser o melhor candidato a ser coroado rei de todos os povos nesta terra, mas ele é o *único* candidato. Então espero que encontremos um assassino a quem os nobres não deem importância.

— E se descobrirmos que existe algum tipo de conspiração?

Winston suspirou.

— Então precisaremos decidir se vamos passar essa informação ao rei.

— Em outras palavras, a paz é mais importante do que a lei e a ordem? — perguntei.

Winston não respondeu imediatamente. Depois de um longo silêncio, ele fez que sim com a cabeça e disse:

— É, acredito que seja. Mas é claro que vamos tomar essa decisão em conjunto, se chegarmos a esse ponto. — Winston soltou outro suspiro. — E, felizmente, há um pequeno sinal de que Cnut possa desejar de verdade que resolvamos o assassinato. — Ele fitou meus olhos perplexos. — Se o rei quisesse apenas tirar informações de nós, para evitar que solucionássemos o caso, se isso atendesse aos seus objetivos, ele teria tomado o cuidado de nos receber em particular para que só ele pudesse ouvir o que descobrimos. Mas nos interrogou na sala do trono, cercado por toda sua comitiva, seus condes, seus soldados, seus serviçais e todos mais que estivessem ali. Isso sugere que ele está sendo sincero.

Agora foi a minha vez de suspirar.

— Vamos esperar que sim. Eu não gostaria de perder a benevolência dele, como ele próprio ameaçou.

— Nem eu — disse Winston, um sorriso ardiloso brincando nos lábios. — Por isso acho que só há uma coisa a fazer.

— O quê? — perguntei.

— Solucionar o assassinato.

Capítulo 22

A multidão na taverna havia diminuído enquanto Winston e eu conversávamos. Sobravam apenas poucas pessoas, tomando os últimos vestígios de seus ensopados e pães. A uma mesa comprida no meio do salão sentavam-se seis soldados robustos e curtidos de batalha. Apesar de terem um apetite voraz, notei que nenhum bebeu mais do que uma caneca desde que Winston e eu tínhamos nos sentado.

De repente, mais quatro soldados entraram, todos com a mesma atitude destemida, os modos arrogantes e indiferentes dos primeiros seis, as espadas pesadas igualmente presas à cintura. O primeiro grupo se levantou e saiu da taverna e os quatro que tinham acabado de chegar tomaram seus lugares. Alfilda imediatamente lhes trouxe tigelas de um substancioso ensopado. Banguela mal terminara de colocar as canecas diante deles quando mais três homens entraram. Dois eram soldados, mas o terceiro imediatamente se destacou por causa da aparência peculiar.

Apesar de não estar vestido com ostentação, era visivelmente rico. Não trazia espada nem machado. Pelo contrário, possuía uma adaga curta presa no cinto de couro e prata que envolvia sua cintura esbelta. Quando tirou o chapéu azul, revelou alguns poucos cachos no alto da cabeça. Não deixei de notar que ele não tirou o gibão de lã apesar de estar a taverna bastante aquecida.

Mas não foram as roupas que chamaram minha atenção: seu corpo é que era notável. Parecia composto de duas metades que não combinavam.

Da cintura para baixo ele era esbelto, se não emaciado. Na calça justa e vermelha, as pernas não eram mais grossas do que ramos de salgueiro, dando a impressão de que o sujeito andava sobre pernas de galinha, e sua cintura era tão fina que eu poderia jurar ser capaz de envolvê-la com minhas mãos e fazer com que as pontas de meus dedos se encostassem.

Mas seu tronco tinha a forma de um barril. A barriga pendia do colete e da camisa e o peito era tão largo que eu não poderia abraçá-lo. O rosto era gordo, inchado e vermelho. Seus olhos, piscando entre as dobras gordas das pálpebras, eram negros e sagazes, sua boca era larga e redonda, com lábios grossos sob um grande nariz romano.

Winston estava sentado de costas para a porta, mas meus olhos arregalados fizeram com que ele se virasse.

— Eis um homem que ninguém esquece — murmurou. — Passei por ele hoje à tarde.

Observei o homem se sentar à ponta da mesa dos soldados e notei os olhares deferentes que lhe lançaram.

— Quem é ele? — perguntei.

— Não faço a menor ideia — respondeu Winston com um pequeno dar de ombros. — Estava de pé diante da porta de uma casa imponente na praça da sala do trono, rodeado de soldados. A porta da casa estava muito bem-guardada.

Então ele era um nobre que tinha motivos para ser protegido por guardas e que, a julgar pela comida na mesa, evidentemente os tratava muito bem.

Voltei a dar atenção para a nossa conversa e perguntei:

— Estamos efetivamente mais perto de solucionar o caso?

Winston inspirou profundamente. Prendeu a respiração por um momento, e depois bufou, produzindo um som que me lembrou o das lontras antes de emergirem da água, expondo-se para o caçador que sabem estar esperando na margem.

— Precisamos conversar com aquele rapaz bobo que está hospedado na mesma casa que Estrid, aquele que fez uma visita a Tonild — disse ele, levantando-se para sair, mas parou quando viu minha mão erguida. — O quê?

— Já é noite. Não vão nos deixar entrar. — Ignorei o aceno afirmativo de Winston. — Os guardas naquela casa não dão a mínima para as ordens do rei Cnut.

— Hmm — disse ele, voltando a se sentar. — Uma pena você não ter descoberto um pouco mais sobre ele com Estrid.

Senti uma onda de raiva.

— É verdade, uma vergonha eu não ter pedido a Estrid para me falar sobre todos os homens que encontramos. Como eu iria saber que aquele sujeito visitaria Tonild? Naquele momento ele era um idiota qualquer que por acaso cumprimentou Estrid.

— Ela não mencionou que os dois estavam hospedados na mesma casa? — perguntou Winston.

Dei um suspiro cansado.

— Bem, sim, ela mencionou. Mas quantas pessoas estão hospedadas lá? O lugar é uma espécie de estalagem saxã.

Algo formigou em meu subconsciente, uma lembrança, algo que eu havia notado, mas não considerei importante no momento em que ocorrera. Lembrei-me de que Estrid só dissera que os dois estavam hospedados na mesma estalagem. Isso seria importante?

Winston me olhou curioso, mas ergui a mão para fazê-lo se calar. Aquele jovem saíra da estalagem de Estrid, passara pelos guardas sem ser incomodado, chegando até mesmo a acenar para eles, como faz um homem que não tem nada a esconder.

Eu o vira outra vez mais tarde quando seguia Estrid. Ele discutia com alguns vikings, mas deixei a responsabilidade de salvá-lo de uma surra violenta aos guardas que começavam a subir a rua.

Contive a respiração. Era isso! Será que eu interpretara corretamente o que tinha visto? Seria ele apenas um jovem nobre saxão que havia pisado no calo de alguns vikings e se recusado a pedir desculpas? Ou...?

Olhei Winston do outro lado da mesa, que se perguntava com sobrancelhas erguidas o que eu estava pensando.

— Aquele idiota estava discutindo com dois vikings na viela — declarei finalmente.

— Vikings? — Winston franziu as sobrancelhas e se inclinou para trás.

Ele permaneceu de olhos fechados ouvindo meu relato sobre o que tinha visto. Quando terminei, manteve os olhos fechados e pareceu dormir. Só a sua respiração me informava que estava acordado. Finalmente ele abriu os olhos e disse:

— Vamos falar com ele bem cedo amanhã.

— Bem, não vejo por que *isso* seria importante.

— Não vê? — Uma expressão arrogante brilhou mais uma vez nos olhos de Winston. — Bem, talvez você tenha razão. Mas ainda assim, essa foi a primeira vez que vimos um saxão interagindo com vikings. Ou vice-versa. Até agora observamos apenas divisões profundas entre os saxões, de um lado, e os dinamarqueses e vikings de outro. Talvez não seja importante. Mas você mesmo ficou intrigado quando acabou de se lembrar — disse ele, fazendo uma pausa em seguida. — Além disso, o que mais temos de pista para seguir?

Pensei um pouco.

— Há uma coisa — falei hesitante, sem saber como o meu pensamento se ajustava ao todo, mas Winston me lançou um olhar encorajador. Quando comecei a me explicar, a ideia foi se tornando mais clara em minha mente. — Bem, primeiro tivemos Osfrid, depois Frida, depois Horik. Então... um conde foi assassinado... Depois foi assassinado um soldado saxão que acompanhava o conde.

A boca de Winston se abriu enquanto ele lutava para entender aonde eu queria chegar.

— E?

— Bem, então é isso — afirmei, cada vez mais confiante. — Se Osfrid foi assassinado, e sei lá eu por que, por ciúme, maldade, má vontade ou talvez até mesmo por um assaltante que queria o seu dinheiro... bem, então tudo devia ter terminado ali mesmo, não é verdade?

Winston percebeu que estava com a boca aberta e a fechou na mesma hora. Olhou para mim, puxando o nariz. Finalmente, percebi uma compreensão nascendo em seus olhos.

— Mas *não* terminou ali mesmo, certo? Alguém está matando *testemunhas*. É alguém tão poderoso que matou sem remorso não uma pessoa, mas três! Bem, matou duas e quase matou outra, mas não conseguiu graças a você, Halfdan. Há uma trilha de cadáveres pelo centro de Oxford num momento em que não somente o próprio rei está morando na cidade, mas dezenas de guardas patrulham as ruas, o que significa que isso não pode ser o trabalho de apenas uma pessoa. Sim, sim. Acho que você tem razão. Não se trata de ciúme, ódio ou vingança. É uma conspiração para derrubar o rei.

Concordei com um aceno de cabeça, satisfeito por ter explicado corretamente.

— Sim — disse Winston. — Agora só precisamos descobrir se a conspiração é saxã ou dinamarquesa ou, quem sabe, viking. E o que você observou acabou de tornar essa descoberta mais difícil para nós.

Olhei-o sem entender, mas então percebi o que ele queria dizer: tínhamos agora uma ligação inesperada e enigmática entre um *saxão* e alguns *vikings*.

O ambiente da taverna estava menos agitado. Com exceção dos soldados e daquele estranho nobre que estava com eles, havia apenas mais um homem, um viking claramente bêbado. Com grande esforço, Alfilda conseguiu fazê-lo se levantar e ir à porta. Ele ficou agitado e tentou soltar o braço. Eu me levantei, mas Alfilda não precisava de ajuda, controlando-o com um soco no rim e levando-o para fora enquanto ele gemia. Ela voltou e me lançou um sorriso que significava: *sou mulher bastante para cuidar da minha própria taverna, obrigada.*

Os soldados se levantaram, despediram-se em silêncio de seu nobre e se dirigiram à porta, que se abriu novamente bem quando chegaram a ela. O viking bêbado entrou tropeçando, tentando encontrar uma Alfilda embaçada do outro lado do salão, mas o primeiro soldado o impediu e, a um aceno de cabeça da dona da taverna, arrastou o bêbado de volta à rua.

O viking resmungou em altos brados até ouvirmos o som de um tapa, e então a paz voltou a reinar na taverna e na rua estreita. O nobre de corpo esquisito se levantou. Acenou sem interesse para nós e tomou a direção da porta dos fundos, onde desapareceu deixando-nos apenas com o som de seus passos, que se reduzia gradualmente.

Alfilda pôs a robusta Banguela a trabalhar na limpeza, e então pegou uma jarra de cerveja e uma caneca vazia e veio à nossa mesa. Sentou-se, serviu uma rodada e ergueu a caneca para nós.

— Hora de fechar.

Erguemos nossas canecas também.

— Quem é o outro hóspede? — perguntou Winston, limpando a espuma dos lábios.

— Ah, ele. — Alfilda deu um sorriso maroto. — É um homem que talvez valesse a pena seduzir, quero dizer, se estivesse disponível. O que eu sei que ele não está. Atualmente é o homem de confiança do rei Cnut em Oxford.

Winston e eu nos entreolhamos e, enquanto limpava a espuma de meus lábios, perguntei:

— Mas quem é ele?

— O nome dele é Baldwin, é o chefe da contabilidade do rei.

A informação não me ajudou em nada e mencionei isso, mas Winston apenas fez que sim com a cabeça, absorto em pensamentos.

— Aquela casa bem vigiada na praça, do outro lado da sala do trono?

— É onde está guardado o *heregeld*, ou o que chegou dele até agora — disse Alfilda. — Ainda faltam dois dias até o prazo final.

Isso explicava os guardas de aparência violenta e incorruptível.

— Então o rei está cobrando o *heregeld* aqui? — perguntei, pescando uma mosca em minha caneca.

— O rei está mantendo o acordo. Setenta e duas mil libras de prata, mais dez mil e quinhentas libras especificamente de Londres, têm de estar naquela casa ao anoitecer de depois de amanhã.

Winston sorriu torto.

— Somos um povo rico num país rico.

— Acrescente os milhares de libras que sangramos nos últimos anos, e isso é tudo que eu possuo hoje — disse Alfilda, mostrando as palmas vazias das mãos.

— E Baldwin é responsável por toda aquela prata? — indaguei, colocando a mosca na mesa e esmagando-a com a unha do polegar.

— Baldwin faz todos os cálculos e a contabilidade. O Witenagemot e a Assembleia Dinamarquesa não vão se reunir enquanto ele não se der por satisfeito — informou-nos Alfilda, os ombros caídos. Vi que ela estava cansada, mas ainda assim não deixava passar nada à sua volta. Voltou-se para Banguela, que acabara de passar um trapo sobre a última mesa. — Está ótimo, Emma. Pode ir dormir.

A serviçal de mesmo nome que a rainha não precisou ouvir duas vezes. Quando a porta se fechou atrás dela, Alfilda continuou:

— Mas o rei *é* um homem de palavra. Somos obrigados a reconhecer isso.

Winston e eu inclinamos a cabeça, sem saber o que ela queria dizer.

— Circulou uma notícia hoje. Vocês não ouviram? — perguntou ela.

Negamos.

— Cnut mandou embora a frota dele, como disse que faria.

— Para a Dinamarca? — perguntei. Não me soava plausível.

Mas sim, Alfilda assegurou que era verdade. Depois de ter repelido um ataque de uma frota de piratas vikings não afiliados, um mês antes, o Witenagemot declarara por unanimidade que os saxões não negociariam com Cnut enquanto toda a frota dele continuasse atracada ali, ameaçando o início de um saque à Inglaterra. Cnut prometera ordenar a partida de uma parte de sua frota como sinal de boa-fé, e houve um anúncio de que ele realmente o fizera.

— Então ele está deixando o país indefeso? — perguntei. Para mim era igualmente difícil de entender. Se ele queria ser o rei da Inglaterra, tinha de ser capaz de defender o litoral do país.

— Ele está mantendo aqui quarenta escaleres, mas isso é tudo — disse Alfilda, esfregando o pescoço.

Provavelmente era um número suficiente. Sob o comando de Thorkell, ou do próprio rei, aqueles escaleres formariam uma frota devastadoramente eficaz se o inimigo não passasse de poucos senhores da guerra vikings desejando saques. Mas se os vikings decidissem lançar um ataque em grande escala, quarenta navios não representariam nada.

Mas de onde viria um ataque como esse? Cnut era o mais poderoso rei viking em todas as terras nórdicas. Seus inimigos tinham sido derrotados ou espalhados aos quatro ventos, e ele conquistara pelo casamento a única força que tinha de temer: o duque da Normandia.

220

Agora os ingleses veriam que o rei planejava manter a palavra. A mensagem de Cnut era: *Estão vendo? Não preciso de uma frota para dominar a Inglaterra. O país é meu e vou governá-lo com o consentimento e apoio dos saxões, germânicos e dinamarqueses. Todos podem ver que mantenho minha palavra. Agora mantenham a de vocês. Entreguem-me o* heregeld, *e me encontrem na campina nos limites de Oxford para que possamos decidir juntos como governar o país.*

Os olhos de Winston encontraram os meus e ele fez que sim com a cabeça.

— É verdade, o rei parece ser um homem de palavra.

Capítulo 23

ão sei há quanto tempo eu dormia quando o ronco trovejante de Winston me acordou. Ele me dissera para lhe dar uma cotovelada. Suspirei. Estava escuro como breu e, mesmo forçando os olhos, não consegui ver a janela na parede.

Rolei na cama.

O ronco penetrante agitava os cobertores; esfreguei os ouvidos. Dei-lhe uma cotovelada na lateral do tronco.

— Hmm, o quê? — resmungou ele.

— Você está roncando.

As tábuas da cama rangeram quando ele mudou de posição.

Adormeci, mas acordei sobressaltado.

Bati outra vez com o cotovelo nele.

Não sei quanto tempo se passou, mas eu estava ficando cada vez mais tenso e irritado. Toda vez que eu batia nele, Winston se sentava na cama, parecendo bem-disposto e descansado. O contorno pálido da janela começou a se formar na parede pela aurora de primavera.

Saí da cama praguejando. Enrolei-me no cobertor e fui até a passagem, mas a tosse de bacalhau fora d'água emitida por meu companheiro era ouvida até lá. Perguntei-me se alguém mais naquela construção ainda conseguia dormir.

Mordi o lábio. Fiquei tentado por um momento a abrir a porta mais próxima e a deitar com quem quer que estivesse naquela cama, mas em vez disso tomei o rumo da porta da taverna.

Alfilda me acordou. Nossa hospedeira já estava completamente vestida enquanto, atrás dela, Emma, entre bocejos, me encarava da porta, bêbada de sono.

— Você está com medo de um ataque? — perguntou Alfilda.

Eu me sentei. Minhas costas doíam, sentia meu corpo pesado pela falta de sono. Apesar de eu ter me enrolado com força, o cobertor não fora suficiente para tornar macia a mesa de carvalho na qual eu estava deitado.

— Ataque? — Bocejei.

— Não está aqui deitado na taverna para manter guarda? — perguntou Alfilda, soprando um pouco de vida nas brasas do forno da padaria.

Depois de balançar a cabeça para me forçar a acordar, expliquei por que estava deitado na mesa.

Ela riu enquanto jogava alguns gravetos sobre os carvões.

— Sei como é. Meu abençoado marido roncava a ponto de fazer a casa inteira balançar.

— E o que você fazia? — perguntei, já de pé.

Ela derramou um pouco de cerveja num caldeirão.

— Existem outros quartos na casa. Toda vez ele passava para outro quarto.

Pedi licença e fui até o poço. Depois de beber um pouco de água, me lavei, bufando por causa do frio. Era uma manhã clara e revigorante, e as andorinhas chilreavam entre os tetos de palha.

Quando voltei, Winston estava sentado à mesa, parecendo vergonhosamente descansado.

— Então você me abandonou? — perguntou ele, a cerveja quente escorrendo do canto da boca.

— Bem, espero que *você* tenha dormido bem — comentei, sentando-me pesadamente.

Ele espalhou uma camada espessa de mel dourado sobre sua fatia de pão.

— Não consegui achar o cobertor em lugar algum, mas depois que vesti o colete e me aqueci, dormi maravilhosamente bem.

Passamos o resto da refeição em silêncio.

A taverna começou a ficar cheia com outros clientes. Baldwin, o chefe da contabilidade do rei, foi o primeiro a chegar. Depois de nos dar um cumprimento discreto e breve, sentou-se sozinho e começou a comer pedaços cuidadosamente medidos de pão. Mastigou-os rápida e metodicamente, como um esquilo, empurrando-os com goles de cerveja, e terminou no espaço de tempo que levei para passar mel numa única fatia de pão.

Quando saiu, provavelmente para receber mais algumas entregas de *heregeld*, outros clientes entraram. Um monge que alcançara uma alta posição no mosteiro, a julgar pela cruz de prata sobre o peito, adentrou acompanhado por um noviço com uma penugem fina como a do pêssego no queixo. O frei mais velho falava num ritmo constante, mas o noviço só abriu a boca para comer pedaços de pão.

Um homem grisalho, que se comportava com certa dignidade e não cumprimentou a nós nem à dupla monástica, estudou as fatias de pão à sua frente durante um longo tempo antes de morder cautelosamente uma delas. Então começou a comer com a expressão de um homem a quem foi servido um balde de formigas. Já estava na segunda fatia quando uma mulher balofa, ainda sem sua cobertura de cabeça, se juntou a ele. Ela também tinha os cabelos grisalhos, mas com uma mecha preta que ia do alto da cabeça até atrás da orelha direita. Os dois comeram em silêncio, mal olhando um para o outro, completamente indiferentes a tudo e a todos à sua volta.

Winston acabou de beber sua caneca e olhou de maneira amigável para Alfilda, que tomara um assento ao lado dele para conversar no intervalo de suas obrigações. Winston disse que já era hora de começar o dia.

O tempo ficava agradavelmente quente, e pessoas já andavam pela rua quando saímos. Caminhamos devagar pela praça. O próprio rei estava parado diante da sala do trono, cercado por guardas e por um pequeno grupo de homens que pareciam artesãos e comerciantes. Winston olhou para eles e declarou que deviam ser cidadãos locais que ou tentavam obter favores do rei ou tinham sido convocados a pagar uma parcela adicional do *heregeld*. Observamos quando Cnut bateu o punho na outra mão aberta, lançando palavras cheias de raiva ao homem à sua frente. O rei então começou a caminhar pela rua que levava ao norte, todo o grupo atrás dele como um bando de patos.

Estávamos quase virando a oeste na alameda que levava à estalagem de Estrid quando uma carroça saiu de lá vindo em nossa direção. A julgar pelas marcas fundas deixadas pelas rodas na terra e pela respiração pesada dos bois sob as cangas, a carroça levava uma carga pesada. Paramos para deixá-la passar. Quando ela parou com um gemido diante da casa onde Baldwin, o chefe da contabilidade, esperava com seus guardas armados, percebemos que a carroça devia estar entregando um pouco do tão esperado *heregeld*.

Winston e eu continuamos descendo a alameda na direção da estalagem de Estrid e paramos ao lado dos guardas à porta. Não saberia dizer se eram os mesmos do dia anterior. Não os estudara com tanto cuidado, e agora nenhum pareceu me reconhecer, mas geralmente é assim com guardas.

— Poderia informar a Lady Estrid que o iluminador Winston, companheiro de Halfdan, com quem ela conversou ontem, gostaria de falar com ela? — perguntou Winston educadamente.

Um dos guardas se virou na mesma hora e entrou para levar a mensagem de Winston. Por que responderam de maneira tão solícita ao pedido de Winston, quando ontem não me deram sequer a menor atenção? Talvez fosse porque Winston parecia menos ameaçador do que eu; afinal, não carregava uma espada. Porém suspeitei que a verdadeira razão fosse Winston saber o nome da dama, coisa que eu não soubera informar no dia anterior. Pareceu ter funcionado, pois o guarda voltou alguns segundos depois e acenou para entrarmos.

O interior da casa era tão espaçoso quanto aparentava ser para quem olhava do lado de fora. Apesar de não ser grandioso quanto a sala do trono de Cnut em Oxford, não era de forma alguma o menor salão em que eu já estivera. No meio dele, um fogo queimava na lareira. Divãs se alinhavam junto à parede, ao lado dos quais havia trouxas de roupas marcando os locais onde os nobres visitantes dormiam. Homens estavam sentados nas camas e nos bancos ao lado de uma longa mesa que ocupava o meio do salão do outro lado da lareira.

Apesar de algumas mulheres estarem sentadas à mesa com os homens, a maioria delas era composta de serviçais andando deliberadamente para lá e para cá pelo salão. Estrid levantou-se da mesa e veio até nós com um sorriso agradável. Atrás dela vi o jovem com quem tínhamos vindo conversar.

— Então você ainda tem assuntos a tratar comigo? — perguntou Estrid.

Winston fez uma mesura curta, e me perguntei como ele nos tiraria dessa situação.

— Apenas uma pergunta simples, minha senhora — disse ele com seu tom educado. — E peço perdão por ela ser um tanto lasciva.

Ela arregalou os olhos.

— Porém — continuou Winston, decidido — não tenho tempo para escolher mais delicadamente as palavras uma vez que, como a senhora sabe, o rei me encarregou de solucionar o assassinato de seu irmão.

Estrid continuou em silêncio, sem fazer esforço para encontrar um lugar onde pudéssemos nos sentar.

— Então vou perguntar diretamente — disse ele, baixando a voz. — Por que a senhora, filha de um nobre, nunca se casou?

Estrid, que tinha baixado timidamente a cabeça, elevou-a no mesmo instante. A raiva em seus olhos era quase palpável.

— Eu avisei que seria uma pergunta franca — explicou Winston, a voz suave e gentil.

— Uma pergunta que não tem nada a ver com a morte do meu irmão! — A voz de Estrid saiu aguda.

— Ainda assim, minha experiência me diz que é impossível saber quais detalhes acabam sendo importantes num caso como esse.

Olhei o rapaz com quem tínhamos vindo conversar e pensei que talvez estivesse me olhando também.

O queixo pesado de Estrid tremeu; então, numa voz firme, ela disse:

— Mesmo uma filha natural precisa de dote. Nenhum de meus irmãos sentiu necessidade de me oferecer um.

— Muito obrigado por sua franqueza — disse Winston, com uma mesura, olhando para mim.

— Minha senhora — falei. O olhar que ela me lançou não poderia ser considerado amistoso, mas continuei assim mesmo. — O jovem que a cumprimentou quando tomávamos uma bebida ontem, quem é ele?

Pensei que ela não fosse me responder. Pareceu-me que se debatia entre responder ou não enquanto me estudava por um momento. Talvez Estrid esperasse que ao divulgar essa informação nós parássemos de falar.

— Ranulf — disse ela, que então girou sobre os calcanhares e se afastou.

Ergui as sobrancelhas e olhei para Winston, que esfregava o queixo. Ninguém pareceu achar estranho que ainda estivéssemos lá, apesar de a pessoa com quem havíamos vindo conversar já ter saído. Vi Ranulf se levantar, apoiar por um instante a mão sobre o ombro do vizinho, e dizer alguma coisa que fez o outro rir.

Ele então cruzou o salão, não em nossa direção, mas rumo à porta. Fiz um sinal para Winston indicando que devíamos segui-lo e partimos.

Uma vez em segurança na alameda, olhamos para ambos os lados. Ranulf caminhava de maneira determinada pela rua estreita, e nós o seguimos.

Antes de chegarmos à praça, ele virou à direita e entrou em outra travessa apertada, aparentemente sem perceber que estávamos em seu encalço. Parou para esperar uma vara de porcos passar, depois continuou, entrando numa rua lateral. Parecia se dirigir a uma pequena igreja a cerca de 100 passos da esquina.

— Aquela não é a igreja de santa Frideswide — comentei.

— Não, é a de santa Ebbe.

O jovem Ranulf cruzou o cemitério e entrou. Winston me cutucou com o cotovelo, e desembainhei a espada, passando-a para ele antes de seguir o rapaz para dentro da igreja.

Estava escuro no interior, e a iluminação provinha de uma única janela em cada uma das paredes laterais e na dos fundos, além de duas velas acesas no altar.

Não havia ninguém, não fosse por mim e por Ranulf, que estava ajoelhado diante do altar.

Saí silenciosamente e encontrei Winston sentado no muro baixo que contornava o cemitério. Peguei minha espada e informei-o:

— Ele está rezando.

Uma expressão contemplativa surgiu no rosto de meu companheiro.

— Como alguém que reza pedindo perdão por ter cometido o pecado do assassinato?

Dei de ombros. Tinha imaginado a mesma coisa. Só havia um lugar onde um assassino podia buscar a salvação para seu ato.

— Bem — disse Winston, escorregando do muro de pedra e em seguida se apoiando nele. — Só existe uma saída dessa igreja. Vamos esperá-lo terminar de rezar antes de interrogá-lo.

Capítulo 24

A rua do lado de fora do cemitério da igreja fervilhava de atividade. Oxford estava inundada de pessoas correndo em diferentes direções. Todas com algum destino em mente, mas da minha perspectiva, recostado, tentando parecer relaxado, observando-as a correr, elas pareciam tão sem destino quanto ratos.

Tentando parecer relaxado. Não conseguia tirar os olhos da porta da igreja por mais de um segundo de cada vez pois a multidão era tão densa que alguém que soubesse estar sendo vigiado poderia escapar sem dificuldade, oculto na massa fervilhante de pessoas.

Winston permanecia em silêncio. Arrancara uma folha de grama, que mordiscava com os olhos meio fechados. Quando olhei para ele, entretanto, percebi que estava tão concentrado na porta da igreja quanto eu.

Mesmo assim, quase perdemos a saída de Ranulf. Uma carroça pesadamente carregada parou na nossa frente. O carroceiro começou a dar chicotadas nos pescoços largos de seus dois bois, gritando para seguirem, o que não provocou nenhum resultado.

Quando me levantei para olhar por sobre a carroça, passaram três cavaleiros do outro lado. Enormes e armados, eram sem dúvida guardas a serviço do rei. Mas minha maior preocupação foi o fato de estarem bloqueando minha visão.

Quando a anca do último cavalo finalmente saiu do campo de visão, vi a porta da igreja voltando para o batente. Alguém acabara de entrar? Ou de sair? Meus olhos percorreram os dois lados da rua, e ali, a cerca de 12 passos da igreja, descendo a rua, vi as costas do jovem Ranulf. Praguejando, fiz Winston se levantar e saí correndo para alcançar a nossa presa.

Winston ofegava atrás de mim quando alcancei o rapaz e ajustei meu passo ao dele. Então, esperei Winston nos alcançar.

Ranulf me olhou, mas não deu sinais de me reconhecer. Continuou no mesmo ritmo até chegarmos à praça no centro da cidade. A sala do trono estava silenciosa, mas vigiada. Diante do tesouro de Baldwin, contudo, a atividade era frenética. Uma fileira de pesadas carroças puxadas por bois saía rastejando de lá, cada uma delas cercada por guardas. Um grupo de guardas com aparência ainda mais intimidadora estava diante da porta, as mãos sempre junto aos cabos de suas poderosas espadas.

Ranulf cruzou a praça até uma cervejaria, onde se acomodou num assento sob o toldo. Serviram-lhe uma caneca e ele simplesmente ficou ali, em silêncio.

Olhei para Winston, que balançou a cabeça, indicando que devíamos evitar abordá-lo.

— Vamos ver se alguém se aproxima dele.

Mas parecia que Ranulf estava apenas com sede, porque se passou um bom tempo e ninguém o procurou. Quando o jovem parecia estar quase acabando sua bebida, Winston fez um sinal e entramos sob o toldo de lona.

Ranulf ergueu os olhos quando nossas sombras recaíram sobre ele e se afastou para abrir espaço para mim a seu lado. Winston sentou-se diante dele, que me reconheceu da rua.

— Você estava me seguindo? — perguntou.

Antes que eu pudesse responder, Winston se inclinou sobre a mesa. Sua voz era baixa, mas séria.

— Recebeu a absolvição que esperava?

Os olhos de Ranulf se arregalaram e, boquiaberto, encarou Winston.

Até então eu não prestara muita atenção a Ranulf, adivinhando que ele não teria mais de 20 anos. Mas agora tão perto, percebi que era bem mais velho do que eu pensara. As rugas nos cantos da boca indicavam alguém além da juventude, e a expressão firme nos olhos sinalizava um homem que não era facilmente derrotado.

Vestia-se como um nobre, as pernas da calça enfiadas nas botas curtas. A camisa era feita da melhor lã, tal como o casaco sem mangas, que escondia o punho elaboradamente trabalhado de uma espada. Os cabelos castanhos eram cortados num formato que lembrava um elmo, e suas mãos poderosas acompanhavam a agitação dos músculos visíveis sob as mangas da camisa.

— De que diabos você está falando? — A voz de Ranulf era firme.

— Um pouco antes, na igreja, quando você rezava — explicou Winston, a voz ainda calma.

— Então, vocês *estão* me seguindo — comentou Ranulf e começou a se erguer, mas a mão que coloquei em seu ombro o fez parar. Nunca descobri se o sujeito era forte o bastante para se livrar do meu aperto, porque ele imediatamente voltou a se sentar. — Sou Ranulf. Quem são vocês?

Winston acenou para si mesmo.

— É uma pergunta razoável. Sou Winston e este é o meu parceiro, Halfdan. A pedido do rei estamos investigando o assassinato de um homem chamado Osfrid, que você conhecia.

— E o que isso tem a ver comigo? — perguntou Ranulf.

Então ele não negava ter conhecido o morto.

— Provavelmente nada — disse Winston, fazendo sinal para um homem magro, com um enorme avental de couro amarrado em torno da barriga, que apareceu ao lado da mesa. — Três cervejas, por favor — pediu, voltando-se para Ranulf. — Mas, mesmo assim, realmente gostaríamos que nos respondesse algumas perguntas.

Ranulf ergueu as sobrancelhas.

— Ah, então é isso que vocês querem. Há quanto tempo vêm me seguindo?

— Desde que você saiu da estalagem — respondeu Winston, que obviamente havia decidido que adotar o caminho da honestidade não iria nos prejudicar.

— Vocês me seguiram dentro da igreja? — perguntou Ranulf, que não protestou quando o serviçal substituiu sua caneca vazia por outra cheia.

— Sim e não. Halfdan o seguiu dentro da igreja, mas logo saiu para não perturbar suas preces.

Ranulf expôs os dentes num sorriso sarcástico.

— Então acham que o tato lhes dá o direito de fazer perguntas.

A resposta de Winston foi apenas um dar de ombros.

— Espere um minuto — disse Ranulf, o rosto de repente se iluminando pela compreensão. — Absolvição? Estão querendo dizer que eu matei Osfrid e estava rezando para pedir perdão?

— É uma possibilidade — replicou Winston.

— Não para mim. Não ando por aí às escondidas matando homens em segredo.

— Mas visita as viúvas deles — disse Winston deliberadamente.

— Sim. — Ranulf olhou para mim e depois para Winston com uma expressão perplexa no rosto. — É claro.

— Claro?

Ranulf se recostou e nos estudou, como se avaliasse se deveria se dar ou não ao trabalho de nos responder. Sem pressa, ele bebeu, limpou a boca, tornou a beber, esfregou a boca de novo, e então olhou diretamente para Winston, que esperava, calmo, uma resposta.

— Tonild é minha irmã.

Os olhos de Winston e os meus se encontraram. Parecia não ter fim o número de parentes que surgiam nesse caso.

Havia alguma coisa estranha. Tentei retomar uma lembrança, mas ela me escapou. Recostei-me no assento com a vaga sensação de que ela seria importante.

— Sua irmã? Sim, então eu entendo — disse Winston com um aceno da cabeça.

— Obrigado. Agora, quem sabe, poderiam me dar licença? — Ranulf terminou a sua cerveja e se levantou.

— Se não se importa de esperar mais um momento — falei, tentando me lembrar do que estava me escapando. Levantei-me e apontei para o banco.

Mas não era para ser. Ranulf me deu as costas sem dizer uma palavra e já tinha se afastado três passos quando a minha vaga lembrança finalmente se cristalizou. Fui até ele e pus a mão em seu braço.

— Ainda assim, você não compareceu ao enterro de seu cunhado.

Ele pareceu se irritar.

— Isso só interessa a mim — disse Ranulf.

— E a nós — confrontei-o. Winston tinha se levantado e correu em volta do banco como um gato, convidando-nos a voltar a nos sentar.

— Poderia fazer o favor de voltar para o banco, como Halfdan pediu? Caso contrário, teremos de pedir a ajuda deles — disse Winston, indicando os quatro guardas que por acaso passavam.

Ranulf olhou para Winston por um bom tempo antes de se sentar no banco sem dizer uma palavra.

Houvera luta por propriedades. A história que Ranulf contou relutantemente já acontecera antes e acontecerá depois. A riqueza de um nobre são as terras. Terra é o que ele mais ambiciona e seus inimigos geralmente são criados a partir das disputas por esse bem.

Quando Cnut ordenou o assassinato do pai de Ranulf, este decidiu, como tantos outros nobres saxões, ver como sairia sua sorte com Cnut, e jurou lealdade a ele.

Cnut aceitou o juramento de Ranulf, devolveu uma parte das terras tomadas de seu pai e sugeriu que o resto poderia ser reconquistado pelo serviço leal e cumprimento de seu juramento. Mas Cnut não devolvera o lar ancestral da família, uma propriedade em Kent que havia sido posse deles durante trezentos anos, desde que o rei Egbert a concedera a seu ancestral, Ranulf, o Velho. Desde então, a terra tinha sido passada para o primogênito de cada geração subsequente.

— O que aconteceu com a propriedade? — perguntou Winston.

Eu tinha quase certeza de que já sabia a resposta, mas deixei Ranulf confirmar que Cnut dera a propriedade a Tonild. Assim, ela levara o lar ancestral da família para o casamento com Osfrid. Previsivelmente isso enfurecera Ranulf, que achava que a terra deveria ser dele por direito. Primeiro ele tentou negociar para recuperá-la, mas finalmente passou a implorar.

— E Osfrid? — perguntei.

— Osfrid apenas riu e prometeu que ele e Tonild dariam ao primogênito o nome Ranulf — disse ele, praticamente cuspindo as palavras.

Nem que tivesse tentado, Osfrid teria insultado ou desonrado mais Ranulf. Não somente Osfrid havia tomado o lar ancestral de sua família, como agora ameaçava tomar o nome Ranulf e passá-lo para o lado feminino — isso apesar de o fato de Ranulf estar vivo e com saúde, presumivelmente capaz de gerar um herdeiro, que deveria ter o direito não somente ao nome Ranulf, mas também à propriedade da família.

Embora Osfrid fosse seu cunhado, Ranulf jurou que nunca mais voltaria a vê-lo. O juramento de Ranulf lhe custara caro: Tonild, sua irmã, seria uma visita bem-vinda, mas Ranulf nunca mais poria os pés no mesmo ambiente que Osfrid.

— E Tonild *visitou* você? — perguntou Winston.

Ranulf explicou que Osfrid proibira que ela visitasse o irmão, e o encontro na noite anterior fora a primeira vez que ele e Tonild se viram desde o rompimento.

Eu queria perguntar se ele havia recorrido diretamente a Cnut quando o caso ocorrera, mas mordi a língua; semear a discórdia entre dois nobres saxões atendia mais que perfeitamente aos objetivos do rei.

— Então você não estava orando por Osfrid na igreja de santa Ebbe? — perguntou Winston.

Ranulf ficou em silêncio por alguns momentos, então deu um suspiro profundo.

— Minha esposa morreu há três semanas. Minhas orações foram por ela e pela criança que a matou.

A voz de Winston foi respeitosa ao perguntar:

— Um filho homem?

Ranulf confirmou com um aceno de cabeça.

Continuamos sentados em silêncio até Winston dizer:

— Entendo que isso pode ser difícil para você, mas me pergunto se não se importaria em responder mais algumas perguntas.

Ranulf fez um gesto com as mãos, indicando que não se importava.

— Muitas pessoas estão hospedadas naquela taverna com você. A quem ela pertence? — perguntou Winston.

Ranulf ergueu os olhos surpreso e explicou que ela era propriedade de um conde de nome Edmund Wessex. Esse Edmund não vivia na casa. Era muito velho e enfermo para vir a Oxford, mas obviamente não era velho demais para se interessar por dinheiro, pois deixava qualquer um que assim quisesse se hospedar na casa. Desde que fosse saxão.

— E Estrid também está hospedada lá?

— Estrid? — Ranulf lançou um olhar inexpressivo a Winston.

— A mulher com quem eu estava bebendo ontem atrás daquela barraca. Você a cumprimentou — expliquei.

— Ah — disse ele, sem parecer especialmente interessado.

— Ela é irmã de Osfrid — expliquei.

Ele deu de ombros.

— Não sabia nada sobre ela, a não ser pelo fato de que está hospedada na mesma estalagem.

— E quanto a Ulfrid e Torold? — Winston olhou para o chão como se a pergunta não fosse importante.

Ranulf ergueu as sobrancelhas, perguntando-se quem eram esses.

— Os irmãos da primeira esposa de Osfrid — expliquei.

— Não conheço. Mas, sim, acho que há dois homens com esses nomes hospedados na estalagem.

Vi nos olhos de Winston que, tanto quanto eu, ele não acreditava em Ranulf.

Se existe alguém capaz de acreditar, mesmo que por um instante, que um nobre, seja ele saxão, germânico, juto ou dinamarquês, não saiba quem são os parentes de seus parentes, então eu lhe daria uma mula. Os laços que unem parentes, não importa o quanto sejam fracos, são o que determina as heranças, e nenhum nobre pode deixar de conhecer o ramo mais fino do galho mais fraco de sua árvore genealógica.

Porém, para minha surpresa, Winston não insistiu na pergunta.

— Obrigado por sua ajuda. — Foi tudo o que disse.

Ranulf se levantou e se despediu educadamente.

Winston esperou até que ele estivesse fora do alcance de nossas palavras e então me perguntou:

— O que Estrid respondeu ontem quando você perguntou se ela conhecia o nosso amigo Ranulf?

— Que estavam apenas hospedados na mesma estalagem.

— Isso mesmo — disse Winston, acenando a cabeça sem falar. — Talvez os dois estejam dizendo a verdade... mas me pergunto se isso é mais do que mera coincidência.

— O fato de estarem dizendo a verdade? — perguntei, confuso.

Winston negou vigorosamente com a cabeça e continuou:

— O fato de quatro pessoas, todas com razões para matar Osfrid, estarem hospedadas na mesma estalagem.

Não respondi, pois uma coisa havia acabado de me ocorrer.

— Estou surpreso por você não ter perguntado a Ranulf sobre a briga com os vikings que eu vi ontem.

— É verdade — replicou Winston desinteressado. — Há um lugar certo e uma hora certa para tudo.

Capítulo 25

*S*aímos da cervejaria e andamos sem rumo durante algum tempo. Winston não abrira a boca desde a observação de que havia um lugar certo e uma hora certa para tudo, e eu me limitei a segui-lo sem rumo, aparentemente sem objetivo.

Caminhamos devagar, primeiro por uma rua estreita, depois por outra, virando mais ou menos por acaso nas esquinas. Paramos e observamos uma prostituta que discutia com um cliente que pensava não ter recebido o suficiente pelo que pagara. Observamos as mercadorias de algumas barracas no mercado, cujos proprietários nos encararam desinteressados e nos ignoraram, pois era evidente que não tínhamos intenção de comprar nada.

Olhei para Winston várias vezes, mas ele retribuiu o olhar e continuou andando comigo em seu encalço.

O sol se aproximava do zênite do meio-dia e meu estômago começou a roncar, lembrando-me de que a caneca de cerveja que esvaziara durante a conversa com Ranulf não fora suficiente para me satisfazer.

Quando voltamos à praça, olhei faminto para a barraca onde tínhamos tomado nossa cerveja, mas Winston não parecia se afligir pela mesma necessidade de substância fosse ela seca ou molhada. De repente, ele parou no meio da multidão e desenhou alguma coisa na poeira com o pé. Depois suspirou e continuou em direção à sala do trono.

Eu especulava se ele planejava visitar o rei, mas quando chegamos à sala do trono, ele virou e seguiu pela extensão do edifício em direção à entrada de outra rua estreita, por sua vez bloqueada.

A barreira consistia em meia dúzia de guardas que abriam caminho para o rei, que havia acabado de sair da rua estreita para a praça. Era seguido pelo mesmo grupo variado de cidadãos que tínhamos visto com ele mais cedo, e estava absorto numa conversa. Seu interlocutor, um pedreiro vestindo um avental de couro, ouvia atentamente as palavras do rei com a cabeça inclinada. Os homens em volta dos dois falavam baixinho entre si ou se curvavam em direção à conversa.

O rei se virou diante da porta principal da Sala do Trono, o que fez estacar toda a procissão, e estendeu a mão ao pedreiro.

— Então, Ralf e todos os demais... estamos de acordo.

Todos concordaram ansiosos. O pedreiro avaliou rapidamente o resto do grupo, então limpou a garganta e respondeu numa voz profunda:

— Construiremos uma plataforma coroada por uma paliçada. O senhor paga pelos materiais e nós fornecemos a mão de obra.

Cnut confirmou.

— O povo de Oxford vai dormir mais tranquilo. Ao sul vocês já são protegidos pelo rio. Ao norte, haverá essa fortificação. E — continuou ele, elevando a voz — faremos esta obra e outra igual para benefício de todos os povos desta terra. — Suas palavras eram evidentemente destinadas a todos os presentes. — Juntos fortaleceremos este país, e vamos começar fortalecendo esta cidade para que possa resistir a seus inimigos.

Cnut fez uma pausa e inclinou um pouco a cabeça, reconhecendo os gritos de aprovação lançados a ele. Quando se virou para entrar na sala do trono, seu olhar recaiu sobre nós.

— O tempo e a maré não esperam por ninguém — dirigiu-se a nós.

Olhei para Winston, que fez uma rápida mesura.

Nenhum de nós dois abriu a boca — eu por não ter ideia do que dizer e Winston por seus próprios motivos, ou, quem sabe, assim como eu, ele também não tivesse o que falar.

Depois de o rei ter desaparecido na sala do trono, os homens ao redor, que evidentemente completaram uma visita às novas fortificações da cidade, começaram todos a falar ao mesmo tempo. Pelo que pude entender, todos elogiavam o rei. Ninguém se queixava de ter sido obrigado a executar muitos trabalhos de graça para proteger Oxford do mesmo tipo de ataque lançado por Cnut e seu pai contra a cidade, nove anos antes. Um ataque que deixara Oxford em ruínas.

Cnut teria dado o primeiro passo para conquistar a unidade entre saxões e dinamarqueses quando o Witenagemot e a Assembleia Dinamarquesa se reunissem dentro de dois dias. Embora os residentes de Oxford não fossem participar, estariam presentes, e um boato correria entre as multidões, logo chegando aos ouvidos da nobreza, dizendo que o rei conquistador estava usando sua prata para fortificar o reino pelo bem de *todos* seus habitantes. Qualquer um que fosse "dar uma de esperto" e mostrasse que Cnut acabara de recolher *deles* aquela prata, seria mais sábio se permanecesse em silêncio.

De repente Winston se voltou para mim e disse:

— Não adianta.

— Como? — perguntei, olhando para ele.

— Estão todos mentindo. Todas as pessoas com quem falamos.

Parecia muitíssimo provável.

— Será que acham que somos tão estúpidos a ponto de não perceber? — indagou Winston, o queixo salientando-se de modo ameaçador. — Todos os nobres com suas meias-irmãs, cunhados e esposas mortas. Pais assassinados e filhos natimortos. Bem, todos podem chafurdar na própria merda.

E para minha surpresa, Winston girou sobre os calcanhares e atravessou a praça em linha reta. Eu o segui, esperando que dissesse mais, mas ele permaneceu em silêncio. Apenas seguiu pelas ruas estreitas até eu perceber que se dirigia à taverna de Alfilda.

— Ei, grande ideia — exclamei.

Ele me olhou carrancudo.

— Assim vamos poder comer alguma coisa — esclareci.

— Hrrumpf — murmurou ele, cuspindo no chão.

Ele não estava pensando em comer alguma coisa? O olhar que ele me lançou em seguida foi assustador.

— Eu disse que eles podem todos chafurdar na merda — repetiu Winston.

— Você está se referindo ao *rei*? — perguntei hesitante, lançando um olhar nervoso em volta.

— Cnut, todos os saxões e todos os dinamarqueses. Sem falar nos piratas vikings, reis, conselheiros, condes, nobres e viúvas. — Ele chegara à porta da taverna, então se virou e gritou para mim: — Vá embora!

— Mas... — gaguejei.

— Você me ouviu. Caia fora! — disse ele, batendo a porta e quase acertando meu nariz.

Meu peito ficou apertado, tamanha a indignação. Abri a porta com um chute, e todos lá dentro levantaram os olhos. Alcancei Winston em dois passos e o apertão que dei em seu ombro o fez se voltar para mim.

— Um dia e meio! — exclamei, a ponto de perder o controle.

— Só temos um dia e meio e você está perdendo... está perdendo...

Senti que ele amolecia sob minha mão. Não fez nenhum esforço para resistir. De repente, Winston não parecia mais ter raiva. Olhou-me com calma e disse:

— Solte.

Eu soltei.

— Obrigado.

— Quem sabe agora podemos conversar? — Minha raiva me fazia soar meio engasgado.

Ele fez um sinal para me mandar embora, deu-me as costas e entrou na taverna. Todo o lugar havia ficado em silêncio depois da tensão de nosso pequeno desentendimento, mas de repente todos os clientes começaram novamente a conversar. Olhei irritado para as costas de Winston, praguejei em voz alta, abri a porta e saí.

Na rua, chutei uma pedra. Ele que vá para o inferno!

Vi um carrinho de mão virado no outro lado da rua. Encostei-o na parede da casa e me sentei nele, obrigando minha respiração a voltar ao normal. Eu não ia atrair a raiva do rei por causa dos caprichos de um reles iluminador.

Depois que minha respiração voltou ao normal, comecei a pensar. Embora Winston fosse mais inteligente nessa seara do que eu, isso não significava que eu era completamente incapaz.

O que Winston dissera depois que Ranulf partira? Isso mesmo! Seria coincidência o fato de quatro pessoas, cada uma delas com razões para desejar a morte de Osfrid, estarem todas hospedadas na mesma estalagem? E então pensei que era uma coincidência o fato de serem todas saxãs. E o que Winston quis dizer ao mencionar que havia lugar certo e hora certa para tudo? E que não devíamos tentar descobrir a razão da briga de Ranulf com os vikings?

De repente meus pensamentos se voltaram para Frida. Visualizava as curvas sob seu vestido e imaginava seu hálito fresco em meu pescoço. Será que deveria visitá-la?

Levantei, tendo me decidido. Porém, quando cheguei à praça, não tomei a rua que levava ao acampamento das tendas. Até mesmo eu tinha o bom senso de perceber que ir para a cama com uma moça, no meio da tarde, quando devia estar trabalhando duro para resolver um assassinato, poderia provocar a ira do rei.

Capítulo 26

O calor da indignação ainda corria dentro de mim ao descer a alameda, fervendo por causa daquele verme iluminador, que parecia não dar a menor importância a irritar o *rei*.

Bem, se Winston planejava desperdiçar o tempo em tavernas, então aparentemente eu teria de descobrir o que estava acontecendo. E estava convencido de que havia um único lugar por onde começar: a estalagem saxã.

Andei mais devagar ao me aproximar, contendo minha raiva à força. Ainda me esforçava para fazer minha respiração acelerada voltar ao normal, e parei a algumas casas da estalagem. Então andei com passos firmes e calmos até a porta, onde enfrentei os olhares gelados dos guardas.

— Tenho assuntos a tratar com Lady Estrid — anunciei repetindo o truque usado mais cedo por Winston, de mencionar o nome dela. — Meu nome é Halfdan.

Um dos guardas, de nariz largo e com uma orelha só, avaliou-me por um momento. Seu companheiro de costas largas virou-se e sumiu pela porta.

Não tive de esperar muito.

— Lady Estrid não deseja tratar assunto algum com o senhor — anunciou ele.

Mordi o lábio, mas recuei quando os dois cruzaram suas lanças diante da porta. Subi a alameda, fora da visão dos dois, e parei. Depois de algum tempo voltei despreocupadamente e fui ao arco onde fiquei durante a minha vigia do dia anterior.

Pelo que pude ver, havia duas razões possíveis para Estrid se recusar a me encontrar. Primeira: ela estava simplesmente cansada de nossas idas e vindas; segunda: tinha alguma coisa a esconder.

Havia um tráfego intenso na alameda, o que facilitou meu esforço de continuar escondido, mas também bloqueava minha visão da estalagem. Em certo ponto recuei um pouco mais para a segurança da sombra do arco, e notei uma pedra que alguém colocara para ajudar na hora de montar um cavalo. Subi nela.

Não somente ela me escondia melhor, como agora eu tinha uma visão mais desimpedida por sobre as cabeças dos transeuntes na alameda. Contudo, era difícil manter o equilíbrio sobre ela e não demorou muito para os músculos de minha perna começarem a protestar. Portanto, tinha de descer a intervalos regulares para evitar câimbras.

Não sei quanto tempo se passou — só que subi e desci várias vezes da pedra — quando finalmente tive a recompensa por meus esforços. Apesar de várias pessoas terem entrado e saído da estalagem, não reconheci nenhuma delas até que dois nobres saíram lado a lado. Eram Ulfrid e Torold, os irmãos da primeira esposa de Osfrid.

Desceram a alameda determinados, sem olhar para os lados nem para trás. Não tive dificuldade em segui-los pelas ruas apinhadas, e a multidão tornava mais fácil me esconder, caso um deles resolvesse olhar para a retaguarda.

Tive muito tempo para tentar adivinhar aonde estávamos indo. Eles davam passagem a carroças, compradores, bêbados, prostitutas, cavaleiros e guardas em grupos de vários tamanhos. Não se dirigiam à cidade de tendas, que fora minha primeira ideia, nem à sala do trono, o que não me surpreendeu. Nenhum dos dois parecia ter fome ou sede também, pois não foi atendida a minha esperança de que entrassem em alguma taverna ou barraca de cerveja.

Senti o cheiro da lama do Tâmisa e reconheci a rua que conduzia à parte rasa do rio. Ocorreu-me com uma comichão de ansiedade que talvez estivessem saindo da cidade, mas então percebi que, fosse esse o caso, não estariam a pé. Não cruzaram o rio, mas continuaram até uma passagem tão escura que desapareceram de meus olhos cegos pelo sol. Praguejei, pensando tê-los perdido.

Um terreno vazio — onde calculei que alguém não tivera condições de reconstruir seja lá o que existira ali antes que Cnut e seu pai incendiassem a cidade — criou uma mancha ensolarada na passagem e consegui ver com facilidade as duas silhuetas altas quando chegaram naquele ponto. Corri um pouco para ter certeza de que não ia perdê-los quando entrassem novamente na escuridão da passagem depois do ponto ensolarado. Mas então os irmãos pararam de repente, viraram-se e olharam para trás.

Felizmente eu estava num ponto em que duas casas se tocavam. Uma estava um pouco recuada em relação à outra, e, por instinto, lancei-me na sombra criada por ela, esperei um momento, e voltei a pôr a cabeça para fora.

Tinham desaparecido.

Praguejei. Porém depois percebi que deviam ter entrado em uma das casas, pois vi que não havia lotes vagos nem ruas transversais no local onde os tinha visto parados pela última vez. Avancei lentamente.

As casas junto ao rio, longe do centro da cidade, estavam em ruínas e ameaçando desabar, e nenhuma tinha mais do que um andar. A julgar pelo pequeno número de pessoas na passagem estreita, calculei que as duas casas eram depósitos ou coisa semelhante. Começava a me perguntar o que os dois irmãos estariam fazendo naquela área quando ouvi vozes atrás das paredes de taipa de uma casa mais arruinada que a maioria.

Colei o ouvido à parede. Os homens que ouvi lá dentro não pareciam estar perto da parede pelo lado de dentro, mas, ainda assim, consegui distinguir três vozes diferentes. Duas eram saxãs, as quais supus e esperei que fossem de meus dois nobres, e uma voz dinamarquesa profunda, quase um trovão, que era a que mais falava em um tom que sugeria extrema insatisfação.

Apesar de não ter dificuldade em entender as línguas, foi muito difícil para mim compreender exatamente sobre o que eles falavam. Só consegui distinguir palavras esparsas, aqui e ali.

— ... foi uma estupidez... — disse uma das vozes saxãs.

— ... assassinar uma moça poderia... — murmurou outro saxão.

— ... não... entenderam... ordens... — declarou um dinamarquês.

— ... o rei... — balbuciou outro dinamarquês.

— ... o Witenagemot tem de... — falou um saxão.

Então aconteceu. Não o vi, não o ouvi, não o senti. Ele apareceu tão de repente que para mim foi como se tivesse caído do céu. Não sei por que os vikings cometem erros — apenas me alegro quando tais erros me permitem salvar minha própria vida.

Naquele dia, junto ao regato, fora o reflexo do machado na água que me salvara. Hoje, o som de uma espada sendo desembainhada. Se ele tivesse tido o bom senso de puxar a espada antes de estar perto de mim, eu teria morrido sem sequer saber o que me atingira.

Sendo assim, o sibilo da lâmina me fez saltar de lado, cair no chão e rolar. Ao ver a espada brilhar acima de mim, chutei com os dois pés e gritei quando meu dedão atingiu o braço dele. Rolei para longe dos xingamentos sussurrados de meu atacante e fiquei de joelhos. Desembainhei a espada ao ficar de pé num salto.

O viking lançou a espada num arco enorme. Escapei da lâmina pulando para trás, batendo o ombro na parede às minhas costas.

Saltei para a frente e enfiei minha espada sob seu braço esticado, atingindo-lhe o estômago. Senti a resistência ao contato de minha lâmina, e então puxei o fio ao longo de seu abdome macio, ouvindo seu grito de dor e o alarme atrás de mim quando os homens saíram da casa.

Ulfrid e Torold me encararam em choque. O dinamarquês com quem estavam conversando xingou e gritou para que dessem o fora. Então berrou para meu atacante acabar comigo antes de sair correndo ele próprio, seguido de perto pelos dois irmãos saxões.

O viking urrou — se de raiva ou dor não me importei em saber — e começou a me atacar com golpes tão rápidos e fortes que me forçaram a recuar pela passagem. Gritava sem parar, fintando diante de mim e zombando desdenhosamente de minhas próprias fintas. Quando puxei minha arma para cima, ele abaixou a dele, arrancando-me a espada das mãos e me jogando no chão.

E então ele cometeu seu segundo erro.

Instintivamente eu havia percebido que, entre nós dois, ele era o melhor espadachim. Deitado naquela passagem, ainda zonzo pelo golpe que arrancara a espada de minhas mãos, senti que lágrimas de raiva se formaram em meus olhos ao saber que ele só precisava de mais um golpe para acabar comigo. Eu estava no chão, de costas, encurralado contra uma parede e não teria a menor chance de escapar de sua espada.

Mas então ele deu um passo para trás para me provocar antes de me matar.

— Seu lixo dinamarquês! — xingou ele em dinamarquês. — Onde foi parar aquela arrogância agora, hein?

Foi então que o reconheci. Era um dos quatro vikings que eu assustara e subjugara na aldeia onde Winston e eu tínhamos passado a noite a caminho de Oxford. Viking estúpido de merda, com medo de um falso nobre dinamarquês. Amaldiçoei o fato de morrer nas mãos dele.

— Você matou meu amigo. Agora é sua vez de morrer — declarou ele, me provocando, e então levantou a espada.

Vi o brilho do sol refletido na lâmina, retesei os músculos abdominais contra o golpe que estava vindo e fechei os olhos. Então chutei com toda força que tinha, mirando bem em sua virilha.

A dor o fez expulsar o ar de dentro de si, e ele emitiu um sopro como uma bexiga de porco que se esvazia depois que as crianças a enchem e lhe fazem um furo.

Quando abri minhas pálpebras, vi seus olhos revirando quando o homem se dobrou de dor. Torceu um pouco o joelho, numa tentativa de manter o equilíbrio apesar da dor ardente nos testículos. Dei um segundo chute e o observei cambalear para longe de mim. Fiquei de pé, agarrei minha espada e levei-a ao pescoço do viking.

Bem no momento em que a espada o atingia, alguém me derrubou e uma voz áspera me ordenou em dinamarquês que largasse minha espada, algo que eu não tinha a menor intenção de fazer. Preferia ir para o inferno a deixar um viking me matar depois de eu ter matado seu amigo.

— Fique parado — ordenou outra voz, também em dinamarquês. Então um braço muito forte forçou meu pulso que segurava a espada, ao que gritei de dor e soltei a arma. Colocaram-me de pé e olhei primeiro para o homem agonizante, o sangue jorrando em golfadas da ferida no pescoço, e depois os cinco guardas que me cercavam.

Percebi naquele momento que só podia fazer uma coisa se quisesse evitar a morte ali mesmo ou apodrecer numa cadeia suja e escura. Olhei nos olhos daquele que decidi que deveria ser o líder do grupo e falei:

— Sou Halfdan. Levem-me ao rei.

Capítulo 27

Os guardas me trataram de maneira rude, mas sem brutalidade. O líder mandou que me desarmassem, mas não insistiu que amarrassem minhas mãos atrás das costas. Quando voltávamos pela alameda, ninguém pôs a mão em mim, nem tentou me apressar, talvez porque eu andava voluntariamente entre eles.

O guarda que assumiu minha custódia não disse uma palavra. Não reconheceu minhas exigências, simplesmente sinalizava para os homens e para mim com um movimento e indicava que deveríamos continuar. Depois de nos conduzir por incontáveis passagens estreitas, alamedas e ruas até a praça, ele não se dirigiu à sala do trono, como eu esperava, mas, pelo contrário, foi para trás dela. Parou numa casa que adivinhei ser o quartel, a julgar pelo grande número de soldados enormes que ali estavam sentados, de pé ou deitados na grama.

Dei alguns passos rápidos, aproximei-me dele e agarrei o seu braço. Repeti minha exigência de ser levado ao rei. Ele se afastou sem dizer uma palavra — fácil demais para minha autoestima — e latiu para dois guardas parados diante de uma porta maciça. Afastou-se quando a porta se abriu e fui empurrado por trás.

Quando me voltei para protestar, me vi olhando a porta, que já se fechara quando estava de costas. Fiquei imerso na escuridão, com uma única luz fraca chegando através das frestas nas venezianas que cobriam a janela. A sala era muito pequena. Quando estendi os braços e me virei, toquei as quatro paredes. Não havia nenhuma cadeira, nem um banco, e certamente nenhuma cama.

Pensei em gritar para os guardas que, do lado de fora, espalhavam mentiras sobre quem eu era, e exigir novamente ser levado ao rei, mas percebi que seria em vão. O guarda que me trouxera sabia quem eu era, ouvira meu pedido para ver o rei, mas decidiu que simplesmente não daria a mínima.

Sentei-me no chão de terra, recostei na parede de tábuas ásperas e comecei a matutar sobre o fato de mais um dos vikings que eu despachara de uma aldeia saxã ter aparecido do nada com sua espada erguida, obviamente tentando me matar.

E tínhamos pensado que era significativo o fato de todos com quem tínhamos feito contato durante nossas investigações serem saxões. Rejeitei com toda calma essa teoria: era evidente que havia pelo menos dois vikings envolvidos.

Refleti sobre o que ouvira através da parede antes de ser atacado: os cunhados de Osfrid se encontraram com um dinamarquês. Supus que o viking que me atacou era um guarda que, quando me avistou ouvindo seu patrão às escondidas, se dispôs a me matar no ato. A pergunta era se ele queria me matar por eu estar escutando sem permissão ou por que queria vingança. Afinal, eu matara seu amigo depois de ter feito todos eles de bobo.

Convenci-me de que era o primeiro caso. Ele me atacou com tanta prontidão que não teve chance de me reconhecer primeiro. Mas era tamanha coincidência que seu colega tivesse tentado fazer o mesmo no dia anterior.

Voltei a pensar nos trechos da conversa dos homens que eu ouvira.

Falavam de alguma coisa que era "estúpida"; mencionaram que "assassinar uma moça poderia"; e disseram algo sobre não entender ordens.

A ordem poderia ter sido a de *me* assassinar?

Eu era o sujeito que supôs que o viking estava tentando matar Frida. Por que eu tinha achado isso? Relembrei os segundos após ter matado o soldado do machado. Descartei a possibilidade de ele ter me reconhecido por acaso e decidido se vingar, por achar que um homem como ele teria simplesmente sacado sua arma no momento em que se lembrasse de mim em vez de me seguir na surdina até um ponto isolado na margem do regato. Por isso achei que o alvo era Frida.

Mas agora as coisas eram diferentes.

Na véspera, eu dissera a Cnut que tinha matado um homem que tentara matar uma jovem. Portanto havia sido eu quem começara o boato. Com base no que eu tinha ouvido às escondidas, até mesmo as pessoas que tentavam me matar acreditaram nisso. O que explicaria o que o dinamarquês quis dizer com a frase "não entendeu a ordem".

De repente percebi que Winston estava certo ao se recusar a contar a Cnut o que já sabíamos. Ele dissera: "Se mencionar uma suspeita hoje, amanhã o boato estará circulando por toda a cidade." Meu Deus, como ele tinha razão. Ontem eu dissera uma coisa em voz alta que não era verdade, e agora até mesmo as pessoas que deram as ordens aos meus atacantes acreditavam que era.

Quem me ouvira dizer aquilo ontem? O rei, o jarl Thorkell, o conselheiro Godwin. E o arcebispo. Bem como todos os demais que estavam suficientemente próximos para nos ouvir na sala do trono.

Mas nem todos tinham razão para me querer morto.

Só a pessoa com medo do que eu sabia.

Levantei-me assim que um pensamento se formou em minha mente. Bati na porta e gritei que alguém devia enviar um mensageiro a Winston na estalagem de Alfilda.

O que quer que eu soubesse, Winston também sabia.

❖

Quando finalmente abriram a porta da minha cela, uma pálida lua amarela corria pelo céu, e eu estava com mais fome do que jamais estivera desde que começara a trabalhar com Winston. Godskalk encontrava-se de pé na soleira da porta.

— Finalmente! — Fui até ele, a fome berrando em minha barriga. — Alguém sabe onde está Winston?

Não obtive resposta. O guarda girou nos calcanhares e me conduziu até a porta da frente da sala do trono, onde os guardas nos permitiram entrar. Notei que nenhum outro guarda nos seguiu.

Winston nos esperava na sala do trono. Não tenho ideia de quem lhe disse onde eu estava, mas tenho de admitir que me sentia muito aliviado por vê-lo. Mantinha-se de pé, calmamente diante do trono do rei, parecendo relaxado com as mãos atrás das costas e a cabeça inclinada. Ele me observou quando cruzei o salão, parei a seu lado e tive dificuldade em manter minha voz livre de ressentimento.

— Tive de matar outro homem. O que você andou fazendo?

— Pintando — respondeu ele.

Abri a boca para vociferar minha indignação, mas parei quando o rei pigarreou audivelmente. Cnut estava sentado em seu trono. Wulfstan, como sempre, encontrava-se a seu lado. Godwin sentava-se atrás dele à direita, Thorkell à esquerda. Rei, Igreja, saxão, viking.

— Você decidiu criar o hábito de matar dinamarqueses em minha cidade? — perguntou Cnut, os olhos fumegantes de raiva.

— Só quando eles tentam me matar — respondi. Hesitei um momento e então decidi que devia agir. A quem está mal só resta falar. — Não é culpa minha se sou melhor espadachim que os covardes que me atacam.

O rei pareceu desinteressado. O arcebispo balançou a cabeça com tristeza. O sorriso pela morte de um viking, ao qual qualquer saxão se permitiria, brincava nos lábios de Godwin. O jarl Thorkell bocejou.

— Por favor, continue — disse Cnut, o tom mais um comando do que um convite. Olhei Winston, que indicou que eu não tinha mais necessidade de ocultar o que sabíamos até então. Então brevemente relatei como tinha seguido dois irmãos saxões, como eles haviam se encontrado com um dinamarquês, como eu fora atacado e o que aconteceu depois disso.

Cnut ouviu em silêncio. Quando terminei, ele não parecia nem um pouco menos irritado.

— Então você seguiu aqueles dois por pensar que pudessem ser culpados pela morte de Osfrid?

Lancei um olhar a Winston, mas ele continuou perfeitamente imóvel.

— Eu os segui porque tinha de fazer *alguma coisa*.

— Então foi por mera coincidência que você decidiu segui-los?

— Na verdade, foi — respondi. Decidi que não me importava com o que Winston pensava. — Meu parceiro, o mestre iluminador aqui, tinha voltado à taverna e eu precisava fazer *alguma coisa*.

— E eu devo acreditar nisso? — O rosto do rei mostrava que isso não estava acontecendo.

— Esta é a mais pura verdade — concedi, dando de ombros.

Cnut voltou a atenção para Winston.

— Você voltou para a taverna? Então não estava trabalhando na tarefa que eu lhe dei.

— Estava, sim — replicou Winston com um leve sorriso e ignorando meu olhar de espanto. Ele não tinha acabado de dizer que estava pintando?

— E você está mais perto de encontrar uma resposta? — Cnut não tirou os olhos de Winston.

— É possível. Tal como estamos, acredito que irei me deparar com a verdade em breve.

Olhei os conselheiros e condes mais uma vez. Ninguém moveu um músculo. E ainda assim Winston acabara de se transformar em um alvo ainda mais evidente que eu.

O rei tornou a me olhar.

— Então você não está afirmando que aqueles dois irmãos... Ulfrid e... e Torold... *não* são assassinos?

— Estou afirmando não saber se são ou não assassinos. — Acrescentei rapidamente: — Assim como não sei se outras pessoas o são. Ou não são.

— Hmm — disse Cnut, apertando os braços da cadeira. — E esse dinamarquês que você mencionou?

Tinha passado uma boa parte do tempo que estive preso pensando nele. Só consegui dar uma olhada rápida antes que ele desaparecesse na passagem, mas não me pareceu familiar. Vestia-se de maneira aristocrática, é claro, tinha por volta de 30 anos, possivelmente um pouco mais alto que eu, cabelos castanho-claros.

Balancei a cabeça.

— Nunca o vi antes.

Mas o rei era persistente e perguntou:

— Mas você seria capaz de reconhecê-lo?

Pensei um pouco.

— Talvez.

— Talvez? — A mão de Cnut tremia. De raiva?

— Milorde — comecei, tentando não parecer descarado demais. — Eu estava lutando por minha vida. Para dizer a verdade, estava mais preocupado com a espada de meu atacante do que tentando me lembrar dos rostos das pessoas.

Recebi um olhar severo seu. Atrás do rei, vi o sorriso de Thorkell. Quem sabe, por ser ele próprio um guerreiro experiente, acreditasse que o rei deveria ter esperado tal resposta. Afinal, Cnut tivera sua cota de batalhas. Um guerreiro sabe que um homem cuja atenção se desvia enquanto luta pela própria vida morre.

— E o homem morto? — perguntou o rei.

Virei-me para Winston, que balançou sutilmente a cabeça. Teria ele de fato balançado a cabeça? Olhei confuso, mas, com certeza, seguiu-se um aceno. Engoli minha surpresa e observei os outros em volta, que me encaravam, curiosos por ouvir minha resposta. Ninguém pareceu ter notado o aceno de Winston. Então tomei uma inspiração profunda, soprei o ar e menti:

— Também não o conheço, senhor.

Esperei que Winston soubesse o que estava fazendo. Tivemos um breve contato visual e seus lábios se curvaram num leve sorriso. Eu tentava interpretar aquele sorriso quando o rei falou, suas palavras soando ameaçadoras:

— Você tem um dia, Winston, o saxão. Um dia.

Godskalk me devolveu minha espada ao sairmos da sala do trono.

Capítulo 28

Eu lutava contra a fome, a surpresa e a curiosidade, mas antes de conseguir expressar qualquer uma dessas sensações, Winston já tinha imposto uma vantagem de vários passos sobre mim, e eu tive de correr para alcançá-lo.

— Você quer... — comecei a perguntar.

Ele me lançou um olhar crítico e disse apenas:

— Não.

Estaquei. Winston correu à minha frente, sem jamais virar a cabeça para ver se eu o acompanhava. Quando desapareceu atrás de uma esquina, percebi que só havia uma coisa a fazer. Minha raiva aumentando continuamente, eu o segui.

A taverna de Alfilda estava em silêncio quando cheguei à porta. As únicas pessoas eram dois vikings que acertavam a conta com Emma e seu lindo colo sobre o decote, e Baldwin, chefe da contabilidade. Este acenou para mim, bocejou ruidosamente e se levantou no momento em que Emma trancou a porta depois da saída dos vikings. Dizendo um calmo "boa-noite", Baldwin saiu pela porta dos fundos que levava aos quartos da estalagem. Só ficamos Winston e eu na taverna.

Meu companheiro sentou-se no local mais distante da porta da frente. Duas canecas cheias já esperavam sobre a mesa, e quando eu me sentei à sua frente, Alfilda apareceu com uma tigela fumegante, que colocou diante de mim.

— Aposto que ninguém alimentou você — disse ela.

Olhei-a com uma expressão de gratidão e ataquei o ensopado, que estava com bastante carne e temperado com cebolas. Um maravilhoso pão de centeio era perfeito para encharcar no molho que o acompanhava.

Comi durante muito tempo. Antes de assumir o trabalho com Winston, houve dias em que eu aliviava minha fome enchendo a barriga com água do regato, que me satisfazia por pouco tempo até que a fome começasse a me rasgar as entranhas. Winston e eu vínhamos comendo tão bem que eu tinha perdido a prática de sentir fome.

Finalmente empurrei a tigela vazia, engoli a última fatia de pão, arrotei nas costas da mão e lancei um olhar benevolente para nossa estalajadeira. Quando meu estômago se encheu, minha raiva passou.

Alfilda, que aparentemente tinha mandado a empregada para cama, pegou minha tigela vazia, colocou-a na pia cheia de água e então voltou para recolher as canecas vazias.

Trouxe-as cheias de cerveja e se sentou tranquilamente ao lado de Winston, que girava a caneca entre as mãos com tanta velocidade que espirrava cerveja. Ele então afastou a bebida e me olhou pela primeira vez.

— Então. Estávamos enganados — disse ele.

Pelo menos ele reconheceu o "nós" que estava na frase. Mas por que queria falar sobre aquilo agora, e não antes?

— Antes havia gente em volta — disse ele, pressentindo minha pergunta. Parecia achar graça em minha raiva. — No futuro só conversaremos quando tivermos certeza de que ninguém possa nos ouvir.

Notei que essa regra não se aplicava a Alfilda.

Winston bebeu e continuou:

— A situação não é tão simples como parecia. Essa conspiração envolve saxões e dinamarqueses?

Como se eu pudesse responder isso! Além do mais, tinha minhas próprias perguntas. Olhei para Alfilda, que se inclinava sobre Winston de forma a estarem ombro a ombro.

— Você esteve pintando? — perguntei a ele.

Notei que os cantos de sua boca tremeram.

— Há tempos descobri que penso melhor quando pinto. Então, sim, estive pintando.

Meio sem jeito, ele buscou um rolo numa prateleira atrás de si e me entregou o objeto. Desatei a fita e observei o pergaminho se desenrolar. Era uma pintura do rei, igualzinho ao de carne viva. Eu me senti desconfortável. Não me parecia natural alguém ser capaz de reconstruir um ser humano em proporção tão reduzida assim. Eu quase esperava ver o minúsculo Cnut começando a falar e andar pelo papel. Devolvi o rolo a Winston.

— E você diria que foi o caso de hoje? — perguntei.

Ele pareceu confuso.

— Você conseguiu pensar bastante enquanto pintava hoje? — expliquei.

— Ah, claro. Bem, eu tive ajuda também.

Então foi a minha vez de ficar confuso. Winston olhou para Alfilda.

— Você não estava aqui, mas nossa anfitriã teve a bondade de me ouvir. E me ajudou.

Quem havia batido a porta na minha cara? E quem tinha me mandado embora? E agora ele me censurava por não estar com ele? Abri a boca para lhe dizer algumas verdades, mas ele me interrompeu erguendo a mão.

— Não me censure por coisas que não entende — alertou Winston.

— Que diabos você quer dizer com isso? — Um chiado provocado pela raiva ressoava em meus ouvidos.

Ele suspirou, mas era óbvio que eu achava que merecia uma explicação.

— Você viu o retrato do rei — disse ele. — De quem é a responsabilidade por ele?

De que diabos esse homem estava falando?

— Que responsabilidade? — Meus olhos estavam arregalados de confusão.

— Quando o lavrador rasga um sulco torto, o patrão pode censurá-lo. Quando há um defeito no casco de um navio, o mestre construtor pode pôr a culpa no carpinteiro. Quando a parede de uma casa cai, o mestre de obras pode admoestar o pedreiro. Quando a parede de escudos se rende, o conde pode culpar os soldados. Mas, se um desenho não sai como deve sair, o pintor só tem a si mesmo para culpar. Então, toda pintura que eu faço é um teste da minha própria força.

"E vivo da mesma forma como pinto. Você acha que eu o mandei sair por querer você longe."

— Uma suposição razoável — interrompi-o, amuado.

— É onde você se engana. Eu mandei você sair para poder ficar sozinho. Para que eu pudesse examinar esse caso como se fosse uma pintura que tivesse de criar. E enquanto pintava, examinei novamente o caso.

Aquilo não fazia sentido. Ele não tinha acabado de dizer que Alfilda o tinha ajudado?

— É verdade — disse Winston, parecendo saber o que eu pensava. — Embora eu pinte sozinho, percebi que não posso fazer tudo sozinho. No caso dessa investigação, por exemplo, você e eu precisamos um do outro.

— Bem, você podia ter ido me procurar, não é? — retorqui.

Não consegui interpretar o olhar que ele me deu.

— Poderia, mas Alfilda estava aqui. Eu não sabia onde você estava.

— Estava trancado numa cela — declarei, irritado.

— Fui procurar você no momento em que fiquei sabendo — defendeu-se Winston.

— Bem, você certamente não teve pressa — queixei-me, olhando-o irritado. Ele me lançou um sorriso fugaz.

— O rei me fez esperar. Estava ocupado com "coisas mais importantes" — retrucou ele, piscando para mim. — Mas fiz bom uso do tempo enquanto esperava.

Alternei entre uma raiva persistente pela insinuação arrogante de que havia coisas que eu não compreendia e a curiosidade acerca do que ele estivera fazendo. Finalmente, assenti e disse:

— Então. Desembuche.

— Godskalk me chamou e informou que você havia sido levado sob custódia e o porquê. Exigi falar com você, o que não me permitiram. Então exigi ser levado ao rei, mas fui informado de que Cnut me receberia tão logo terminasse o que estava fazendo. E quando Baldwin entrou na sala do trono, descobri o que estava acontecendo. Decidi fazer bom uso de meu tempo e ignorei Godskalk, que a princípio tentou me reter na sala do trono, e exigi que ele me conduzisse até onde estava o corpo do homem que você havia matado. Fiquei muito surpreso por tê-lo reconhecido.

Estremeci na cadeira.

— Você não tinha adivinhado que era outro daqueles malditos vikings da aldeia? — perguntei.

— Como eu iria adivinhar? — Winston pareceu insatisfeito.

262

— Sim, talvez não tivesse como. Mas depois você o reconheceu, assim como eu. Então, o que eu não entendo... — Fiquei em silêncio pensando no que dizer em seguida, mas eu ainda não via uma explicação para o fato de Winston querer que eu mentisse a respeito daquilo. — Por que você não quis que eu dissesse ao rei que tinha reconhecido o homem?

— Ah — falou Winston, recostando-se e então parecendo muito satisfeito consigo mesmo. — Você já considerou a possibilidade de que quando os vikings atacaram, não somente uma vez, mas duas, talvez *você* fosse o alvo procurado?

— Bem, claro... — Contei a ele a minha nova teoria de que o machado do primeiro viking não procurava Frida, mas a mim.

— Tive exatamente a mesma ideia hoje quando estava lá olhando aquele corpo — disse Winston.

— Na verdade até pedi que chamassem você — continuei. — Porque, se eu estou em perigo, você também está.

— Razão pela qual você devia se calar — disse Winston, fazendo sim com a cabeça.

Ergui as sobrancelhas.

— Lembra-se do que disseram quando você perguntou àqueles bandidos na aldeia quem era o senhor deles?

Como se eu pudesse esquecer uma coisa dessas.

— O jarl Thorkell — respondi.

— E quem estava sentado na sala do trono?

— Mas quando os vikings disseram serem homens de Thorkell, não acreditamos. Bem, pelo menos eu não acreditei. Estavam apenas usando o nome do conde para me fazer calar — falei.

— Hmm — disse Winston, dando uma risadinha. — Notei que você não cumpriu a promessa de mencioná-los a Thorkell. — Winston ficou sério de repente. — Mas e se eles estivessem falando a verdade? Talvez eles realmente *fossem* homens de Thorkell. Não como guerreiros leais, eram muito maltrapilhos para tanto, mas talvez sejam contratados para fazer o trabalho sujo. O jarl deve ter muitas atribuições desagradáveis para as quais necessite de assistência, assim, quem sabe eles sejam colaboradores voluntários que ele use para trabalhos desse tipo.

— Se isso for verdade, então Thorkell está envolvido nisso tudo. Winston concordou com a cabeça.

— E nesse caso seria fenomenalmente estúpido deixar que ele soubesse que reconhecemos seus carrascos.

Uma das coisas que eu havia pensado na cela, e comentava agora, era que Winston e eu estávamos errados ao supor que a questão era puramente saxã.

— Tive a mesma ideia enquanto estava pintando — disse Winston, olhando-me com aprovação. — Eu já tinha dito isso a você, não tinha? Que estávamos errados.

— Mas você realmente pensa que Thorkell, o conde mais leal ao rei, esteja envolvido? — perguntei. Não me parecia provável.

— Leal? — Winston deu de ombros ceticamente. — O conde mais poderoso, sem dúvida. Mas seria sábio da parte de Cnut não depositar muita fé em Thorkell. Há poucos anos ele era o viking mais poderoso na Inglaterra. Tenho certeza de que ele ainda se lembra disso. E Thorkell nunca tentou esconder sua disposição de servir a quem quer que lhe trouxesse mais benefícios. Thorkell foi leal a Ethelred, por exemplo, porém só até pensar que Cnut seria melhor como senhor, ou alguém capaz de lhe trazer mais riquezas e poder.

As palavras de Winston faziam sentido. Tal como tantos outros senhores da guerra, Thorkell simplesmente mudava de lado quando isso atendia a seus propósitos.

— Então ele está envolvido? — perguntei.

— De qualquer forma, seria mais sábio não desprezar essa possibilidade.

— Por outro lado, se Thorkell decidiu que seu futuro é ao lado de Cnut, então o homem do machado e seus companheiros deviam estar mentindo.

— E, nesse caso, não haveria problema em informar que os tínhamos reconhecido — disse Winston.

Olhei Alfilda, que estava sentada em silêncio ao lado de Winston. Calada, mas claramente alerta.

— Nossa anfitriã o ajudou, você disse? — perguntei.

Winston pôs a mão sobre a dela.

— Alfilda me ouviu durante muito tempo enquanto eu examinava tudo que aconteceu desde a nossa primeira audiência com o rei. Eu queria analisar tudo em contexto, e pensei em voz alta enquanto pintava.

— Então ela ouviu o que você dizia. Isso eu entendi — comentei. Mas era evidente que eu não fora entendido. O que queria saber era *como* Alfilda ajudara. — Mas você disse que ela o ajudou.

Ele sorriu para mim.

— Alfilda me mostrou que só um dos assassinatos é importante.

— O de Osfrid, é claro — afirmei.

Outro sorriso complacente, que me irritou até eu perceber que ele estava tolerando suas próprias falhas, e não somente as minhas.

— Não — disse Winston. — O importante é a *razão* pela qual ele teve de ser assassinado. Quando soubermos isso, saberemos quem é o assassino.

Bem, se a morte de Osfrid não era a mais importante, qual seria? Não poderia ser a do soldado com machado do dia anterior nem a de seu companheiro de hoje mais cedo. O que só deixava uma possibilidade.

— Horik?

— É, Horik, que estava com seu senhor, Osfrid, no dia em que ele foi assassinado. Então, por que Horik foi assassinado?

— Porque viu o assassino? — sugeri, mordendo o lábio.

— É uma suposição segura — disse Winston, bocejando de repente. — Mas, como bem disse Alfilda mais cedo, existe uma coisa ainda mais importante que a morte de Horik.

Winston fez uma pausa e me deu um olhar de incentivo, esperando que eu dissesse o que era essa coisa. Dei de ombros, irritado. Então, de repente, me ocorreu, e eu entendi o que Alfilda tinha descoberto.

— Quem sabia que nós estávamos procurando por Horik?

— Exatamente! — disse Winston, com uma expressão triunfante. — Eu sou um idiota. Não vi esse detalhe oculto no meio do todo. Tonild e padre Egbert eram os únicos que sabiam que estávamos interessados em Horik.

— Frida também sabia — fui forçado a dizer.

— Uma simples serviçal — zombou Winston. — Ela não fazia a menor ideia da razão pela qual estávamos perguntando sobre Horik. Frida poderia ter ordenado que ele fosse assassinado?

— Nós pedimos a Godskalk para manter os olhos abertos para Horik — lembrei-lhe.

— Então você está sugerindo que um guarda do rei o matou? — Winston parecia se divertir.

— Godskalk mandou seus homens perguntarem por Horik. Não me lembro de termos mencionado que não deviam dizer que éramos você e eu os interessados em falar com Horik.

— Você tem razão — disse Winston, mordendo o lábio. — Mas acho que Alfilda está olhando na direção certa. — Winston encarou-a amorosamente. — Guardas sabem perguntar por um homem sem revelar muita coisa. Amanhã vamos procurar as pegadas que devem ir da tenda de Tonild até a pilha de esterco onde o corpo de Horik foi encontrado.

Winston levantou-se, bocejou e disse:

— Vou dar uma mijada.

Eu também estava cansado. Mas havia uma coisa que ainda tinha de ser dita.

— Aqueles vikings tinham mais amigos — lembrei a Winston.

— Sim, e presumivelmente também tentarão nos matar se receberem ordens para tal — disse ele, virando-se na porta. — Nenhum de nós vai sair de perto do outro amanhã, e você vai se certificar de que sua espada esteja a postos.

Capítulo 29

Naquela noite, dormi como uma pedra. Winston ainda não estava no quarto quando fui me deitar, e eu estava tão cansado que nem vi quando ele veio dormir, nem ouvi seus malditos roncos. Acordei sozinho na cama, enrolado no cobertor, mas o encontrei à nossa mesa de sempre na taverna, onde me saudou parecendo tão bem-disposto quanto eu.

Alfilda e Emma se ocupavam distribuindo tigelas de mingau e canecas e logo eu mesmo estava comendo mingau misturado com pedaços de bacon. Ajudei a digestão com cerveja adoçada com mel, tão quente que ia queimando até chegar no estômago.

Aparentemente Winston acabara de comer uma boa porção. Não havia uma tigela à sua frente, e sua caneca estava quase vazia. Enquanto eu fazia o desjejum, ele se sentava confortavelmente no banco, recostando-se na parede, relaxando e olhando o salão. Seu assovio me irritava, mas me contive para não começar esse dia importante com o pé esquerdo.

Lambi minha colher e deixei-a cair na tigela de barro com um ruído surdo. Empurrei-a e me sentei com as costas eretas.

— Então, vamos rever nossa viúva saxã favorita? — perguntei.

Winston afastou o olhar de Alfilda, que acabara de colocar uma tigela diante do mestre de contas.

— É onde começa o rastro — respondeu ele.

— É o nosso último dia — disse eu, achando que seria melhor lembrá-lo, caso estivesse pensando em passar o tempo inteiro pintando.

— Então é melhor nos ocuparmos — retorquiu ele.

Quando saímos para a rua, instintivamente deixei cair a mão no cabo da espada e puxei levemente a arma. Ela se moveu com facilidade na bainha, como Winston sugerira que deveria ser.

O acampamento estava estranhamente silencioso. Não que as ruas de pedestres que atravessavam a campina estivessem menos apinhadas, que houvesse menos pessoas nas barracas ou menos guardas diante das tendas dos nobres. Só que, ao contrário do dia anterior, não havia as procissões de nobres chegando com suas comitivas, nem gritos dos homens armando as tendas e fechando os cercados de cavalos. Todos que tinham direito de comparecer ao congresso conjunto do Witenagemot e da Assembleia Dinamarquesa já tinham chegado e esperavam a manhã do dia seguinte.

Encontramos a tenda, mas fomos contidos por um guarda assim que entramos no cercado de corda estendido para separar as áreas públicas do acampamento da residência temporária de Tonild.

— Tenho assuntos a tratar com Tonild, a viúva de Osfrid — disse Winston, muito tranquilo. Meu braço direito cruzava o abdome para que minha mão ficasse perto do punho da espada.

— Minha senhora não deseja falar contigo — disse, semicerrando os olhos para mim, o guarda com um forte sotaque cuja origem tive dificuldade em identificar.

Winston endireitou a postura de forma que sua cabeça ficou da altura de meu ombro. Os olhos azuis eram resolutos e a voz firme ao dizer:

— O que Lady Tonild deseja não tem importância. Diga-lhe que vou forçar minha entrada se ela não me permitir entrar.

Os olhos do guarda se voltaram para mim. Ele abriu a boca num sorriso arrogante e inclinou levemente a cabeça para a porta da tenda.

— O senhor vai forçar sua entrada? — perguntou, incrédulo.

Winston esperou até que quatro colegas do guarda se aproximassem para lhe dar apoio.

— Você vai precisar de mais alguns homens para resistir a uma dúzia de guardas do rei — disse Winston.

— O senhor é saxão — afirmou Lorde Olhos Semicerrados, franzindo o cenho. — O senhor não tem nenhuma influência sobre os guardas do rei. — Sua voz foi ficando mais forte à medida que falava, como se estivesse se convencendo das próprias palavras.

— Estou aqui em nome do rei — disse Winston sem levantar o tom de voz. — Leve a minha mensagem à sua senhora ou se prepare para enfrentar os guardas, bem como a ira do rei.

O guarda decidiu aquiescer. Depois de ordenar ao colega para ficar de olho em nós, Lorde Olhos Semicerrados desapareceu pela porta da tenda. Esperamos um pouco. Os quatro guardas se mantiveram em silêncio e com os rostos imóveis, uma muralha entre nós e a tenda. Winston olhou para a grama enquanto eu esquadrinhava a área em volta. Não vi o que estava procurando.

Finalmente a aba da tenda foi afastada e o guarda saiu. Fez um sinal para que nos aproximássemos. Quando avançamos até a porta, o padre saiu e começou a se afastar depois de um cumprimento breve na nossa direção.

— Gostaria que o senhor ficasse, padre Egbert — disse Winston, parando na entrada.

— Infelizmente não posso — respondeu o padre, embora nada em seu rosto sugerisse que ele achasse isso ruim.

— Halfdan! — gritou Winston.

— Meu companheiro expressou um pedido. Agora estou dando uma ordem — falei, colocando a mão no braço do padre.

Lorde Olhos Semicerrados deu um passo à frente, mas parou quando eu declarei com toda firmeza:

— Eu também estou agindo em nome do rei.

O padre tentou soltar o braço, mas desistiu quando apertei com mais força. Fixei os olhos no guarda, que finalmente deu de ombros, resignado, e se afastou para o lado. O padre Egbert deixou de resistir quando percebeu que ninguém lutaria por ele e permitiu que eu o levasse de volta até a tenda.

Tonild nos esperava sentada numa cadeira no meio da tenda, onde ficara o féretro de Osfrid dois dias antes. Estava sozinha a não ser por uma moça sentada nas sombras junto à parede da tenda, uma "moça" que, para meu desapontamento, tinha cabelos escuros e era mais velha que Winston.

Tonild arregalou os olhos quando viu que o padre estava conosco, mas não disse nada. Seu olhar nos seguiu indiferente quando cruzamos o tapete de grama e nos aproximamos dela. Só abriu a boca depois que a cumprimentamos com mesuras educadas.

— Você está impondo sua presença a mim, Winston — disse Tonild, um tanto rabugenta.

— *Impondo* é uma palavra pesada para se usar em relação a alguém que está aqui em nome do rei — replicou ele, com voz suave.

Os dois se encararam por um momento. Tonild foi a primeira a desviar o olhar.

— A senhora pretende comparecer ao Witenagemot, milady? — perguntou Winston, ainda em tom suave.

— Ao Witenagemot? — repetiu Tonild, claramente confusa. — Desde quando mulheres têm assento no Witenagemot?

— E mesmo assim a senhora ainda está em Oxford — observou Winston, as sobrancelhas elevadas. A arrogância brilhou nos olhos dela.

— Meu marido foi assassinado! Você pensou que eu iria embora antes de saber o nome do assassino?

— Bem, a senhora gostaria de conhecer a identidade dele? — indagou Winston.

Tonild começou a se levantar. Estava com a boca aberta. Os olhos expressavam um toque de incerteza.

— Gostaria? É claro que eu gostaria de saber quem o matou.

Winston olhou para ela e para o padre, e perguntou:

— Por quê?

Tonild era o retrato da incerteza e da confusão.

— Por quê? *Por que* eu quero saber quem matou o meu marido? Você está louco?

— Por quê? A senhora deseja vingança? A *wergeld*? Ou só saber a verdade? — continuou Winston com toda calma.

— Eu... eu... A verdade, é claro.

— Então ela é mais importante para a senhora do que a *wergeld*? — perguntou ele.

Eu tentava entender aonde Winston queria chegar com aquelas perguntas. Toda aquela conversa estava nos aproximando do que acontecera a Horik?

— A... verdade... — Tonild se sentou e soltou o ar lentamente. — É claro que eu quero a verdade. Meu marido era um homem bom e poderoso, e não deve permanecer no túmulo sem vingança. A verdade nos trará o assassino. Quando soubermos quem foi, saberemos se ele pode pagar a *wergeld* ou se minha família será forçada a buscar vingança de alguma outra forma.

— Sua família, sim — disse Winston, os olhos se estreitando. — Seu irmão, Ranulf, a quem Osfrid negou o direito à terra tradicional da família. Um homem que ficou sem ver a senhora por...

quantos anos, mesmo? Que não a procurou até seu marido estar morto? A senhora quer dizer que Ranulf será aquele quem buscará vingança? Ou a senhora tem outros parentes?

Os olhos de Tonild estavam tristes e não mostravam nenhum traço de arrogância.

— Não — admitiu.

— O seu irmão Ranulf — continuou Winston — é alguém que tinha boas razões para querer Osfrid morto.

— Ranulf jamais mataria alguém em segredo — exclamou Tonild contrariada, levantando-se para dar mais peso a seu protesto.

— Não — disse Winston. — Poucos matariam. Ainda assim alguém o fez.

— Não o meu irmão — disse Tonild, tornando a se sentar pesadamente.

— A senhora diz querer saber a verdade. E ainda assim se recusa a me receber, um dos homens com a tarefa de descobrir quem cometeu o assassinato.

Winston puxou o nariz, mas Tonild não disse nada enquanto seus olhos saltavam de Winston para mim. Percebi com alguma surpresa que o que eu interpretara como arrogância era, na verdade, medo. E compreendi a razão do medo dela antes mesmo de Winston continuar.

— Porque a senhora tem medo de que Ranulf *seja* o assassino — acrescentou ele com delicadeza, o que talvez explique por que os olhos de Tonild de repente se encheram de lágrimas. — A senhora tem medo da verdade, Lady Tonild. Tem medo de enfrentá-la diretamente. — Winston continuou a falar como se dirigindo-se a uma criança. — Mas sem dúvida o padre Egbert vai concordar comigo que a verdade, por mais terrível que seja, é a única coisa capaz de libertar a senhora.

Winston fez uma pausa e me lançou um olhar que essencialmente significava *continue calado, Halfdan.*

Durante algum tempo, a única coisa que ouvíamos no silêncio que se instalou sobre nós era nossa respiração. Então um soluço suave o interrompeu. Padre Egbert deu um passo em direção à sua senhora, mas foi parado pelo braço estendido de Winston. Ficamos em silêncio, esperando passarem os soluços.

— Veja, minha senhora — disse Winston firme, mas devagar —, a verdade pode lhe fazer mal se seu medo se revelar justificado. Porém, se nunca descobrir a verdade, a dúvida será mais do que poderá tolerar. Se eu puder mostrar que o assassino de seu marido é outra pessoa que não seu irmão, a senhora poderá respirar mais aliviada. Se eu descobrir que foi seu irmão, a senhora viverá num inferno aparentemente insuportável, por algum tempo. Mas se nunca souber a verdade, terá de viver na incerteza pelo resto da vida, perguntando-se *meu irmão matou meu marido?* Assim, no pior dos casos, o que estou oferecendo à senhora é um desespero profundo, mas finito, em vez de um inferno pela vida inteira.

O silêncio recaiu outra vez sobre o grupo. Apesar de eu ver os lábios do padre se moverem, ele continuou em silêncio. O olhar de Winston focalizou Tonild atentamente. As mãos dela cobriam seus olhos.

Finalmente a viúva do nobre endireitou as costas, enxugou as pálpebras com as costas das mãos, e olhou diretamente nos olhos de Winston.

— E você pode me dar a verdade? — perguntou ela.

— Finalmente eu posso descobri-la, se a senhora se dispuser a me ajudar — disse ele, puxando outra vez o nariz.

Tonild fitou o padre Egbert, que até aquele ponto não pronunciara uma única palavra, e depois voltou a olhar para Winston.

— E você espera que eu acredite em alguém como você, que está sendo pago pelo rei? — perguntou ela com ceticismo.

— A senhora não tem outra escolha que não acreditar em mim, pois sou sua única chance de descobrir a verdade — disse de forma firme e clara.

Tonild olhou para mim, e tentei audaciosamente retribuir o olhar, como um homem que era parte daquela única chance.

— Tudo bem — cedeu ela. — O que deseja saber?

Capítulo 30

— *P*rimeiro eu gostaria de saber por que seu marido e seu irmão se desentenderam — disse Winston.

Estávamos sentados a uma mesa bem no fundo da tenda. Um mensageiro tinha ido buscar cerveja para nós e uma jarra de vinho para Tonild. A viúva estava sentada na cabeceira, olhos secos, o retrato de uma anfitriã simpática.

Eu também estava feliz. Frida fora promovida na véspera e agora servia as mesas para Tonild. Ela obviamente não tinha ideia de quem eram os convidados de sua senhora e, como eu estava sentado com o rosto escondido nas sombras, ao me servir mais cerveja, ela supôs que eu era apenas mais um nobre desconhecido. Quando belisquei suas belas nádegas, ela soltou um gritinho involuntário, que provocou um olhar irritado de Tonild. Quando, depois do beliscão, fiz uma carícia naquelas nádegas deliciosas, ela se afastou, mas parou ao reconhecer minha voz.

— Você podia ao menos dizer olá ao homem que salvou sua vida, Frida — provoquei-a.

Seus olhos demonstravam raiva, mas ela sorriu e me mandou um beijo quando a aba da tenda se fechava atrás dela.

— Meu irmão acha que Osfrid trapaceou para pôr as mãos nas terras e propriedades que sempre foram a sede de nossa família

— disse Tonild, sorvendo um pouco de vinho e deixando na mesa o cálice incrustado de pedras vermelhas e verdes.

Olhei para Winston e percebi que ele também notara as palavras que ela escolhera.

— E a senhora *não* pensa assim? — Winston empurrou sua caneca.

— Trapaça? Não — disse Tonild com um suspiro. — O rei deu a terra a Osfrid antes de Ranulf ter jurado lealdade a Cnut. Na verdade, Cnut nos ofereceu a terra no dia de nosso casamento, em minha honra, e na de Osfrid.

Lembrei-me de que Osfrid e Tonild tinham se casado no mesmo dia em que Edmund e Cnut selaram seu grande pacto.

— O que Ranulf entendeu, suponho? — perguntou Winston.

Tonild balançou a cabeça em negativa e Winston acenou a sua num gesto de entendimento.

— Meu irmão teve mais sorte que muitos. Quando nosso pai foi morto, ele percebeu, como tantos outros filhos de nobres que de repente se viram órfãos naquele ano, que só havia uma saída. Correu ao rei, jurou-lhe lealdade e recebeu uma parte das terras e propriedades possuídas por meu pai, bem como a promessa de que teria mais se servisse fielmente ao rei. Cnut já demonstrara seu punho de ferro e Ranulf entendeu a mensagem do rei, que tem um modo eficaz de fidelizar os jovens nobres saxões por meio de presentes caros.

Acenei para ela com aprovação. Tonild tinha razão. Ela sorveu mais um gole e continuou.

— Ranulf é corajoso, leal e ambicioso, e desde então Cnut lhe ofereceu mais terras por sua lealdade. Mas meu irmão também é orgulhoso e vê como derrota o fato de a propriedade mais antiga e cara da família não ser sua. Ele então enfiou na cabeça que Osfrid passara a possuir o que devia ser dele por direito e os dois trocaram palavras duras.

— Sim, como quando Osfrid ofereceu dar ao primogênito que tivesse com você o nome de Ranulf. Caramba! — exclamei.

Winston me lançou um olhar de censura, mas não me importei. Um pintor saxão não é capaz de perceber o peso de um insulto como aquele, mas, como aristocrata de berço, senti nos ossos como eu teria reagido a tal afronta.

— Boato! — contestou Tonild, com a voz engasgada, e arregalou os olhos.

— Não de acordo com seu irmão — retorqui.

— Meu irmão ouve o que quer ouvir. Eu estava presente quando ele e Osfrid se falaram. Ranulf disse que a propriedade sempre havia sido possuída por alguém chamado Ranulf, mas no fim aceitou o fato de o direito de Osfrid prevalecer, pois a terra fora dada a ele pelo rei. Nesse ponto Osfrid admitiu que talvez não tivesse filhos antes de morrer, dada a sua idade. E concluiu dizendo que então a propriedade passaria a mim e eu seria livre para dá-la ao meu irmão.

Winston e eu nos olhamos surpresos.

— A senhora quer dizer que seu irmão está afirmando o *oposto* do que foi realmente dito? — perguntou Winston.

Tonild fez que sim com a cabeça.

— Os olhos, ouvidos e coração de meu irmão estão selados com piche quanto se trata dessa questão. Ele vê, ouve e sente o que quer.

Winston e eu voltamos a nos entreolhar, e eu sabia que ele estava pensando o mesmo que eu: *Ela não acabara de dar ao próprio irmão um motivo para matar Osfrid?* Talvez.

— Mas Ranulf não o matou! — A voz de Tonild foi tomada por paixão.

Winston e eu olhamos para ela.

— Não matou? — Notei um vestígio de ceticismo na voz de Winston.

— Não — respondeu Tonild, balançando a cabeça. — Ranulf é tudo o que eu disse, mas também é honesto. A ideia de assassinar traiçoeiramente, mesmo um inimigo, é completamente estranha a ele.

— Vou fazer o máximo que puder, minha senhora, para provar que está certa — disse Winston.

O que, na minha opinião, foi uma promessa um tanto apressada.

Olhei de Winston, sentado e perdido nos próprios pensamentos, para o padre, em silêncio desde que tínhamos entrado na tenda e então para Tonild, também sentada, orgulhosa e calada, com olhos brilhantes, mas secos.

Finalmente Winston puxou para si a caneca e bebeu. Expirou lentamente.

— Agora queremos saber com quem Osfrid foi se encontrar no dia em que foi assassinado — insistiu Winston.

— Isso nós não sabemos — disse Egbert, falando pela primeira vez.

Winston replicou de maneira seca:

— É difícil acreditar nisso.

— Ainda assim, é a verdade — afirmou Tonild, inclinando-se para a frente com um suspiro. — Você não percebe que sabemos da importância disso? Se eu soubesse, meus soldados já teriam feito uma visita a tal pessoa há muito tempo.

Tive de dar crédito a Tonild. Estava tão disposta quanto o irmão a defender a honra da família, ou quanto estaria qualquer outro nobre saxão.

— Osfrid deve ter deixado uma pista do lugar para onde ele ia, mesmo que não fosse explícito — sugeri, mantendo os olhos em Tonild enquanto erguia minha caneca e bebia, mas ela apenas balançou a cabeça com tristeza.

— Quem a senhora acredita que ele estava indo ver? — Winston se inclinou para a frente na cadeira.

Tonild deu de ombros e olhou para o padre Egbert, que respondeu não fazer a menor ideia e que ambos já haviam parado para pensar na questão.

Winston fez um som que parecia o vento soprando através do capim seco.

— De quem Osfrid era mais próximo? — perguntou ele.

— De ninguém — disse Tonild. — Osfrid sempre afirmou que um nobre tem de manter a palavra, os acordos e as boas relações com outros nobres, mas nunca deixou ninguém se aproximar dele por acreditar que assim estaria exposto a traições e deslealdades.

Uma boa regra de vida, pensei, que outros nobres deveriam seguir. Mas Tonild estava enganada quanto a uma coisa: Osfrid deixara ao menos uma pessoa se aproximar dele.

— Alguém veio visitar Osfrid? — perguntou Winston, puxando o nariz com tanta força que parecia estar tentando arrancá-lo.

Tonild negou com a cabeça.

— Ele já tinha saído do acampamento antes? — indagou Winston.

— Tínhamos chegado exatamente naquele dia — informou-nos Tonild.

— O filho de Osfrid morreu como refém de Cnut? — Winston agora só alisava o nariz.

Tonild concordou novamente.

— Então Osfrid via o rei como seu inimigo? — perguntou Winston.

— Não — disse Tonild. — Osfrid entendia que ninguém podia ser culpado pelo que acontecera, a não ser por terem deixado de vigiar o menino atentamente. Osfrid exigira que o rei pagasse a *wergeld*, é claro. Meu marido era um homem obediente às leis, e é isso que um homem obediente faz. O rei não quis pagar e Osfrid ficou com raiva. Porém era inimigo do rei? Não. Além do mais,

Osfrid era inteligente o bastante para saber que se discordasse abertamente do rei, o rei seria vencedor.

— Abertamente, sim — falou Winston. — Mas e se fosse em segredo? Osfrid teria participado deliberadamente de uma conspiração, se os conspiradores juntos fossem fortes o bastante para derrubar o rei?

— Meu marido era um homem honesto. Eu não disse que ele acreditava em manter seus juramentos? — retrucou Tonild com fervor.

Tal linha de pensamento é precisamente a razão pela qual as traições sempre têm sucesso. Elas são cometidas por homens honestos que fizeram juramentos. Porém eu não disse nada disso em voz alta.

— Por que vocês avisaram Horik e o mandaram embora quando eu quis falar com ele? — perguntou Winston.

Egbert engoliu em seco diante da pergunta direta.

— Nunca fiz tal coisa — disse o padre.

— Não? — Winston ergueu as sobrancelhas, cheio de suspeitas.

— Não — repetiu Egbert, a voz ficando aguda de repente na ansiedade de nos convencer. — Fui procurar Horik e o avisei que vocês queriam lhe falar. Ele me mandou ir para o inferno. Eu implorei que ele viesse, pois Tonild seria prejudicada se não fizéssemos o possível para cooperar, mas ele praticamente saiu correndo e desapareceu.

— Você não nos disse isso em nossa outra visita — falou Winston, estudando cuidadosamente o padre, que enrubesceu.

— Não.

Do outro lado da mesa, franzi o cenho para Winston, mas ele não pareceu querer insistir no fato de o homem que acabava de enfatizar a importância da cooperação havia mentido por omissão. Em vez disso, olhou atentamente o padre e falou:

— Você disse que Horik foi rude. Ele estava com raiva, então?

— É... — começou Egbert, mas se interrompeu. Ele então continuou com voz firme. — Não. Não com raiva. Com medo.

Winston se limitou a assentir, como se essa fosse a resposta pela qual esperava. Depois caiu novamente no silêncio.

— Esse Horik tinha algum amigo de quem fosse mais próximo?

Tonild e Egbert se olharam e então balançaram a cabeça em negativa.

— Ele não era considerado muito simpático — disse Tonild. — Era encarregado por todos os guarda-costas de Osfrid. Ninguém gosta de ser censurado por negligenciar seus deveres ou perder tempo.

— Talvez houvesse uma mulher com quem Horik se relacionasse?

Agora os dois confirmaram.

— Hmm, havia, e uma criança — disse Egbert, obviamente ansioso por demonstrar boa vontade. — A mulher de Horik está na tenda que os dois dividiam nos fundos do acampamento.

Winston me olhou e se levantou.

— Leve-nos até ela.

Capítulo 31

A mulher de Horik se chamava Rowena. O bebê ainda não tinha nome. Ela o chamava simplesmente de "o menino". Um longo rasgão na aba da tenda, que corria do alto até uns 15 centímetros acima do chão, tinha sido remendado com o pedaço de um saco de cânhamo. Felizmente não estava chovendo.

Rowena ainda não tinha nem 20 anos. Apesar de muito atraente, parecia um pouco preocupada, o que supus ser o resultado da incerteza de estar de repente tão só no mundo. Suas tranças estavam desfeitas, havia fuligem na bochecha esquerda e, quando abriu a boca, vi que lhe faltava o dente inferior do meio.

Procurando tranquilizá-la, Egbert murmurou que ela não precisava ter medo, que tínhamos apenas algumas perguntas a lhe fazer.

— Que podem ajudar a encontrar o assassino de Horik — concluiu.

Ela nos olhou com os olhos arregalados, tirou o bebê do peito e colocou-o a seu lado numa pilha de roupas velhas.

— Obrigado, você pode ir — disse Winston ao padre, que hesitou, talvez querendo se opor.

Winston esperou até a aba ter se fechado atrás de Egbert, depois se agachou e estendeu a mão até o bebê, que agarrou seu dedo, balbuciando.

— Que menino bonito — disse ele, ajoelhando-se para fazer cócegas na barriga do bebê.

283

O rosto de Rowena se iluminou e ela estendeu o braço. Apoiou a mão na testa do pequenino e acariciou-a com dois dedos.

— Sinto muito por você estar agora sozinha — disse Winston.

Pensei que era uma coisa estranha a se dizer. Eu teria expressado minhas condolências pela morte do marido, mas acho que a opinião de Winston era diferente da minha. Suponho que ele estivesse considerando as dificuldades que aguardavam a moça no futuro.

Rowena fez uma pequena expressão de desagrado. Parecia pensar: *bem, essa é a minha vida agora.*

— Na noite em que Horik saiu com Osfrid, a noite em que o conde foi encontrar a morte — começou ele, olhando a moça para se certificar de que ela sabia de que noite estava falando. — Você sabe com quem eles iam se encontrar?

Ela negou com a cabeça.

— Horik não disse? Talvez tenha mencionado que ia a tal lugar, porque o nobre tinha de encontrar tal pessoa?

Outra negação com a cabeça.

— Talvez vocês não se falassem muito?

— Horik era um homem bom — disse Rowena, a voz agradável. A cadência de sua voz me lembrou o campo no verão.

— Claro que era, eu não quis dizer o contrário. Mas ele não era de falar muito? — A pergunta de Winston foi acompanhada por um sorriso fugaz.

Ela deu de ombros.

— E depois que Osfrid morreu, Horik disse alguma coisa?

Notei os olhos atentos de Winston sobre a moça.

— Ele disse que não foi culpa dele — disse Rowena.

Winston e eu nos entreolhamos.

— Claro que não — comentou Winston com voz tranquila. — Como poderia ser? Ele não estava com Osfrid quando aconteceu, estava?

284

Rowena então pareceu cautelosa.

— Não havia nada que Horik pudesse fazer.

— Não. Se houvesse, tenho certeza de que Osfrid ainda estaria vivo — disse Winston. — Mas onde estava Horik quando seu senhor foi morto? Eles saíram juntos, mas depois se separaram?

Rowena murmurou alguma coisa inaudível. Esperamos um pouco, e Winston pediu que ela repetisse um pouco mais alto.

— Ele estava bebendo cerveja com alguém — disse Rowena, que pareceu desafiadora ao continuar. — Mas o senhor foi quem lhe disse para fazer aquilo.

Winston e eu nos entreolhamos novamente.

— Tudo bem, então. Ele estava apenas cumprindo ordens — disse Winston com um sorriso tranquilizador. — Mas Osfrid não estava bebendo?

— Eles encontraram algumas pessoas, alguns homens. E então o Sr. Osfrid disse a Horik que ele devia se sentar e tomar uma cerveja com os soldados enquanto ele conversava com o senhor deles.

Abri a boca, mas a fechei logo em seguida. Provavelmente seria melhor deixar o interrogatório a cargo de Winston. Rowena parecia confiar nele. E então ele fez a pergunta que estava na ponta de minha língua:

— Então era um nobre e alguns de seus soldados?

Rowena fez que sim com a cabeça.

— E Horik bebeu com os soldados enquanto Osfrid saiu com o nobre?

Outro aceno de concordância. O bebê choramingou na pilha de trapos e ela estendeu o braço até ele, acariciando a barriga redonda para confortá-lo.

— Esse nobre era saxão? — perguntou Winston.

Rowena fez alguns sons tranquilizadores para o menino e só ergueu os olhos quando este pareceu calmo.

— Era — disse ela.

— Você tem certeza? — perguntei, incapaz de continuar mordendo a língua.

— Horik nunca deixaria seu senhor sozinho com um dinamarquês — esclareceu ela.

— Mas ele lhe disse que era um saxão? — perguntou Winston, dando-me um olhar pedindo silêncio.

— Talvez... — disse Rowena, tentando lembrar. — Ele disse... Ele disse que o senhor encontrou com algum conhecido.

Forcei-me a permanecer em silêncio, o que não foi difícil, pois Winston praticamente gritou:

— Alguém que ele conhecia? Você tem certeza?

Ela assentiu entusiasticamente.

— Alguém que ele conhecia. Não um amigo?

Ela balançou a cabeça em negativa.

— Hmm — disse Winston, olhando-me. Balancei a cabeça para indicar que não conseguia me lembrar de nenhuma outra pergunta. Porém, de repente uma surgiu e eu inquiri:

— Osfrid saiu voluntariamente com essa pessoa que conhecia? Eles pareciam amigos, ou pessoas que têm algum negócio a discutir?

Rowena pensou um momento, confirmando minha impressão de que ela não era boba nem estava particularmente ansiosa por nos agradar.

— Ele disse... — começou ela e fez uma pausa. Winston e eu ficamos de boca fechada e, ansiosos, a observamos. — Horik me disse que Osfrid falou: "Acho que vou ter de conversar com aquele desgraçado."

Escolha interessante de palavras: não babaca, mentiroso ou ladrão, mas *desgraçado*. Se ele falava a sério, nosso assassino era um sujeito desagradável. Se ele falava de brincadeira, poderia ter sido um amigo.

— Você nos ajudou muito, e acho que estamos mais perto do assassino de Horik. Ele disse alguma coisa sobre o que Osfrid e esse homem iam discutir? — perguntou Winston.

— Alguma coisa sobre Osfrid ter mudado de ideia — disse Rowena, franzindo o cenho.

— Mudou de ideia? Sobre o quê? — indagou Winston.

— Isso eu não sei — negou ela, balançando a cabeça. — Horik pensou que tinha alguma coisa a ver com um negócio, mas não fazia ideia de que tipo.

— Quando você viu Horik pela última vez ontem? — perguntou Winston.

— Ele veio me dizer que daria um pulo na cidade — respondeu Rowena.

— Ele disse por quê?

— Recebera uma mensagem de que alguém queria se encontrar com ele. Alguém que queria lhe dar uma recompensa.

E isso era tudo. Claro, ela não perguntara ao marido com quem ele se encontraria, mas já esperávamos isso. O assassino de Osfrid tinha medo de que Horik fosse capaz de juntar dois mais dois.

Mas então, de repente, me ocorreu que isso não fazia sentido. Horik tinha se exposto. Quando aparecemos no acampamento fazendo perguntas, ele percebeu que tinha duas opções: podia conversar conosco, ou deixar o assassino saber que seu silêncio podia ser comprado.

Ele escolheu a segunda e, ao fazê-lo, sentenciou sua própria morte.

— A lealdade de Horik a seu senhor morreu no momento em que morreu o senhor — resmunguei, indignado. Winston e eu estávamos sentados na grama fora do acampamento.

— Horik tinha obrigação de vingar a morte de Osfrid? — Winston estava com uma expressão de desagrado enquanto remoía as coisas. — Talvez. Ou a de garantir o futuro da mulher e do filho? Acho que Horik viu o mundo como ele é. Não demorará muito até que uma viúva jovem como Tonild se veja cercada de pretendentes. E quando ela se casar novamente, quais serão as chances de seu novo marido querer manter Horik como chefe de segurança? Um assassino certamente estaria disposto a pagar um bom dinheiro para comprar o silêncio de Horik, uma quantia suficiente para garantir por algum tempo o futuro da família dele.

— Bem, tirando o fato de que o assassino não tinha a intenção de lhe pagar nada. Só queria apagar os próprios rastros.

— O que Horik não tinha como saber — argumentou Winston, esticando-se e olhando o sol do fim da primavera, agora já bem quente. — Sabe, uma caneca de cerveja agora seria ótimo. Você não acha... — Ele fez um aceno na direção das tendas da cozinha.

Encontrei Frida com duas outras serviçais, que riram quando me aproximei por trás dela e passei meus braços por sua cintura. Ela se virou, baixando a colher de pau que segurava, e estava a ponto de me bater quando percebeu que era eu. Então, de maneira relutante, deixou que eu a beijasse. Porém logo percebi que sua relutância era fingida, pois seus lábios estavam macios e se abriram voluntariamente para os meus.

— Você é muito atrevido — disse ela, torcendo uma mecha de cabelo entre os dedos.

— Ora, tenho certeza de que elas já viram coisa pior — falei, piscando para as duas outras moças.

— Bobo! — exclamou ela, batendo no meu ombro com a colher de pau. — Isso é por hoje mais cedo. Você provocou a raiva da senhora.

— Mas também acertei as coisas depois — retruquei, sorrindo.

Depois de mais alguns beijos, eu estava de volta a Winston com duas canecas transbordando espuma. Frida dissera que quando terminássemos, bastava colocá-las junto ao arbusto de zimbro pois, de onde estava, ela via a silhueta de Winston na grama.

— Ou eu poderia devolvê-las e recompensar você pelas bebidas.

— Tenho de ir ao regato lavar os pratos — disse ela fazendo beicinho. — Deixe-as junto ao arbusto. Eu pego depois.

Depois de insistir com ela para tomar cuidado na margem do regato, fiz uma observação casual sobre talvez passar para vê-la de noite se tivesse tempo.

— Não. Esta noite não. Vamos estar ocupadas lavando pratos.

Levei a cerveja para Winston, que aceitou com prazer sua caneca. Bebemos em silêncio, ouvindo apenas o som da bebida sendo engolida. Nós dois provavelmente pensávamos na mesma coisa, o que foi confirmado pela pergunta de Winston quando finalmente falou:

— Então, quem foi esse saxão que Osfrid encontrou?

Como se eu não estivesse refletindo sobre a mesma pergunta.

— Quem vai saber? Pelo menos é algo que pode nos servir como ponto de partida.

— Bem, na verdade não há tantos nobres saxões aqui. — Winston deu um arroto ruidoso. — E nem precisamos considerar alguém que vá participar do Witenagemot.

— Você quer dizer porque Osfrid o chamou de desgraçado?

— Exatamente. Você não chamaria assim uma pessoa qualquer — respondeu Winston pensativamente.

Retomamos o nosso silêncio. Rolei minha caneca pela grama e protegi os olhos do sol.

— Então era alguém que Osfrid conhecia, mas com quem não queria conversar — sugeri.

— A palavra *desgraçado* implica certo grau de desprezo, não é? Sugere alguém que não é necessariamente um criminoso completo, mas alguém que você despreza — explicou Winston.

— Talvez o cunhado? — perguntei.

— Você está pensando em Ranulf, o Indignado? Sim, talvez. Ninguém falou de forma tão explícita, mas tive a impressão de que Osfrid não tinha uma boa opinião de Ranulf. E o motivo que Ranulf teria para matá-lo é válido. Ele é a única pessoa que conhecemos que tinha rancor de verdade contra Osfrid.

— É tão simples assim? — indaguei, contemplativamente.

— Sem conspiração? Nenhum plano alimentado por ingleses subjugados e dinamarqueses insatisfeitos? — Winston deu de ombros. — Seria de longe a explicação mais simples.

— Mas a explicação mais simples nem sempre é a verdadeira, é? — observei.

— Bem, quem você acha que devíamos procurar? — Winston se deitou de costas.

Depois de algum tempo eu me levantei, recolhi as canecas e as levei até o arbusto de zimbro que Frida tinha indicado. Winston estava deitado perfeitamente imóvel, mas quando me aproximei na ponta dos pés para verificar se tinha adormecido, vi que ele olhava o céu. Pigarreei para anunciar minha volta. Quando se sentou, um pensamento de repente me ocorreu.

— Há uma coisa que depõe contra Ranulf — declarei.

— O quê?

— Ele anda por aí sozinho. Será que sequer tem uma escolta?

Winston não respondeu, mas deu um tapa na coxa e se levantou.

— Só há um lugar onde podemos encontrar essa resposta — disse ele, e então voltamos para a cidade.

Capítulo 32

Quando encontramos Ranulf, que estava sentado diante de uma barraca de cerveja com uma caneca à sua frente, o sol havia acabado de atingir o zênite. Ele não pareceu muito feliz por nos ver. Pelo contrário, aparentava estar entediado, como se estivesse esperando por algum tipo de diversão, mas agora se visse diante da perspectiva de mais tédio.

Não fomos diretamente até ali. Quando chegamos ao limite do acampamento, eu tinha tantas perguntas em mente que fiz Winston parar ao pôr a mão em seu braço. Estivera refletindo sobre muitos pensamentos diferentes, e queria descobrir por que Winston parecia tão decidido acerca de Ranulf antes de avançarmos na investigação.

Evidentemente, era verdade que Ranulf parecia ter o motivo mais óbvio. Ainda assim eu tinha minhas dúvidas.

— Diga-me — falei em resposta ao olhar intrigado de Winston — por que você se recusou a interrogar Ranulf ontem sobre a discussão que ouvi entre ele e os vikings.

— Não era importante — disse Winston.

— Não era? Nem se ele for o assassino? — Eu não podia estar mais surpreso.

— Meu Deus, homem. Desafio você a me mostrar um saxão capaz de evitar um problema com os dinamarqueses. Se tivéssemos agora de caminhar pela cidade e pelo acampamento, veríamos um sem-número de discussões entre saxões, germânicos, dinamarqueses, vikings e quem mais estivesse por aqui. Todos discutem por terras, dinheiro, escravos, mulheres, todas as coisas que os nobres consideram importantes na vida. Ontem, enquanto eu estava na taverna pintando, um juto e um germânico discutiam acaloradamente sobre quem tinha o direito de caçar nas florestas em torno de suas terras.

— Mas não parece mais importante hoje, agora que ele talvez seja o assassino?

Winston balançou a cabeça.

— Se realmente matou o cunhado, ele o fez sozinho. Ele é orgulhoso, foi o que a própria irmã dele nos disse. E ele teria desejado que Osfrid soubesse quem o estava matando, e por quê.

Não concordei, mas deixei passar. Em vez disso, indiquei que parecíamos ter afastado completamente os dois outros cunhados de Osfrid, que ainda assim quase me custaram a vida.

— Ulfrid e Torold não teriam mandado me atacar a menos que tivessem alguma coisa a esconder — argumentei.

— Foi o dinamarquês com quem eles se encontraram quem deu a ordem de matar você. — Winston balançou a cabeça outra vez. — Lembro-me de que foi você quem disse isso. E foi um viking que obedeceu à ordem, não um soldado saxão.

— Mas Ulfrid e Torold estão conspirando com os dinamarqueses. Encontraram-se com um deles em segredo. E não se esqueça do que ouvi através da parede.

— Eles estão envolvidos em algum negócio escuso — reconheceu Winston. — E seus sócios não estão fazendo as escolhas certas. Você disse que os ouviu dizer que "isso foi uma estupidez" e "assassinar a moça poderia". Isso não sugere que, *seja lá com quem ele esteja conspirando,* tenha sido essa pessoa quem dera ordens de atacar você? Também me lembro que o dinamarquês que você ouviu falar disse algo acerca de as ordens não terem sido bem entendidas. Se juntarmos tudo isso, temos um par de saxões que com certeza está envolvido numa conspiração com alguns dinamarqueses, que entenderam mal alguma coisa e deram ordens para você ser morto. Vamos deixar o rei desenvolver os detalhes. Ele só nos encarregou da solução do assassinato de Osfrid.

Eu não ia aceitar essa derrota tão facilmente.

— Mas você não acha que seria uma boa ideia conversar com aquele dinamarquês com quem eles se encontraram? — perguntei.

— Mas você disse que não se lembra de como ele é — disse ele, dando-me um olhar provocador.

Maldito Winston!

— É verdade. Acho que precisarei desenvolver a capacidade de lutar pela minha vida e simultaneamente observar os homens que passam correndo — resmunguei.

Winston me lançou um olhar condescendente.

Não perguntei mais nada. Talvez ele tivesse razão, e Ranulf fosse o nosso assassino. Se fosse esse o caso, só tínhamos de prová-lo.

O que descobrimos não ser possível. Quando encontramos Ranulf na barraca de cerveja, ele ouviu Winston com cortesia, mas com evidente desinteresse.

Winston começou perguntando quando ele havia sido informado da morte de Osfrid.

— Acho que foi... — começou ele, fingindo fazer um esforço em nome da educação. — Quando foi que você me viu visitando minha irmã?

— Anteontem, à noite — respondi, olhando em volta para ver se havia com ele algum soldado ou serviçal. Mas não.

— Então foi naquela tarde — disse Ranulf.

— Daquele mesmo dia? — A voz de Winston estava repleta de suspeita. Algo que Ranulf notou.

— Sim. Isso é tão estranho?

— Foi necessário um dia inteiro para você ouvir falar do assassinato? — Winston parecia incrédulo. — Sim, me parece de fato muito estranho.

Ranulf olhou para Winston e para mim, balançando a cabeça.

— Antes eu tinha de chegar aqui — disse Ranulf.

— Chegar? — O queixo de Winston caiu.

— Sim, chegar — disse Ranulf, condescendente. — Não é como se houvesse mensageiros ansiosos correndo pelo campo à minha procura para me informar da morte de Osfrid.

Contive um sorriso diante do semblante de Winston. Ele parecia alguém excessivamente confiante em sua capacidade para cruzar um rio saltando sobre ele, só percebendo na metade do salto que o rio era muito largo.

— Então o senhor só chegou a Oxford anteontem? — perguntou Winston, abatido. — O senhor não mencionou isso quando conversamos ontem.

— Por que deveria ter mencionado? — Ranulf deu de ombros.

— O senhor chegou antes ou depois do funeral? — Winston agora parecia um homem que não tinha ideia de como virar o jogo em sua vantagem.

— Antes. Mas como disse ontem, tive meus motivos para não comparecer.

Winston parecia desinflar bem diante de meus olhos.

— Onde o senhor disse que eram suas terras? — perguntei.

— Tenho muitas propriedades — declarou Ranulf, agora completamente arrogante.

294

— Mas onde o senhor estava antes de vir para Oxford? — tornei a perguntar.

— Na minha propriedade em Brictisworde.

Calculei. Localizada na parte norte do Danelaw, a aldeia ficava a três ou quatro dias de marcha de Oxford.

— O senhor viajou sozinho? — perguntei.

Ele agora parecia se divertir.

— Está se perguntando se eu estou mentindo? — Ranulf estava alegre. — Eu teria entrado sorrateiramente na cidade, assassinado meu cunhado, saído outra vez sorrateiramente, só para dar a volta e fingir estar chegando, inocente?

— Apenas responda à pergunta — disse Winston, os ombros caídos mas a voz cortante.

— Vim acompanhado de dois vikings que na semana passada foram me visitar em minha propriedade com uma mensagem do rei.

Dois vikings. Eu já via aonde isso ia chegar.

— Uma mensagem pedindo que o senhor comparecesse à reunião em Oxford? — perguntei.

Ele balançou a cabeça.

— Não, tenho um assento no Witenagemot, por isso recebi a cruz de fogo, como todos os outros. A mensagem trazida pelos vikings dizia que eu devia entregar-lhes quatro de minhas propriedades menores.

— Uma contribuição forçada? — perguntei.

— Chame como você quiser — disse ele, dando de ombros. — Os vencedores sempre têm o direito de definir o preço de sua vitória. E, no meu caso, o preço foi quatro propriedades.

Que ele sem dúvida tinha condições de pagar, se sua irmã estivesse correta e ele tivesse sido regiamente recompensado pela lealdade a Cnut. O que não fazia sentido era Cnut tomar terras de alguém a quem acabara de recompensar. O pensamento tinha acabado de me ocorrer, e então entendi o motivo: Cnut queria que

295

seus súditos saxões não se esquecessem que ele lhes tinha dado coisas e que poderia, com a mesma facilidade, retomá-las.

— E esses dois vikings — continuei, calculando que poderíamos chegar ao âmago do problema — foram os mesmos que estavam discutindo com o senhor anteontem?

O jovem me olhou surpreso. Em seguida confirmou.

— Eles diziam que eu os havia enganado, passando informações erradas sobre o tamanho das propriedades.

— E o senhor fez mesmo isso? — Winston endireitou a postura.

— Eu lhes disse que deveriam procurar o xerife e lhe pedir para arbitrar. Há muitos homens no campo, saxões e dinamarqueses, que conhecem bem as propriedades.

Um homem da lei, esse Ranulf. Pelo menos quando tinha certeza de que ela estaria do lado dele. Definitivamente não parecia um assassino. Foi embora mediante uma despedida educada, embora um tanto arrogante. Do outro lado da mesa, Winston me olhou. Uma ruga surgira entre seus olhos e ele estava mal-humorado ao dizer:

— Bem, você tinha razão.

— Infelizmente — falei, dando de ombros levemente.

— Você realmente esperava que fosse ele? Alguma razão em particular?

— Nossa tarefa estaria completa. — Olhei em volta e vi uma moça carregando canecas. Quando minha mão levantada finalmente atraiu sua atenção, ela veio até nós, como alguém que estivesse de pé por tempo demais.

Pedi comida, e Winston disse que também queria.

— Então vocês vão ter de entrar — disse a moça com a voz áspera. Fez um gesto com o polegar sujo indicando a porta.

Levantamos exaustos, e começarmos a entrar no exato momento em que dois germânicos tentavam sair. Dentro, nos vimos parados num estabelecimento de aspecto triste, um tanto menor e muito mais escuro que a taverna de Alfilda. Três dinamarqueses se sentavam lado a lado com um grupo de saxões em uma mesa longa junto à parede do fundo; quatro artesãos estavam sentados numa mesa redonda na frente. Entre os dois grupos havia uma mesa vacilante de três pernas com um banco ao lado.

Winston foi até o banco, me deixando para providenciar meu próprio assento. A moça não deu sinal de querer me ajudar, e gastei algum tempo procurando uma cadeira. Encontrei uma, de três pernas e forro de couro, que dei um jeito de levar para nosso lugar. Tinha apenas o espaço suficiente para me sentar à nossa mesa com a outra comprida às minhas costas.

Recebemos, cada um, uma tigela de ensopado sem tempero e uma caneca de cerveja. Pedi sal, mas recebi a resposta grosseira de que devia ter trazido o meu. Atacamos então nossas tigelas, devorando os pedaços de carne, que consistiam principalmente em cartilagem com alguns pedacinhos de cordeiro brilhando de gordura.

Dois dos dinamarqueses atrás de nós conversavam em voz alta; as contribuições de seus companheiros de refeição limitando-se a alguns grunhidos ocasionais. Os saxões se levantaram de maneira ruidosa no momento em que o pior de nossa fome estava saciado. Sentamo-nos em silêncio tomando a cerveja surpreendentemente gostosa, cada um perdido nos próprios pensamentos.

— Bem, vou me despedir agora — disse o dinamarquês, que até aquele momento não tinha dito uma única palavra, ao se levantar.

Sua voz me fez ouvir com atenção.

— Desde que fique claro como estamos em relação um ao outro — disse ele. Seus passos indicaram que tomava o rumo da porta.

Inclinei-me sobre a mesa, chamei a atenção de Winston e sussurrei:

— É ele.

— Ele? — Winston me olhou sem expressão.

— O dinamarquês com quem Ulfrid e Torold se encontraram.

— Bobagem — replicou Winston sem acreditar. — Você acabou de me dizer que não se lembrava da aparência dele. Aqui está tão escuro quanto a bunda de um cachorro e você vem me dizer que é ele?

— Não preciso dos olhos para reconhecer a voz dele.

— A voz dele? Tem certeza? — De repente meu companheiro pareceu animado.

Confirmei.

— Siga-o. Irei logo atrás — ordenou Winston, levantando-se tão depressa que derrubou o banco. Quando a moça chegou correndo atraída pelo barulho, ele lhe atirou algumas moedas e me seguiu pela porta.

Apertei os olhos contra o sol, olhei para cima e para baixo na rua, e, irritado, ergui a mão para Winston que estava próximo demais, fungando na minha nuca, perguntando se eu o tinha visto.

Não havia nada à esquerda. Descendo a rua estreita, duas mulheres gordas fofocavam, mas exceto elas a rua estava vazia.

À direita um homem se afastava. Não aparentava ter pressa e me pareceu seguro supor que não me reconhecera no escuro da taverna.

Tentei me lembrar do que o nobre dinamarquês usava no dia anterior, mas não tinha a menor ideia. O homem que descia a rua vestia calça de couro, sapatos bem-costurados, um gibão vermelho berrante, e, de onde estava, não consegui ver sua túnica. Trazia uma espada ao lado do corpo.

Tinha de ser ele. Então corri atrás dele, que olhava diretamente à sua frente e caminhava como quem sabe aonde tem de ir. Aproximei-me às suas costas quando ele passava por uma horta cercada de arbustos com galhos da altura de um homem. Havia uma abertura na cerca, mais ou menos a 10 passos de nós, e quando nos aproximamos, apressei-me e empurrei-o com o ombro; ele tombou na horta. Eu o segui e estiquei o pé, derrubando-o enquanto ele lutava para recuperar o equilíbrio. O homem foi ao chão.

Deixei-me cair e montei em seu peito, agarrei sua espada e puxei-a antes que ele conseguisse recuperar o fôlego que meu joelho lhe tinha tirado. Fiz cócegas no pescoço dele com a lâmina de sua própria espada.

— Não tão rápido — adverti. — Temos assuntos pendentes.

Ele resmungou com raiva e tentou se levantar, mas foi contido pela lâmina na garganta.

— Não nos conhecemos.

Eu sabia que ele estava mentindo e me voltei para Winston, que acabara de atravessar o buraco na cerca.

— É ele — confirmei.

— Ótimo. — Winston olhou ao redor. Na horta não havia mais ninguém além de nós. Fileiras perfeitamente retas de cebolas, alhos-porós e repolhos enchiam a horta e havia um banco de madeira sob um sabugueiro no canto mais distante.

— Vamos levá-lo até lá — instruiu Winston.

A espada fez o dinamarquês andar, e ele se sentou no banco, olhando-me com raiva. Sorri para ele. Afinal eu tinha duas espadas e ele, nenhuma.

— Agora — disse Winston com amabilidade. — Temos algumas perguntas a lhe fazer.

Capítulo 33

O nobre dinamarquês foi bastante hostil a nós, uma atitude que não pareceu se dever exclusivamente à minha maneira violenta de fazê-lo falar. Sentado ali no banco, ele espumava de indignação. Suas sobrancelhas grossas se ligavam, formando uma ruga entre elas, e seus olhos passavam constantemente de Winston para minha espada, voltavam a Winston e novamente deslizavam por meu rosto até a espada que eu segurava firmemente com a mão direita.

Fiquei firme, mantendo uma distância de um pé entre a lâmina e minha presa, pronto para jogar o peso do corpo sobre a arma e atacá-lo se fosse preciso. Winston ainda engasgava por causa da corrida e não disse nada enquanto tentava recuperar o fôlego.

O dinamarquês parecia mais velho que eu, mas não tão velho quanto Winston. O cabelo era grisalho, o queixo pontudo e os lábios estreitos. Adivinhei que seus olhos seriam normalmente azuis se não estivessem sob a sombra da raiva e da impotência, como naquele momento.

Apurei os ouvidos para qualquer som da rua do outro lado da cerca, mas tudo estava em silêncio. Não havia ninguém na rua quando eu o joguei na horta, e não detectei nem voz nem passos.

O sabugueiro sob o qual estávamos ficava muito longe da entrada e escondido no canto da horta. A menos que alguém entrasse nela, ninguém nos veria da rua. Esperei que o proprietário não chegasse logo.

— Seu nome? — Winston respirava calmamente outra vez.

Não houve resposta.

Winston suspirou de leve.

— Sou Winston e meu companheiro é Halfdan.

Silêncio.

— Estamos aqui em nome do rei e agimos sob ordens dele.

Um olhar cheio de raiva.

Harding me disse certa vez que é difícil ver a diferença entre um homem com raiva e um homem com medo. Mas é possível. As ameaças fazem falar a língua do homem com medo, mas congelam a língua daquele com raiva.

Não me mexi; apenas segurei a espada de modo que a lâmina brilhasse contra seu peito. Mas baixei um pouco a voz. A voz muito alta é um sinal de fraqueza, Harding me ensinara.

— Talvez você prefira falar com os guardas do rei — insinuei.

Ele não se moveu, mas uma gota de suor brilhou em seu pescoço.

— Ou, quem sabe, com o próprio rei? Acho que ele se interessaria em ouvir acerca de uma conspiração contra ele.

— Bobagem — replicou o dinamarquês, a voz rascante e seca. O pescoço agora estava coberto com um brilho fino de suor.

— Bobagem? — Ergui as sobrancelhas. — Você não acredita que o rei poderia se interessar por planos e conspirações contra ele?

Estranho. Durante aqueles dias eu não me lembrara de meu irmão e agora a memória dele me vinha pela terceira vez em rápida sucessão. Lembrei-me de Harding dizendo: "Quando um homem abre a boca, raramente consegue parar de falar."

— Não participo de nenhuma conspiração contra o rei — disse o dinamarquês, fazendo um esforço evidente para manter a voz calma.

— Não participa? Bem, nesse caso você nos deve uma explicação para seu encontro em segredo com dois nobres saxões ontem — falei, tão suavemente que ele teve de se inclinar para me ouvir, e sorri quando seu peito quase tocou a ponta de minha espada.

— Não nos encontramos em segredo — disse o dinamarquês, também falando suavemente. Ele então pigarreou e continuou com a voz mais forte: — Não foi de forma alguma em segredo.

— Ah é? — Minha voz estava carregada de ceticismo. — Então por que tentou mandar me matar?

Ele não respondeu, o que não me agradou, por isso me inclinei para a frente e, ainda segurando a espada na mão direita, agarrei o ombro dele com a esquerda e o sacudi.

— Eu perguntei *por quê*?

— Eu... não quis mandar matar você — disse ele, a mentira presa à sua garganta.

— Não mandou? Eu ouvi você gritar para seu parceiro me matar — observei.

O dinamarquês balançou a cabeça. A boca tremeu e então ele me olhou nos olhos.

— Ouvi uma confusão na rua e quando saí correndo, vi vocês dois lutando — respondeu o dinamarquês. — Supus que você o tivesse atacado e meu guarda tinha o direito de se defender. Por isso lhe disse para matar você.

Ele estava mentindo. Eu estava convencido de que ele estava mentindo.

— Eu perguntei o seu nome — interveio Winston.

— Sven.

— Você podia ser mais específico, Sven — rosnei. Winston me cutucou na lateral do corpo para me controlar.

302

— Sou o filho de Toke — disse o dinamarquês.

— E você é soldado no exército de Cnut? — Winston fazia perguntas em rápida sucessão para o caso de eu não ter entendido o sinal para ficar calado.

O dinamarquês confirmou.

— O que você tinha a tratar com nobres saxões, como Ulfrid e Torold? — questionou Winston.

Nesse ponto, Sven se calou, o que fez Winston se inclinar ameaçadoramente.

— O meu parceiro perguntou se você prefere falar com os guardas do rei. Prefere?

— Eu... conquistei um grande butim. No meu país, meu irmão ficou com as terras e a fazenda, mas agora poderei comprar a minha. Aqueles saxões estavam vendendo uma grande propriedade.

Lancei um olhar a Winston, que se provou desnecessário. Afinal ele tinha um cérebro.

— E você tinha de se encontrar em segredo?

Antes, Sven negara que o encontro fosse secreto, mas agora parecia ter tido tempo de pensar melhor sobre o que outros poderiam pensar de três homens se encontrando numa cabana em ruínas. Na maioria dos casos, sugeria o desejo de evitar olhos indiscretos.

— Existem saxões que não aprovam o fato de seus compatriotas venderem suas terras a dinamarqueses — admitiu Sven.

Então ele *teve* tempo para pensar. A mentira era tão crível que até podia ser verdade.

— E o homem que tentou matar o meu companheiro. Quem era ele?

Sven molhou os lábios com a ponta da língua.

— Eu... Eu não o conhecia — disse ele.

— Você não para de mentir! — gritei, tão alto que Sven deu um salto. Continuei num tom mais controlado: — Ouvi você fa-

303

lando do que tinha acontecido anteontem. Sobre o ataque contra mim. Você disse que alguém não entendera uma ordem. Então, diga a verdade.

Meu punho o atingiu bem no esterno e ele recuou pela dor. Pareceu querer negar outra vez, mas reconsiderou.

— Ulfrid e Torold quem falaram disso. Parece que você teve algum entrevero com um viking que reconheceu você e quis se vingar — disse Sven.

Dessa vez eu o atingi acima do olho direito, tão forte que sua cabeça recuou e minha mão doeu.

— Você está mentindo!

— Não — disse ele, as mãos assumindo uma postura defensiva. — É verdade, eu não tive nada a ver com aquilo.

— Mas Ulfrid e Torold tiveram? — Winston me empurrou com o cotovelo ao fazer a pergunta. Entendi a mensagem e mordi a língua.

— Eu não sei por que você foi atacado — disse Sven.

— Agora você vai ter de se decidir — falou Winston com raiva. — Quem mandou aquele viking atacar meu companheiro ontem? Ele atacou porque queria vingança, ou eram os saxões que estavam mandando?

Sven suspirou e olhou em volta em busca de uma saída, mas percebeu que nós o tínhamos acuado, como cães de caça com uma raposa. Molhou novamente os lábios com a língua.

— As duas coisas. Ulfrid e Torold contrataram o viking para vigiar você — disse ele, acenando a cabeça na minha direção. — Mas foi ele quem decidiu matar você quando viu a oportunidade.

— E onde você entra?

Sven considerou a pergunta de Winston, depois deu de ombros.

— Ulfrid e Torold queriam que a pessoa que seguisse seu amigo fosse um viking. Eu conhecia alguns vikings dispostos a qualquer coisa desde que fossem pagos.

— Então você colocou os dois em contato? — disse Winston, mas continuou antes que Sven pudesse responder: — Ulfrid e Torold não queriam um saxão para vigiar meu amigo porque queriam encobrir seu rastro? Seria mais difícil ligar um viking a eles.

Sven confirmou. E Winston perguntou:

— Então porque você se encontrou com Ulfrid e Torold ontem?

— Eles não quiseram pagar, pois não queriam ter nada a ver com o ataque. Queriam alguém para vigiar um homem, não matá-lo — explicou Sven.

— Então você levou o viking ao encontro?

Sven confirmou mais uma vez e disse:

— Eu não confiava neles.

Provavelmente por boas razões. Só faltava uma pergunta, e eu a fiz:

— Por que alguém precisaria me vigiar?

O rosto de Sven revelou indiferença.

— Não faço a menor ideia. Eu não pergunto coisas desse tipo.

Justo. Homens como ele não se interessam por nada além de serem pagos. E acreditam que é melhor não saber mesmo de certas coisas.

Soltamos Sven. Foi atrevido o suficiente para pedir a espada de volta, mas partiu quando eu disse que a enfiaria no sabugueiro quando eu e Winston fôssemos embora.

— E — continuei — se eu o vir na rua quando sairmos, ou se o encontrarmos com a espada desembainhada, é melhor você estar preparado para usá-la.

— Ele está mentindo — declarei.

— Claro — concordou Winston. — Existe um plano. Por que outra razão a ameaça de chamar os guardas iria funcionar?

Eu já tinha pensado a mesma coisa. Ninguém daria nenhuma importância a um dinamarquês que promovera o encontro de nobres com alguns soldados dispostos a fazer o trabalho sujo deles. É o que os homens fazem. Ou é autodefesa, como quando eu matei o viking, ou estão vingando um parente. Não via guardas interessados nesse tipo de coisa, de uma forma ou de outra. Mas eles não teriam o mesmo desinteresse por uma conspiração contra o rei. E evidentemente Cnut também não.

— Hoje mais cedo, você disse que o rei poderia descobrir sozinho os detalhes. Esse não é o nosso trabalho? — perguntei.

Winston negou com a cabeça.

— Nós temos apenas de solucionar o assassinato — lembrou ele.

— Mas não temos pelo menos de avisar ao rei que há uma conspiração contra ele?

— Cnut não é idiota. Talvez ele não tenha ciência desta, mas sabe que coisas assim estão em andamento. E talvez prefira continuar ignorante dos detalhes.

Eu não entendi.

Winston explicou:

— Não tem a menor importância o fato de alguns nobres saxões e um punhado de dinamarqueses desenvolverem uma conspiração contra Cnut. Eles não têm a força necessária para sustentá-la. E se alguém descobrir, Cnut só tem de convocar seus soldados para destruir os conspiradores. Mas não é disso que o rei precisa agora. Ele precisa de toda a nobreza unida amanhã. E mesmo que Cnut não consiga fazer com que se unam, ele tem de fazer o congresso parecer harmonioso.

"Se lhe apresentarmos informações sobre uma conspiração, ele será forçado a agir e matar os conspiradores, o que semeará discórdia ao invés de unidade. Então, vamos resolver o assassinato e esperar que a evidência de uma conspiração não fique suficientemente clara para termos de relatá-la ao rei. Acredite, ele não vai nos agradecer se tivermos de fazer isso."

— E agora?

Winston se levantou do banco em que estivéramos sentados desde que Sven fora embora.

— Agora é hora de encontrarmos aqueles cunhados saxões — declarou Winston.

Capítulo 34

É claro que os guardas na estalagem se recusaram a nos deixar entrar. Éramos os únicos que eles mantinham do lado de fora com tanto entusiasmo? Rejeitaram terminantemente a afirmação de Winston de que estava lá a serviço do rei.

— Então, gostaria que passassem uma mensagem a dois nobres aí dentro, Ulfrid e Torold, filhos de Beorthold — disse Winston com um brilho de raiva nos olhos, apesar de manter a voz calma.

O líder dos guardas, um soldado de peito largo com uma grossa trança de saxão ocidental caindo às costas, cuspiu na terra e declarou que não era menino de recados, mas sim um guarda, um comentário que fez Winston andar até ele, olhar em seu rosto coberto de cicatrizes e, através de dentes trincados, dizer que era melhor ele ouvir com atenção. O soldado piscou surpreso diante da fúria fria de Winston.

— Agora, por favor, decida se vai fazer o que eu pedi — disse ele numa voz gélida. — Faça-o ou se prepare para tratar dessa questão com uma divisão de guardas reais. Pois eu juro por Aquele que Ressuscitou — aquela foi a primeira vez que o ouvi jurar por qualquer deus — que estou autorizado a convocar tantos guardas reais quantos sejam necessários para esmagar você e seus colegas.

O guarda, de olhos arregalados, encarou meu parceiro, cujo corpo inteiro irradiava uma ira fria muito mais assustadora que os xingamentos barulhentos típicos dos soldados.

— E — continuou Winston —, talvez seja bom você pensar na desculpa que dará a todos que estão aí dentro quando a porta da frente for derrubada pelos guerreiros vikings que constituem a elite dos guardas do rei. Vikings que a sua estupidez lançará sobre os hóspedes.

— Muito bem. Suponho que todos nós escolhemos nossas batalhas — disse o guarda inflando o peito numa tentativa de manter a dignidade. — Qual é a sua mensagem?

Ele nos manteve esperando. Quando finalmente voltou, o guarda informou-nos asperamente que passara a mensagem aos dois nobres saxões: "Encontrem-se com Winston e Halfdan, investigadores do rei Cnut, para que eles possam decidir qual dos senhores é um assassino."

Enquanto esperávamos a volta do guarda, observei como Winston, que tinha recentemente rejeitado a noção de que os cunhados de Osfrid pudessem ser assassinos, de repente podia ter certeza de que o *eram*.

Evidentemente, tão logo a porta se fechou atrás da trança do soldado, perguntei a Winston, e ele respondeu apenas com um sorriso complacente. Só quando observei com raiva que as palavras dele poderiam resultar na saída de dois nobres brandindo as espadas contra nós — e como eu supunha que ele não queria enfrentá-los sozinho, eu gostaria muitíssimo de saber por que eu deveria nos defender sem ajuda —, ele assentiu e me puxou para onde os outros guardas não pudessem nos ouvir.

— Um deles matou Osfrid — disse ele, tranquilo. — Apesar de o assassino poder, com toda certeza, ter sido qualquer um dos participantes da conspiração, um daqueles dois aplicou o golpe fatal. E independentemente de quem tenha sido, o fez com prazer, por uma razão que agora eu entendo, e que você também deve ter condições de ver.

Isso foi tudo que consegui arrancar dele e, embora estivesse dando nós em meu cérebro tentando entender, não cheguei nem um centímetro mais próximo da resposta.

Quando enfim a porta se abriu, não foi o guarda, mas um nobre saxão baixo quem saiu por ela. Um leve sorriso brincava em seus lábios quando ele se aproximou de nós.

— O iluminador Winston, e Halfdan... — Ele hesitou.

— Halfdan basta. — Eu não estava disposto a entrar na ruína de minha família.

— Ótimo — disse ele, a voz suave. — Sou Botwolf, filho de Cenwolf.

Eu já ouvira falar dele. Fora o último dos saxões a entregar a espada na Batalha de Assandun, em que ele a brandira com vontade contra os dinamarqueses que tentavam expulsá-lo do local onde seu pai caíra.

— Os senhores desejam falar com os filhos de Beorthold — disse Botwolf. — Eles estão esperando os senhores.

Seguimos aquele homem largo até o salão. Hoje não havia mulheres nem serviçais. Os bancos tinham sido colocados diante da lareira, delineando no chão um espaço quadrado. No meio dele estavam Ulfrid e Torold, pernas separadas e plantadas no chão. Os bancos eram ocupados por cerca de uma dúzia de nobres sentados. Sven Tostesøn, a quem não tínhamos visto desde o interrogatório no jardim, estava entre eles, e me vigiava com olhos cheios de ódio.

Corri os olhos pelos outros, mas Sven era o único dinamarquês. O restante era todo composto de homens saxões. Examinei Ulfrid e Torold, os quais eu nunca antes estudara com cuidado. Apesar de tê-los visto na igreja no funeral de Osfrid, estava escuro. E quando os segui no dia anterior, eu só os vira por trás, exceto pelo breve instante em que saíram pela porta depois do encontro com Sven, quando, como já observei, eu estava muito ocupado lutando pela minha vida.

O cabelo grisalho e as rugas indicavam que Ulfrid era o mais velho dos dois. Usava uma espada e roupas caras, embora não ostentosas, mas tinha os ombros mais estreitos.

O irmão era forte sem ser troncudo. Tinha o peito largo e braços musculosos, e suas roupas eram um tanto mais vistosas que as de Ulfrid. Torold também possuía uma espada, e notei que as armas dos dois homens tinham lâminas longas e finas capazes de perfurar um homem sem dificuldade.

Não fomos apresentados aos outros nobres, que nos olhavam friamente.

Um deles, um velho corpulento de cabelos oleosos e lábios cheios de raiva se virou com uma expressão desdenhosa e disse:

— Bem, e não é que são os cães do rei dinamarquês?

Um fluxo de raiva subiu por meu pescoço, mas Winston foi mais rápido do que eu.

— Melhor ser o caçador do que a caça. Porque, tal como os outros cães do rei Cnut, depois que pegamos o cheiro do rastro, somos tenazes até o fim.

Os olhos de Winston desafiaram os nobres, mas ninguém falou. Todos se concentravam nos dois irmãos, que nos encaravam placidamente, as pernas abertas e os polegares enfiados no cinto de onde caíam as espadas.

— Vocês estão nos acusando de assassinato — disse Ulfrid, a voz profunda e clara. Um homem seguro de si mesmo.

— Não — replicou Winston com voz igualmente firme.

— Não estão? — perguntou Torold, inspirando em surpresa.

— Estou acusando um dos senhores de assassinato — esclareceu Winston.

Os homens nos bancos começaram a murmurar com raiva, mas se calaram quando Ulfrid deu um passo à frente.

— A acusação vai lhe custar a vida.

— O rei Cnut está nos esperando para que relatemos nossas descobertas esta noite — disse Winston com um grau de equanimidade que eu não compartilhava. — Se não nos apresentarmos, ele vai virar esta cidade pelo avesso à nossa procura. Os senhores, conspiradores e maquinadores aqui reunidos, talvez possam dar proteção uns aos outros, *se* forem do tipo de homem que aprova mortes sem honra. Mas, e seus guardas lá fora? Eles irão esquecer que nos viram entrar? Tenho certeza de que os senhores serão capazes de manter suas mulheres em silêncio, mas e quanto aos serviçais? Os senhores podem assegurar que nenhum deles admitirá que tiveram de sair do salão para que os senhores pudessem nos receber?

— Você está nos chamando de conspiradores e maquinadores? — A voz de Botwolf não era tão plácida quanto antes.

Winston confirmou.

— Os senhores foram todos cúmplices no assassinato de Osfrid no sentido de que o seu plano resultou na morte dele quando ele quis sair. Se tivessem permitido que Osfrid saísse, talvez os senhores pudessem simplesmente ter ouvido a notícia de seu falecimento, sem dele terem participado.

Torold deu um passo à frente e disse:

— Você fala muito, mas não tem prova de assassinato nem de conspiração.

— Não tenho? — As palavras de Winston ficaram suspensas no silêncio que se seguiu.

Finalmente Botwolf pigarreou.

— Homens discutem as coisas que gostariam de mudar. Isso não faz deles conspiradores.

— A menos que tomem armas contra o senhor a quem juraram servir — disse Winston lentamente. — Apesar de, é claro, isso não ter acontecido. Ainda.

— O Witenagemot e a Assembleia Dinamarquesa se reúnem amanhã — disse Botwolf, ainda falando em nome de todos. — Grandes decisões serão tomadas, e é correto e razoável que os homens discutam minuciosamente essas questões entre si.

— Correto e razoável, sim — falou Winston, acenando a cabeça com aprovação.

Meu companheiro parecia gostar da postura de Botwolf, e tive de admitir que eu também apreciava o nobre saxão por explicar tão engenhosamente a conspiração como sendo o direito reconhecido de os nobres discutirem entre si os negócios do país.

— Não estou aqui para tomar o seu lado ou o do rei — continuou Winston —, mas...

Ele foi interrompido por um ronco cheio de desprezo de Torold.

— Mas você não fugiria dele — grunhiu Torold. — Há homens maiores que você ou nós que...

— Silêncio! — A voz de Botwolf caiu como uma espada. Seu rosto estava rubro de raiva.

Torold parou de falar. Seu rosto também estava rubro de fúria.

— Mas para expor um assassino — continuou Winston, impassível. — Serei o primeiro a admitir que tive minhas dúvidas, até o momento que entrei aqui. Porém agora tenho certeza. — Semicerrou os olhos na direção de Ulfrid e Torold. — Vimos aqui raiva e ameaças e um homem culpado tentando demonstrar sua inocência. — Ele se voltou para mim e disse: — Vamos. O rei nos aguarda.

Vi a mão de Ulfrid cair sobre o cabo da espada e enrijeci os músculos, preparado para lutar naquele local e instante.

— Espere! — gritou Botwolf. Winston lhe lançou um olhar de encorajamento, ao que ele prosseguiu: — Você acusou dois nobres saxões de assassinato. É seu direito e obrigação apresentar as provas ao rei, mas como você é também um saxão, eu lhe peço que nos diga por que tem tanta certeza de sua conclusão.

Eu não tinha tirado os olhos de Ulfrid. Então notei que Torold se movia para a esquerda. Eles iam me atacar pelos dois lados. Mantive o olho em Ulfrid e disse:

— Para que possamos ser mortos no momento em que meu parceiro termine de falar.

Botwolf se colocou entre mim e os dois irmãos.

— Eu dou a minha palavra de que vocês poderão sair daqui. Se puderem provar que um de nós é culpado de assassinato, cabe a esse homem limpar o próprio nome perante o rei. — Botwolf olhou nos olhos de Winston. — Você disse que está procurando o assassino, correto?

— Sim — confirmou Winston com um aceno. — Nada do resto me interessa. — Olhou em volta os homens reunidos. — Os senhores entendem que essa é a razão da minha presença aqui? Se tivesse o desejo de expor a conspiração, eu teria ido diretamente ao rei. Mas tenho minhas razões para não me interessar pelas tramas e manobras da nobreza.

— E elas são? — Botwolf parecia genuinamente interessado.

— Quero a paz nesta terra. Assim como é o desejo de Cnut...

— Como Cnut *diz* que quer — interrompeu Torold.

— E prefiro acreditar que ele quer. — Winston não levantou a voz. — Acredito que ele seja um homem honrado. Pensem! Oitenta e três mil libras de prata estão em segurança nas mãos dele. Além disso, ele está em posição de governar um país rico, que é dele e assim foi conquistado com justiça; um país que ao longo de muitos anos tem sangrado prata e que ainda não estancou o sangramento. O rei sabe que a paz vai torná-lo mais rico do que qualquer outro príncipe do mundo. Mas guerra e conflito causarão a continuação do sangramento desta terra, o que lhe custará muito. Sim, eu acredito no rei quando diz que quer harmonia e paz, e não conflito.

314

Os nobres reunidos ouviram em silêncio. Vários deles acenaram entre si.

— E se a paz prevalecer, saxões, germânicos, jutos, dinamarqueses e vikings vão todos progredir. Esta terra e seus muitos povos sofreram décadas de carnificina. Meu desejo é o do rei: paz e harmonia. É por isso que o assassinato é meu único objetivo aqui. O resto não me interessa.

Botwolf olhou Ulfrid e Torold, depois para os homens sentados nos bancos e perguntou:

— E você tem condições de fazer isso? Oferecer uma razão para o assassinato que não envolva lançar sobre estes homens a culpa por conspirar contra um acordo harmonioso?

— E o farei com ainda mais felicidade sabendo que a conspiração desapareceu, como uma onda na areia.

Agora todos olhavam para ele.

— Estou certo, não estou? — Winston sorriu para Botwolf. — Torold não revelou nenhum segredo quando afirmou que homens mais poderosos que nós estão envolvidos. Nem quero adivinhar quem eles poderiam ser, mas tenho certeza de que estão próximos a Cnut. Não agem abertamente contra o rei porque têm confiança na vitória. Amanhã todos os nobres da terra vão se reunir, e então já será tarde demais. O golpe tinha de ser dado quando tudo ainda era incerto. Apresentar-se abertamente em oposição a Cnut amanhã é algo que somente um lunático faria. E esses "homens mais poderosos" de quem Torold falou sabem disso. Portanto a minha mensagem, que vocês terão de aceitar, é que o poder está com Cnut e assim continuará.

Vi nos olhos daqueles homens que eles sabiam que Winston estava certo. E vi algo mais: medo. Medo de que a revelação do assassino trouxesse tudo à luz do dia. Eles sabiam que Cnut tinha sede de vingança contra os que o traíram ou se opuseram a ele, e não tinham a percepção de Winston sobre as razões pelas quais o rei não estava interessado em que se revelasse a conspiração.

— É por isso que o assassino é o meu objetivo. E vai continuar sendo — disse Winston.

Os olhos de todos se fixaram nos dois irmãos, que encararam Winston de maneira resoluta.

— Osfrid disse ao seu guarda que ia conversar com um desgraçado, sim, esse era o tanto de estima que tinha por vocês — continuou Winston, olhando friamente para os dois homens —, porque ele tinha mudado de ideia. A pessoa que me contou isso pensou que o encontro se tratasse de uma transação de negócios, mas estava errada. Osfrid queria deixar a conspiração.

Vi pelos olhos de Botwolf que Winston tinha razão.

— Talvez todos os senhores tenham achado que o assassino seria um homem honrado demais para os expor, mas mandaram o homem errado para assegurar o silêncio de Osfrid. Mandaram um homem que tinha razão para odiar Osfrid, um homem cuja irmã Osfrid deixou morrer. Porque ele valorizava mais um herdeiro que sua própria esposa. — Os olhos de Winston caíram em Ulfrid, que expunha os dentes como um lobo. — Ulfrid, você mesmo me disse que foi uma sorte para Osfrid ter sido um filho homem a causa da morte de sua irmã. Pois você é nobre, e sabe que os herdeiros são a maior alegria de um nobre.

"Mas a sua irmã morreu em vão — prosseguiu Winston. — A nova esposa de Osfrid, Tonild, não lhe deu filhos e aos poucos ele ficou velho. Tonild disse que ele tinha considerado a possibilidade de morrer sem um filho. Uma possibilidade que você também considerou provável.

"O que significaria que a sua irmã Everild foi sacrificada sem razão. O filho dela estava morto, é verdade, mas ela poderia ter sido salva e nada teria sido diferente para Osfrid. Ele não teria um filho, mas estaria casado. Casado com a sua irmã Everild, que ainda estaria viva.

"Não sei se discutiram o assunto em termos tão explícitos. Mas tenho toda certeza de que Osfrid foi se encontrar com vocês. Vocês usaram o fato de Osfrid deixar a conspiração como desculpa para vingar a morte de sua irmã."

Winston fez uma pausa. Não se ouvia um pio no salão. Nem mesmo a respiração pesada dos dois irmãos.

— O senhor garantiu as nossas vidas — disse Winston, voltando-se para encarar Botwolf.

— Dei-lhe minha palavra. Podem sair livremente.

Já tínhamos percorrido uma boa parte do caminho até a porta quando a voz de Botwolf nos fez parar ao perguntar:

— E o que você vai contar ao rei?

— Que Osfrid foi morto como um ato de vingança pela morte de uma mulher que sangrou até a morte ao dar à luz.

— Morto por quem?

— Só os senhores sabem — disse Winston, uma expressão de desagrado se formando. — Foram os senhores que enviaram um desses dois para falar com Osfrid.

Capítulo 35

O rei ouvira Winston e fizera algumas perguntas, e quando o iluminador terminou seu relato, Cnut acenara para Godskalk. O líder dos guardas, que estivera ouvindo, girou prontamente nos calcanhares e desapareceu pela porta da Sala do Trono. Apesar de o rei não ter pronunciado nenhuma palavra, sua ordem foi clara: tragam Ulfrid e Torold.

Um silêncio recaiu sobre a sala. Além de Winston e eu, estavam ali os homens de sempre, que já tínhamos nos acostumado a ver com o rei: Wulfstan, Thorkell e Godwin.

A cabeça de Wulfstan estava baixa, como se em oração. Não era possível saber se suas orações eram pelo morto ou por seu assassino. A testa de Godwin estava úmida sob o cabelo ondulado. Eu também estava suando no calor sufocante da Sala do Trono. Thorkell puxava o punho com seus dragões da bainha e deixava-o cair de volta.

Esperamos.

Assim como havíamos esperado para ver o rei. Quando chegamos à sala do trono no meio da tarde, fomos informados de que Cnut estava ocupado e teríamos de ser pacientes.

Eu não estava convencido de que a garantia de Botwolf de que não seríamos mortos ainda se aplicava depois que tivéssemos saído da estalagem. Também tinha minhas dúvidas de que todos que haviam escutado a promessa feita por ele se sentiriam na obrigação de cumpri-la. Por isso insisti que esperássemos no meio da praça pública.

Sentamos na grama diante da sala do trono. Puxei minha espada e apoiei-a sobre os joelhos, e o guarda posicionado à porta me olhou enviesado. Com os guardas do rei à nossa volta, minha espada pronta e um fluxo contínuo de nobres indo e vindo, eu me senti relativamente seguro.

Observei vários homens esperando. Alguns foram admitidos logo na sala do trono, enquanto outros aguardavam pacientemente. Alguns andavam agitados por todo lado na praça. Não reconheci nenhum deles da estalagem saxã.

Baldwin estava de pé no outro lado da praça diante do edifício do tesouro segurando uma vara. Carroças carregadas gemiam em direção a ele, os bois bufando ao parar. Guardas tinham formado duas linhas para criar um caminho protegido entre as carroças e a porta da casa, e homens suados carregavam sacos pesados, barris seguros por faixas de metal e lingotes de prata por aquele trajeto, passando pelo chefe da contabilidade de Cnut, que lançava os pagamentos e fazia uma marca na vara a intervalos regulares.

Winston estava sentado ao meu lado, os olhos meio fechados. Também fiquei sonolento no calor da tarde, e mudei de posição algumas vezes para compensar o desejo de tirar um cochilo.

— Então, você olhou além dos detalhes para o todo — falei, voltando-me para ele.

Ele sorriu para mim com aprovação.

— Você tem boa memória. É verdade. Adivinhei alguns deles e corri o risco de apresentar meus palpites como fatos.

— Eu também devia ter visto. — Eu já vinha lutando contra essa ideia.

— Você estava cego por um detalhe que embaçava sua visão. — Winston notou minha expressão perplexa e continuou: — O ataque contra você. Naturalmente, se perguntava por que alguém o queria morto. E as coisas são assim: se um detalhe esconde os outros, torna-se difícil ver o todo.

Ele tinha razão.

— Ainda não estou entendendo.

— Não — disse Winston balançando a cabeça, sério. — E agora que os dois assaltantes foram mortos, nunca vamos esclarecer esses atentados. Tenho certeza de que esses dois canalhas... — sorri involuntariamente — ...continuarão calados. Quem sabe? Talvez estivessem querendo nos assustar e afastar da investigação? Talvez Ulfrid e Torold tenham contratado Toste para vigiar você e passar informações sobre o que estávamos fazendo, mas talvez o viking estivesse agindo por conta própria quando reconheceu você como o homem que zombara dele naquela aldeia? Então o companheiro dele, o viking que o atacou quando você escutava a conversa dos irmãos com Sven, quis apenas vingar a morte de Toste? Vamos ter de viver sem saber a verdade.

Ouvimos um ruído ensurdecedor, como se um galho de carvalho se quebrasse numa rajada forte de vento. Olhamos a casa do tesouro, do outro lado da praça. Uma carroça tinha desabado diante dela. A carga de prata era muito grande para o eixo. Homens gananciosos correram para roubá-la, mas os guardas foram mais rápidos e formaram uma parede humana em volta do transporte.

— Você conhece bem os negócios de reis e nobres. Sem falar em conspirações — disse eu, de maneira prudente.

— Como já lhe disse antes, passei muito tempo em mosteiros e abadias — disse Winston, inclinando-se para a frente e massageando a curva das costas. — Lugares assim são fossas repletas de boatos e nada preocupa tanto os residentes quanto os acontecimentos do mundo. Abades, priores, e outros líderes da igreja são todos filhos de nobres e se mantêm atentos a tudo que acontece fora dos muros. Você teria de ser surdo, cego e absurdamente estúpido para não perceber. Eles também dão muitas pistas do que os vários nobres estão pensando.

Um pensamento veio à minha mente.

— Você acredita que Torold estava dizendo a verdade quando afirmou que homens mais poderosos estão envolvidos? — perguntei.

— Ah sim — disse ele com um sorriso torto. — Pelo menos ele e Botwolf acreditam ser esse o caso. É possível que um conde ou conselheiro mostrasse algum interesse na conspiração, ou que alguém desse tipo quisesse realmente participar. Afinal, não é do interesse deles ter um rei muito forte no país.

— Quem você acredita que possa ter sido? — questionei, instintivamente lançando um olhar para os guardas na porta.

— Quem há de saber? Pela maneira como Botwolf organizou tudo, penso que seja alguém muito próximo ao rei.

— Godwin?

— Dificilmente. — Winston balançou a cabeça em negativa. — Godwin vê Cnut como a escada de que precisa para subir.

Inclinei-me na direção de Winston e sussurrei:

— Thorkell?

— Mais provável. Como já disse antes, o bom jarl se lembra de um tempo em que ele era o viking mais poderoso na Inglaterra. E ele *já* mudou de lado antes, com a mesma facilidade com que você muda de camisa. Não que isso seja muito frequente. — Winston sorriu e beliscou o nariz.

Eu estava com fome, mas não tive coragem de deixar a segurança da praça aberta. Então chamei uma moça que estava passando e ela concordou em ir a uma taverna e nos trazer cerveja e pão.

321

Quando voltou com a encomenda, dei a ela um quarto de moeda pelo trabalho, e Winston e eu comemos.

A barriga cheia e a cerveja me deixaram mais sonolento do que antes, e devo ter cochilado durante algum tempo, pois não vi nem ouvi o guarda se aproximar. Seu pé na lateral do meu corpo me fez levantar assustado. Instintivamente rolei para a direita para evitar o golpe que estava vindo.

— Calma! — disse o guarda. Semicerrei os olhos e olhei para ele. — O rei está esperando por vocês.

Quando entrei na Sala do Trono, só a comitiva permanente do rei, de três pessoas, estava sentada com ele. Baldwin encontrava-se diante de Cnut com a vara.

— Então o *heregeld* foi pago? — Cnut se esticou na cadeira.

— Cinquenta e cinco mil libras de prata estão estocadas em segurança na casa. — Baldwin notou a nossa chegada, mas continuou, impassível. — Recebi uma mensagem de Londres de que as 10.500 libras estão sendo estocadas pelo xerife que você deixou responsável pela cidade. O bispo em Winchester escreveu que já tem 11 mil libras. E, finalmente, recebi cartas dos mercadores lombardos, franceses e ingleses de que garantem as últimas 7 mil.

— Ótimo — declarou o rei, reclinando-se satisfeito. — O *heregeld* está pago. Agora posso cumprir minha parte do acordo e comparecer ao Witenagemot e à Assembleia Dinamarquesa. — Cnut olhou para nós. — Os senhores têm notícias que lhes garantam minha clemência?

Winston caminhou até o rei e eu o segui.

As roupas de Ulfrid e Torold exibiam sua posição bem como sua riqueza quando pararam diante do rei, as espadas penduradas nos cintos incrustados de prata. Apenas quatro guardas atrás deles sugeriam que corriam o risco de não saírem dali como nobres saxões livres.

— Meu agente Winston apresentou provas contra os senhores — disse o rei, a voz severa. — Ele falou convincentemente das evidências que encontrou de que um dos senhores é o assassino.

Vi Torold olhar para Winston e agarrar o punho da espada.

— Ele está mentindo.

— Está? — O rei olhou de Torold para Ulfrid e ambos confirmaram.

— Ele me pareceu muito convincente — disse Cnut.

Ulfrid molhou os lábios com a língua e olhou para trás do rei. Olhei também para ver o que ele observava. O rosto de Thorkell encontrava-se sem qualquer expressão.

— Você queria vingar sua irmã — disse Cnut, soando como se fosse a coisa mais natural do mundo.

Os irmãos se entreolharam e vi um deles expirar aliviado. Mas eu poderia ter-lhes dito isso: Winston era um homem de palavra.

— É direito e obrigação de um homem vingar os parentes — disse Ulfrid e depois passou a língua pelos lábios outra vez. — Mas não somos culpados da acusação feita contra nós.

— Não são? — Cnut pareceu quase confuso.

— Invocamos o direito de compurgação. Iremos jurar nossa inocência e encontrar o número necessário de homens dispostos a nos apoiar — disse Torold, falando tão depressa que as palavras se atropelavam.

O rei obviamente recusaria o pedido de Torold. A evidência contra eles era tão forte que ninguém o condenaria se ele os declarasse culpados no ato.

Mas eu estava enganado.

Cnut olhou Wulfstan, que fez que sim com a cabeça e declarou:

— Esta é a lei.

— Eu conheço a lei. — A voz do rei cortou o ar. Seus olhos estavam fixos nos irmãos. — Amanhã os senhores comparecerão diante do Witenagemot e da Assembleia Dinamarquesa para jurar sua inocência nesse caso.

Ulfrid e Torold umedeceram os lábios.

Cnut fez um sinal a Godskalk, que conduziu os acusados para fora do recinto.

Em seguida olhou para Winston e para mim.

— Vou providenciar para que os senhores sejam recompensados amanhã.

O crepúsculo do fim da primavera já tinha descido sobre a praça quando saímos.

— Então tudo deu em nada — declarei.

Winston se virou e me olhou.

— Como assim? — perguntou ele.

— Os assassinos sairão impunes. Aposto que os nobres naquela estalagem passaram toda a tarde decidindo quais deles jurariam a inocência de Torold e Ulfrid.

Winston concordou com um aceno de cabeça.

— O assassino sairá livre, sim. Mas, por nada? Pelo menos ganhamos a benevolência do rei. E agora Alfilda me espera.

Espantado, observei as costas de Winston quando ele saiu na direção da estalagem. No meio da praça ele parou e me chamou.

— Você poderia me fazer o favor de ver como está Príncipe?

Frida tinha dito que estava ocupada, mas decidi surpreendê-la de qualquer modo. Uma hora ela estaria livre, e eu não estava disposto a passar a noite na taverna vendo Winston e a nossa anfitriã trocarem olhares amorosos. Não estava pronto para ver Alfilda sob essa nova luz.

Caminhei devagar pelo acampamento. Apesar de haver um burburinho de atividade dentro e em volta das tendas, tudo estava relativamente calmo. Era como se o acampamento compartilhasse a expectativa dos habitantes para o dia seguinte.

O guarda da tenda de Tonild me reconheceu e respondeu a meu cumprimento, mas balançou a cabeça à minha pergunta. Não tinha a menor ideia de onde estava Frida.

— Onde ela está morando?

Ele coçou a cabeça e, depois de pensar um pouco, decidiu que ela estava dividindo uma tenda com duas outras moças atrás da área da cozinha.

Fui para lá. Ouvi vozes e risadas vindo de um agrupamento de pequenas tendas que disputavam espaço ao lado das fogueiras da cozinha, e tive de perguntar a quatro moças antes que uma finalmente me indicasse uma tenda caindo aos pedaços na extremidade do acampamento.

Quando cheguei, ouvi a voz de Frida. Ela falava calma e lentamente e percebi que não estava só. Eu, contudo, não teria escrúpulos de usar uma moeda para comprar a privacidade das suas companheiras de tenda.

Pigarreei, mas nada aconteceu. Então chamei seu nome. Fez-se silêncio dentro, e repeti:

— Frida!

— Quem é? — perguntou ela.

— Sou eu, Halfdan.

Ouvi uma exclamação de surpresa. A aba da tenda foi afastada e um camponês de ombros largos saiu.

— O que você quer? — perguntou ele.

— Tenho um assunto a tratar com Frida — falei, encarando-o surpreso.

— Ah, tem? — retorquiu ele, olhando despreocupadamente para minha espada. — E quem é você?

— Halfdan. E você?

— Sou o namorado de Frida — respondeu o sujeito.

Sobre o ombro dele, vi a cabeça de Frida saindo debaixo de um cobertor que a envolvia.

— Você o conhece? — O rapaz perguntou e se voltou para ela.

— Foi ele o sujeito que salvou a minha vida ontem — explicou ela, que depois me olhou e deu de ombros, como se pedisse desculpas.

— Então lhe devo um agradecimento — disse ele e estendeu a mão.

Virei-me e saí. Melhor eu ir ver como estava Príncipe.

Capítulo 36

Nunca tinha visto tanta gente junta quanto as pessoas reunidas na campina ao lado do rio. A campina estava plana e seca, apesar de com certeza ser um poço de lama no inverno. Em seu limite, uma plataforma fora erguida, ao lado de um grupo de árvores e agora estava rodeada por cerca de vinte guardas de caras fechadas. Duas cadeiras foram colocadas no meio da plataforma, uma mais alta do que a outra, e outras duas foram posicionadas meio de lado atrás delas.

Uma grande área tinha sido limpa em volta da plataforma. Além dela, filas de homens irradiavam para fora como os raios de uma roda. À esquerda, ingleses; à direita, dinamarqueses e vikings. Havia guardas por toda parte, igualmente distribuídos com 5 passos entre eles, e a campina estava cercada por soldados, cujos olhos não perdiam o foco e cujos membros permaneciam tensos em estado de prontidão.

Atrás deles havia filas e mais filas de fazendeiros, serviçais, camponeses, artesãos, mercadores, vigaristas e artistas de rua; resumindo: todos interessados em ver como os nobres da Inglaterra se sairiam naquele dia.

Winston e eu tínhamos recebido instruções de ficar atrás da plataforma. De lá vimos Wulfstan liderar uma procissão de uma dúzia de clérigos cantando. Depois veio Cnut, vestindo uma roupa berrante vermelha e azul e uma coroa maciça de ouro sobre seus cabelos louro-escuros. A espada nos quadris brilhava prateada, e seu cinto era pesado de ouro. Atrás dele vinham o conselheiro Godwin e o jarl Thorkell.

O rei se sentou. Depois que a canção terminou de ressoar sobre a campina, o arcebispo idoso conduziu uma oração com a sua voz alta e levemente trêmula. Então ele, o conselheiro Godwin e o jarl Thorkell foram até o rei. O arcebispo se sentou a seu lado, e Godwin e Thorkell atrás dele. Então o rei olhou sobre o grupo, que se calou, como um bando de galinhas vendo um falcão.

Cnut deixou continuar o silêncio durante seis batidas do coração, depois se levantou e começou seu discurso:

— Homens, ingleses, dinamarqueses e vikings, todos povos diferentes, mas da mesma origem. Todos compatriotas a partir desse dia. Hoje criamos juntos um país. Hoje forjamos uma unidade que há de prevalecer onde quer que reine o meu poder.

"Mas antes temos uma questão importante a resolver. Recentemente aqui em Oxford um homem foi assassinado, um saxão. Todos começaram imediatamente a ver o outro com suspeitas. Os saxões afirmavam que os dinamarqueses o mataram. Os dinamarqueses e vikings pensavam que os próprios saxões o tinham feito. E, é verdade, alguns chegaram a pensar que ele foi morto sob meu comando."

Os olhos acima de seu nariz adunco percorreram a multidão reunida antes de ele continuar:

— Mas, homens! A lei há de prevalecer neste país. É por isso que eu pedi a homens sábios — ele fez um gesto, indicando-nos — que investigassem o assassinato e seus trabalhos renderam frutos. Eles me apresentaram evidência inegável de que o saxão Osfrid foi morto por um ato de vingança pela morte de uma mulher.

"Mas a lei há de prevalecer aqui — disse o rei, olhando para Wulfstan. — E a lei diz que homem nenhum é culpado se estiver

328

disposto a jurar sua própria inocência acompanhado de 12 compurgadores que concordem em jurar que acreditam no acusado. Se isso ocorrer, a evidência será considerada inválida e morta. Um passo à frente, Ulfrid e Torold, filhos de Beorthold."

Quando os dois irmãos avançaram, o silêncio era tão grande que era possível ouvir uma cotovia voando sobre a campina no outro lado do rio. Vestiam a mesma roupa que usavam na noite anterior e ainda traziam suas espadas.

O rei os olhou severamente.

— Os senhores ouviram a acusação feita contra os senhores? Eles confirmaram.

— E qual é sua resposta?

Ulfrid respondeu pelos dois:

— Não temos culpa nesse caso, senhor.

— E os senhores podem jurar que isso é verdade?

— Podemos — respondeu Ulfrid.

O rei assentiu e Torold deu um passo à frente. Enquanto Ulfrid parecia calmo ao responder às perguntas do rei, Torold lançou um olhar raivoso em nossa direção, balançou impacientemente sobre os pés, e passou o dedo pelo cabo da espada. Foi uma boa ideia deixá-lo jurar primeiro.

Torold se virou para a multidão, ergueu a mão direita até a altura do ombro, e jurou em voz alta:

— Da acusação de assassinato que contra mim foi levantada, juro a minha inocência.

— Existem homens dispostos a jurar com Torold Beortholdsøn? — perguntou Cnut, olhando por sobre o ombro de Torold.

Doze nobres saxões se apresentaram voluntariamente, todos reconhecidos por mim do dia anterior. Vi orgulho em suas expressões, mas também discerni em seus olhos a insegurança quanto a Winston ter mantido a palavra.

Botwolf assumiu a liderança e foi o primeiro a jurar a inocência de Torold. Os outros juraram depois dele.

— Muito bom, Torold. — A voz de Cnut ressoou sobre a campina. — Você está livre e inocentado dessa acusação. Tome o seu lugar entre os meus nobres.

Quando Torold assumiu o seu lugar entre os nobres, o rei olhou para Ulfrid, que deu um passo à frente e fez o mesmo juramento que seu irmão.

O rei olhou por um momento para Winston e para mim, depois sua voz ressoou sobre a multidão:

— Existem homens dispostos a jurar com Ulfrid Beortholdsøn?

Ninguém deu um passo à frente.

Vi o profundo desespero de Ulfrid quando olhou as fileiras de seus companheiros conspiradores.

Ninguém se moveu. Os olhos de Ulfrid passaram de um para o seguinte sem acreditar.

— Ulfrid Beortholdsøn. — A voz de Cnut cortou o ar. — O seu próprio povo julgou você. É verdade — Cnut se voltou para Wulfstan — que a lei saxã diz que aquele que comete assassinato na presença do rei deve ser condenado à morte?

O arcebispo pigarreou e disse:

— Não agrada ao Senhor que nos matemos uns aos outros. Um homem morto não pode se arrepender de seus pecados.

— Responda à minha pergunta. — O rosto de Cnut estava roxo de raiva.

— Sim — admitiu Wulfstan, encolhendo-se um pouco.

— A sua vida me pertence e pode ser tomada, como você ouviu — disse Cnut, e Ulfrid se contraiu de medo. — E assim sua culpa terrena é expiada. Porém, como declara o arcebispo, um homem morto não pode se arrepender de seu pecado, e é a vontade do Senhor que os pecadores tenham direito ao arrependimento.

Portanto, eu não pronuncio a sentença que poderia. — Voltou-se para Wulfstan: — Qual é a *wergeld* para um conde?

— Mil e duzentos xelins de prata — respondeu Wulfstan sucintamente.

Cnut então anunciou:

— Essa é a quantia que você deverá pagar a Tonild, a viúva de Osfrid. — Seus olhos correram pelas fileiras de nobres saxões. — Outro homem foi morto por você, ou por ordem sua, um soldado saxão. Por ele a *wergeld* é de 200 xelins de prata.

Notei que o rei não teve de perguntar o valor da *wergeld* por um soldado.

— Você deverá pagar essa multa à viúva, que tem uma criança para cuidar.

Os homens do Witenagemot aprovaram com um aceno.

— Tenho certeza de que outros homens vão auxiliar você, caso não tenha condição de levantar sozinho essas quantias. Assim não há razão para você não pagar e encerrar esse caso — disse o rei. Um silêncio mortal caiu sobre a multidão quando ele se sentou.

Epílogo

O rei estava abatido de cansaço quando nos recebeu naquela noite. Ainda assim, estava sorrindo. E eu entendia o motivo.

Cnut tinha provado naquela manhã não só que sabia dar uma sentença que era ao mesmo tempo justa e de acordo com a lei, mas também que estava disposto a não agir com o conhecimento que tinha. Por isso, os nobres concordaram voluntariamente que ele era o rei, que iria reinar de acordo com as leis que estavam em vigor até aquele momento. Wulfstan fora encarregado de redigir um novo conjunto de leis, baseado nas provisões do melhor das leis anteriores, mas até ele estar pronto, todos os nobres, dinamarqueses, germânicos, saxões e vikings, tinham jurado viver sob as leis antigas, que já conheciam desde o tempo do rei Edgar.

Voluntariamente, sim. Mas tinha sido um longo dia, em que muitas palavras foram ditas.

— Vocês realizaram a tarefa que lhes havia pedido e mereceram a minha benevolência — disse o rei, sorrindo apesar da exaustão.

Fizemos uma reverência.

— Mas — continuou ele enquanto os condes o bajulavam — vocês não poderão viver da minha benevolência. Eu lhes prometi uma recompensa. O que desejam?

Winston e eu nos entreolhamos. Ele pigarreou e respondeu:

— Não cabe a nós escolher o preço, senhor.

— Se eu lhes pergunto, cabe sim — disse Cnut, olhando para mim.

Eu sabia a minha resposta, e ela não seria tão humilde quanto a de Winston, pois já tinha aprendido que a humildade nunca rende lucros.

— Eu perdi as propriedades de minha família, senhor.

— Você quer uma propriedade? Ser um nobre outra vez? — perguntou Cnut, de sobrancelhas franzidas.

Fiz que sim com a cabeça.

— Já tenho nobres demais — disse o rei, esfregando o queixo. — Homens capazes de pensar e agir para mim são muito mais raros. — Fez uma pausa. — Não — disse ele finalmente —, não farei de você um nobre. Posso exigir os seus serviços novamente. Vocês receberão uma libra de prata cada um, além da minha boa vontade.

A modéstia não é recompensada. Nem, ao que parece, um pedido honesto.

Este livro foi composto na tipologia
Palatino Lt Std, em corpo 11/16, e impresso
em papel off-white no Sistema Cameron da
Divisão Gráfica da Distribuidora Record.